ALTER EGO

ESTHER VERHOEF

ALTER EGO

LITERAIRE THRILLER

2023 Prometheus Amsterdam

Eerste druk maart 2023
Tweede druk maart 2023
Derde druk maart 2023

© 2023 Esther Verhoef
Omslagontwerp Roald Triebels
Omslagbeeld Ludmila Shumilova/Arcangel Images
Foto auteur Mark Uyl
www.uitgeverijprometheus.nl
ISBN 978 90 446 5290 1

'Als we iemand haten,

haten we iets in hem wat deel is van onszelf.

Wat geen deel is van onszelf

verontrust ons niet.'

Hermann Hesse, *Demian*

april 1999

Zijn voetstappen klossen op de trap, onvast, struikelend. Ik hoor het kraken van de houten leuning. 'Kutwijf! Waar ben je?'

Ik duik dieper weg onder mijn dekbed en stop mijn duim in mijn mond. Zuig zo hard als ik kan.

'Lig je weer in je nest?'

Mama zegt dat hij er niets aan kan doen. Hij heeft gewoon te veel aan zijn hoofd. Te veel druk op het werk, al die mensen die iets van hem willen. We moeten simpelweg onze mond houden. Knikken, instemmen, ook al roept hij gemene, oneerlijke dingen. Naar de grond kijken, hoofd gebogen, hem laten uitrazen.

Anders maken we het alleen maar erger.

'Ik vráág je iets!'

Met mijn vrije hand grijp ik mijn slaapshirt vast en druk het tegen mijn neus. Het shirt is te groot. Het ruikt naar Be Delicious – Michelles lievelingsgeur.

'Hou het maar,' zei Michelle toen ze het me toestopte.

Ik keek haar met grote ogen aan. 'Je Nike? Écht?'

Ze stoof mijn kamer uit en riep: 'Tot zondag!'

Door het raam zag ik haar naar de garage rennen. Ze keek niet meer omhoog. Ze zwaaide niet eens toen ze de op-rit af fietste.

En ik dacht: Je laat me in de steek.

Er valt iets om in de slaapkamer.

'Kijk nou eens naar jezelf, waardeloos wijf!'

Ik zuig harder op mijn duim, nog harder. Bijt op het vel. Schaaf met de snijtanden van mijn onderkaak over mijn huid en voel de weerstand van het bot eronder.

'Ik werk me de vinkentering om de hele kolerebende draaiende te houden, en wat doe jij? Nou, nou?'

Ik hoor mama fluisteren. Ze doet haar best om hem rustig te krijgen.

De vorige keer sleurde hij haar midden in de nacht naar de keuken om de vaatwasser opnieuw in te ruimen. Een andere keer moest ik in de stromende regen mijn fiets in de garage zetten. 'Denk je dat de centen me op de rug groeien?' schreeuwde hij, terwijl hij me voor zich uit duwde. 'Ondankbaar kutkind!'

Mama's kalmte werkt niet.

Papa blijft schreeuwen, hij is woedend.

Heb ik iets laten slingeren, gaat het daarom? Mama was vanavond druk met nakijken, ze heeft het ook niet altijd in de gaten.

Ik glip uit bed en haast me de trap af, de keuken in. Mama's tas met nakijkwerk staat op de stoel en die is netjes aangeschoven. Het aanrecht is leeg. Schoon en geordend, precies zoals papa het wil.

...Misschien is er wel geen reden, heeft hij geen aanleiding meer nodig.

Boven klapt een deur tegen de muur. Ik ren de hal in en kijk omhoog, net op tijd om papa langs het trappengat naar mijn kamer te zien benen.

'Lynn?' Zijn stem is rauw, alsof hij gehuild heeft. Maar dat heeft hij zeker te weten niet – papa kijkt neer op mensen die huilen.

'Hier!' piep ik. 'Ik ben hier.'

Hij hoort het niet; hij staat al in mijn kamer.

Mama rent achter hem aan. Ze draagt een Mickey Mouse-shirt over haar magere lichaam, blote benen eronder. 'Ger, laat dat kind met rust.'

En dan hoor ik het. Een harde pets, als een zweepslag.

Stilte.

Nog een pets.

'Nee,' hoor ik mama zeggen, zwakjes, en dan verschijnt ze opnieuw bij het trappengat, haar handen voor haar gezicht. Ze haast zich naar de slaapkamer.

'Kutwijf! Kutkinderen! Kutleven!'

Ik kan me net op tijd verstoppen in de nis bij de wc als papa de trap af stormt, vlak langs me heen naar buiten. De voordeur valt met een dreun achter hem dicht. Ik hoor de auto starten. Hij rijdt met gierende banden weg.

In de beschutting van de nis blijf ik staan. Ik staar naar de ingelijste foto's en krantenartikelen die mama hier heeft opgehangen. Ze is er zo trots op; trots op papa, op ons gezin, op wat we hebben bereikt.

Ik steek mijn duim in mijn mond, zaag met mijn snijtanden over het vel, rats, rats. Ik zuig en proef bloed. Als ik nog harder bijt, knapt het bot dan?

Kun je je eigen bot breken?

07.18 uur

Een roze gloed schijnt door het glas van de voordeur. Het is nog steeds stil in huis. Mama is boven gebleven, papa is niet teruggekomen. In het zwakke ochtendlicht buig en strek ik mijn vingers. Er staan donkere, regelmatige streepjes op mijn duim. Het doet alleen pijn als ik erop duw.

Ik loop de trap op. De deur van de slaapkamer van papa en mama staat open. Beige vloerbedekking, het grote bed met een blauw met wit geruite sprei. Mama is hier niet. Ik loop vlug naar mijn eigen kamer – niemand – en ren dan de trap op, door het washok naar Michelles zolder. 'Mam?'

Ik ga terug naar de eerste verdieping. Controleer de badkamer.

'Mama...?'

Ze moet hier ergens zijn.

In de logeerkamer staat een bed tegen de muur met een brede spiegel erboven. Links van de deur is een eikenhouten kast waar mama onze winterjassen en laarzen in bewaart.

Het raam staat op een kier en de wind brengt de geur van coniferen en vochtig asfalt met zich mee. Ik duw het verder open, kijk naar beneden. In de dakgoot duikt een merel in elkaar en fladdert weg. Vanuit de verte klinkt het geraas van de a1.

Ik doe het raam dicht. Nu hoor ik een geluid. Een licht gekraak. Ik tuur om me heen, kijk onder het bed, en besef dan dat het geluid uit de kast komt. Het deurtje zwaait vanzelf open als ik mijn hand op de houten knop leg; het zat niet goed dicht.

Ik stap achteruit.

Mama zit op de bodem van de kast. Ze heeft haar armen om haar knieën geslagen en haar gezicht is verborgen achter haar rommelige krullen. Ik ken niemand met mama's haarkleur: oranje met blonde en grijze strengen. Ze heeft er een hekel aan dat het kroest en alle kanten op springt en houdt de boel vaak in bedwang met een sjaaltje. Dan ziet ze er helemaal uit als een kunstenares, of een actrice.

'Mam...?'

Ze maakt een geluid dat tussen zwaar ademen en fluisteren in zit.

Ik kom naar voren en leg mijn hand op haar arm. 'Het is al ochtend, hij is weg, mama.' De tranen prikken in mijn ogen, maar ik moet sterk zijn.

'Heb je pijn?' vraag ik.

Ze schudt haar hoofd.

'Je moet eruit.' Ik trek haar zachtjes aan haar arm, haar spieren zijn strakgespannen.

'Laat me maar,' fluistert ze.

Ik kijk zoekend om me heen, alsof de oplossing hier ergens staat of ligt, en dan blijft mijn blik haken aan mijn reflectie in de spiegel boven het bed: een kind met grote, angstige ogen, bleekjes, haar mond hangt een beetje open. Achter haar zit mama, nauwelijks zichtbaar, weggedoken tussen de jassen. Ik wil vragen of papa haar pijn heeft gedaan, maar soms is het beter om geen vragen te stellen. Zolang je er niet over praat is het minder erg, want dan kun je tenminste nog doen alsof het niet is gebeurd.

Ik kleed me aan en ga naar beneden, smeer een boterham en strooi er extra hagelslag op. Mijn duim ziet er niet uit. Ik plak er een pleister omheen en ga met mijn bord in de woonkamer voor de tv zitten. Het is zaterdag. Mama en ik zouden vandaag naar de stad gaan om een nieuwe bikini te kopen. Die heb ik echt nodig, het is bij mij gaan groeien daarboven.
Maar wie weet gaat het nog wel door. Ze komt vast zo naar beneden.

10.00 uur

Mama is nog steeds boven. Het voelt alsof ik alleen thuis ben.

11.35 uur

Papa's buien zijn geheim. Als ik er met iemand van buiten over praat, maak ik alles stuk. Dan komt de politie met de kinderbescherming en zal iedereen ons met andere ogen gaan bekijken. Papa krijgt dan enorme problemen in het restaurant, en mama's leerlingen zullen over haar gaan rod-delen en hun respect voor haar verliezen.

Michelle is de enige met wie ik het erover kan hebben, maar zij neemt haar telefoon niet op.

12.01 uur

'Hoi, met Lynn, ik zoek Michelle.'

'Michelle? Die ligt vast nog ergens te pitten. We hadden een feestje. Ze is in elk geval niet hier.'

13.44 uur

Ik duw de deur van de logeerkamer open. 'Mama?'

Geen reactie.

'Het is al middag, mama. Bijna twee uur.' Ik probeer vro-lijk te klinken, losjes, en trek de kast open.

Mama zit er nog steeds, ze heeft haar gezicht van me af-gewend. Ik hoor haar ademhalen.

Ik zak op mijn hurken en leg mijn hand op haar arm. Haar krullen kleven aan haar slapen. Voorzichtig veeg ik ze een beetje opzij.

'Mam, je zweet helemaal.'

Plotseling opent ze haar ogen. Ik deins terug van haar blik. Geen twinkeling, geen warmte, mama's ogen lijken op die van een pop, doods en leeg. Ik trek mijn hand terug. De krullen zakken weer voor haar gezicht.

In een opwelling grijp ik haar pols beet. 'Kom eruit, mam! Laat me niet alleen!'

Mama verzet zich eerst. Ze houdt zich stijf en zwaar, maar rolt dan half uit de kast. Aan één kant van haar gezicht heeft ze een donkere plek. En er zit bloed bij haar oog. Ze bedekt haar gezicht met haar handen. 'Lynn, ga weg.'

'Nee.'

'Laat me alsjeblieft alleen,' fluistert ze hees. Ze kruipt terug de kast in, haakt haar magere vingers achter de deuren en trekt ze voor mijn neus dicht.

14.58 uur

Michelle neemt nog steeds niet op. Ik kan er niet meer tegen. Ik moet met iemand praten, iemand die weet hoe het zit.

14.59 uur

Er is wel iemand die het weet. Ze heeft het zelf tegen me gezegd. Niet met zoveel woorden, maar met haar ogen, terwijl ze me in mijn schouders kneep, alsof ze voorvoelde dat deze dag zou komen.

Ik kan haar vertrouwen.

In de keuken pak ik een blocnote en begin te schrijven. Ik trek het blaadje eraf, vouw het dubbel en schuif het bij mama tussen de kastdeuren door.

16.40 uur

Ik haast me het perron over, daal de betonnen trap af die naar het parkeerplaatsje leidt en loop voorbij de spoorbo-

men het straatje in dat uitkomt op de dijk. Er staan huisjes met witte sierhekken ervoor, en in de aangeharkte tuinen wiegen narcissen heen en weer in de wind. Sommige mensen hebben er een molentje in staan, of tuinkabouters. Van achter de vitrage kijken de bewoners me na. Ik heb een zware rugzak over mijn schouder; wat zullen ze over mij denken? Zouden ze weten wie ik ben?

De oude mensen die hier wonen zijn te goed voor het verzorgingstehuis, heeft mama wel eens verteld, en aan de overkant, waar de huizen groter zijn, leven gezinnen met kinderen. Er is ook een wijk met vrijstaande huizen voor de ondernemers, en buiten de kern wonen de boeren. In dit dorp heeft alles en iedereen een duidelijke plaats.

Daarom wilde papa hier weg. Het dorp hield hem klein, hij mocht niet worden wie hij was.

Mijn vader is iemand die respect afdwingt en ik kan me dan ook moeilijk voorstellen dat hij zich ooit wat heeft aangetrokken van de ouwetjes die hier van achter de gordijnen naar buiten zitten te koekeloeren.

Papa heeft alles omgedraaid, nu is hij de baas. De mensen kijken naar hem op. Daarom hebben we een voorbeeldrol.

In een van de krantenartikelen die bij ons in de gang hangen staat het zwart-op-wit, dat we een geslaagd gezin zijn. Het hangt tussen andere knipsels die te maken hebben met het boek waaraan mama vijf jaar heeft geschreven.

Sterrenkok uit Laren schrijft bestseller

Het geslaagde gezin Fleer, bestaande uit chef-kok
Gerrit Fleer van De Gevulde Pot en zijn vrouw Isolde,
geschiedenisdocente aan het IJsselmeercollege, woont
al bijna twintig jaar in de gemeente Laren. We spraken
de schrijvende kok in zijn vooroorlogse woning, waar
zijn twee blonde dochters, Michelle van zestien en Lynn
van tien, druk bezig zijn de door de gevierde chef-kok
persoonlijk gesigneerde boeken in te pakken voor de fans.

*Het artikel staat vol met onzin. Papa wordt omschreven als
'de drijvende motor achter het monsterproject' terwijl mama degene is die dat hele boek heeft bedacht en geschreven.
Dat deed ze naast haar werk; soms schreef ze 's nachts, of
zette ze de wekker om vijf uur. Het boek heet* De Hollandse keuken door de eeuwen heen *en kwam in de landelijke
bestsellerlijst terecht. Mijn vader werd uitgenodigd voor ra-
dio- en televisieprogramma's, waar hij nog meer uit zijn nek
zat te kletsen. Mama vindt dat het beter is zo, omdat papa
nu eenmaal een bekend hoofd heeft en zij niet. 'Zonder je
vaders naam zou niemand dit boek kopen.' Ze knipoogde.
'Mensen hoeven niet te weten hoe het werkelijk zit. Als wij
het maar weten, toch?'*
Nog een geheim.

*Het laatste stuk van de straat loopt steiler omhoog, ik voel
het in mijn kuiten. Boven aangekomen zie ik de rivier don-
kergrijs glinsteren in het groene landschap, hier en daar*

16

staat een dijkhuisje. Het waait hier harder dan beneden in het dorp. Roodbonte koeien staan te herkauwen, hun koppen krioelen van de vliegen. Het is best gek te bedenken dat dit papa's dorp is, dat hij hier is geboren, maar er nooit meer komt.

'Ik heb niets meer te zoeken in dat boerengat,' heb ik hem wel eens horen zeggen. 'En Ingrid kan helemaal de tyfus krijgen. Die zit daar om één reden: de erfenis van ma. Altijd al slappe hap geweest, die slijmjurk.'

Ik loop zo ver mogelijk in de berm. De wind trekt aan mijn haar en de touwtjes van mijn hoody zwiepen steeds in mijn gezicht.

Doe ik hier wel goed aan?

Morgen is alles vast weer normaal. Dan is het voorbij en heeft papa spijt. Zo is het altijd nog gegaan.

Maar als ik er alleen maar aan denk dat ik terug naar huis moet, begint mijn lijf te trillen.

Na de vakantie gaat Michelle Pedagogische Wetenschappen studeren in Leiden. Ze vertelde me dat pas een paar weken geleden. Ik greep haar handen vast, drukte haar lange, sterke vingers tegen mijn lippen, de glanzende nagels waar ik zo jaloers op ben – die van mij zijn kartelig en dof door het nagelbijten.

'Ik kan je niet missen,' zei ik, en ik schaamde me er tegelijkertijd voor dat ik me zo liet kennen. Dat ik snikte als een kleuter.

'Je kunt altijd naar me toe komen, Leiden is niet superver.'

Ik staarde naar haar sproeten en naar de donshaartjes op haar wangen, rook de kauwgom die ze in haar mond heen en weer wierp. 'Kan ik niet bij jou komen wonen? Je hebt echt geen last van me. Ik ga daar gewoon naar school en ruim ook al jouw spullen op.'

Ze keek naar me zoals ze eerder die dag had gekeken naar het gewonde vogeltje dat met een nat verenpakje op het terras lag. 'Nee, Lynn, sorry.' Ze stond op. In de deuropening mompelde ze: 'Iemand moet toch bij mama blijven?'

16.52 uur

Het witte huisje heeft een oranje pannendak, raampjes in vakverdeling en luiken. De voordeur is donkergroen geschilderd en er staan potten en een gebutste metalen melkbus naast.

Ik bel niet aan – de voordeur is voor vreemden en de postbode – maar daal het houten trapje af naar de voet van de dijk. Het rode autootje staat onder de overkapping en de kippen scharrelen in hun ren tussen de perenbomen. Ze richten hun kopjes op zodra ze me zien.

Tante Ingrid staat het terras te vegen. Ze kijkt eerst verrast, dan verstrakken haar kaken. Ze vraagt me niets, zegt alleen maar 'Kind toch', en spreidt haar armen.

JUNI 2022

1

Ik wil blijven liggen. Een kwartiertje, een paar minuten desnoods. Mijn spieren zijn ontspannen als na een grondige massage en mijn lijf voelt zacht en loom. Vredig. Alleen daarbeneden schrijnt het lichtjes – ik houd hier zeker nog een dag last van, maar het is een zoete last.

Ik gris mijn telefoon van het nachtkastje en druk het alarm uit.

'Nou al?' Laurens' stem is diep, licht hees en zijn adem strijkt langs mijn hals. Hij slaat een arm om me heen.

Ik laat me terugzakken, ruggelings tegen zijn sterke borst. Met mijn duim wrijf ik over de zwarte haartjes op zijn onderarm. Laurens heeft zijn horloge nog om; een glanzend gevaarte vol met metertjes en uitsteeksels. Chique horlogemerken maken hun wijzerplaten niet groter dan 45 millimeter, las ik laatst.

'Afspraak zo meteen,' mompel ik.

'Gewoon afbellen.' Zijn hand kromt zich om mijn borst, en hij drukt zijn heupen tegen me aan. Hij is klaar voor nog een ronde, voel ik. Ronde nummer drie.

Met tegenzin maak ik me los uit zijn omhelzing en stap

uit bed. Ik zoek mijn slipje, vind mijn bh. Lichtjes groggy kleed ik me aan. Witte blouse, kaki broek, open schoenen. Mijn teennagels zijn gelakt in dezelfde kleur als mijn riem: mokkabruin.

Laurens kijkt toe met zijn armen achter zijn hoofd. Er ligt een tot leven gekomen beeldhouwwerk in dat bed, van een schoonheid die totaal uit de toon valt bij het interieur van deze kamer: vastgeschroefde meubels, muffe vitrage en een systeemplafond met vochtvlekken. We hebben elkaar in betere hotels bemind, maar met Laurens wordt elke ruimte met een slot op de deur een paradijselijk oord.

Ik zie zijn jeugdige opwinding groeien onder het laken. Zijn primitieve reactie op mijn aanwezigheid, zelfs terwijl ik me haastig aankleed, is een zekerheid waarop ik altijd kan terugvallen.

Hij bekijkt me. Ziet me.

Ik ben geliefd.

Ik haast me naar de badkamer, een raamloze cel in grijstinten, en werk vluchtig mijn make-up bij in het koude ledlicht. Ik zou eigenlijk moeten douchen, het testosteron van me af moeten spoelen, maar ik ben al te laat. Gejaagd rag ik een borstel door mijn haar, strooi volumepoeder bij de haarwortels zodat mijn kapsel stug wordt en zet een paar plukken vast met schuifspeldjes voor een rommelige Bardot-look. Dan stop ik een paar briefjes van twintig in het heuptasje dat op het plankje naast de wc ligt. In het begin drukte ik ze Laurens in de hand en dan vond ik ze later opgefrommeld terug in mijn jaszak of tas. Hij is te trots om

22

te splitten, maar ik wil niet de indruk wekken dat hij me koopt, of ergens recht op heeft. Het is logischer dat we de kosten voor de kamer, die hij op zijn naam boekt en betaalt, samen delen.

Terug in de slaapkamer heeft hij zich nauwelijks bewogen. Zijn halflange, donkere haar ligt in plukken over zijn voorhoofd en glanst in het door de vitrage gefilterde licht van de middagzon. Zijn bruine ogen glinsteren. 'Waar heb jij het nou steeds zo druk mee?'

'Het is megahectisch op de zaak.' Ik pak mijn tas van de stoel, kijk zoekend om me heen; vergeet ik niets?

'Ze kunnen toch wel een middagje zonder je?'

'Ik zit midden in een monsterproject, weet je nog?' Ik buig me over hem heen en druk een zoen op zijn mond. 'Het was lekker, volgende keer gaan we –'

Hij grijpt me bij mijn hals. 'Niet zo flauw, Lynn, kom op.'

Ik verlies bijna mijn evenwicht en leun met één hand op het matras.

Zijn mondhoeken krullen omhoog in een flauw glimlachje, maar zijn grip is stevig. Te stevig.

'Niet doen,' fluister ik.

Hij kreunt zachtjes een jongensachtig protest, gespeelde teleurstelling op zijn gezicht, streelt met zijn lippen de mijne. 'Blijf nog even.'

'Kap hiermee,' zeg ik, en ik probeer autoriteit in mijn stem te leggen.

Terwijl de seconden doortikken besef ik hoe kwetsbaar het evenwicht is. Onder het laagje beschaving ligt een oeroud krachtenveld waarin mannen onze fysieke meerdere zijn, en wij, vrouwen, nog steeds grotendeels afhankelijk zijn van hun fatsoen.

En van onze social skills.

'Ik word bang van je.'

'Bang? Doe niet zo raar.' Hij laat me los en werpt zijn handen in de lucht. 'Sorry, ik baal. Heel die kamer gehuurd, een dag vrij genomen. Voor een uur.'

'Ik had het ook liever anders gezien.' Ik pak mijn tas van de grond.

'Weet je wat? Ik kom van de week wel even bij je thuis langs,' zegt hij.

Geschrokken draai ik me om. 'Dat moet je nooit doen. Nooit!'

'Waarom niet? Je zit 's avonds toch altijd alleen.'

Ik recht mijn rug. 'Dat Camiel 's avonds werkt, wil niet zeggen dat ik –'

'Chill...' Hij grinnikt, legt een arm achter zijn hoofd. 'Ik zit je gewoon een beetje te fucken.'

'Niet doen.'

'Ben je er zo bang voor dat het ontdekt wordt? Hoeft niet.' Met zijn vrije hand slaat hij het laken van zich af. Spieren, gebruinde huid, pure, rauwe mannelijkheid. Hij weet wat voor impact dat op me heeft – en hij geniet ervan. Een knipoog. 'Ik neem mijn gereedschapskoffer mee. Busje van de zaak voor de deur... Geniaal alibi. Dus als die ouwe beer van je –'

'Als je me dát flikt, is het voorbij. Ik meen het.'

'Hé, rustig maar.' Met een geamuseerd lachje laat hij zich terugzakken in het matras.

2

Ik sluit mijn auto af en haast me naar het vooroorlogse fabriekspand dat ik in de afgelopen jaren zo goed heb leren kennen. Het vergt enig inlevingsvermogen om je voor te stellen dat op dit terrein ooit vrachtwagens af en aan reden in de modderige klei, en dat arbeiders in ploegendiensten zwaar en vuil werk verrichtten. Van de voormalige baksteenfabriek zijn alleen de muren en een deel van het dak nog origineel.

DE LUWTE staat er in goudkleurige letters op de gevel. De naam van Camiels sterrenrestaurant is ook aangebracht boven de entree, een glazen kubus die uit de voorkant van het donkere gebouw steekt. Aan weerszijden wapperen zwart-gouden vlaggen met het logo – een korenaar en een vis. Hetzelfde logo staat in goud en wit op de fluweelzwarte vloerbedekking in de entree.

De automatische schuifdeuren wijken als ik naar binnen stap. Geroezemoes. Getinkel van glazen. De geur die in de lobby hangt is speciaal voor De Luwte ontworpen door een geurmarketeer: een subtiele combinatie van Italiaanse bergamot, munt en mandarijn stuwt de luxebeleving op. Het is een van mijn recente bijdragen aan Camiels bedrijf. Maar alles wat ik hiervoor heb gedaan valt in het niet bij de enorme sprong die we dit najaar gaan maken. En Lieve de Vree gaat me daarbij helpen.

Ze zit in de centrale hal onder een palm op een van de leren banken die verspreid staan over de gietvloer, en is in beslag genomen door haar telefoon.

Ik zoek oogcontact met de receptioniste en steek drie vingers op, haast me de gang naast de balie in en neem de brede wenteltrap naar de etage. Het metaal maakt een zingend geluid bij elke stap, links van me lichten spots de oude fabrieksmuren uit.

Voor de deur van mijn kantoor blijf ik staan. Ik leg mijn vingers tegen mijn hals. Misschien beeld ik het me alleen maar in, dat ik Laurens' greep nog voel. Hij heeft me nog nooit echt bezeerd, ook nu niet. Het lijkt erger dan het is.

Laurens is zich bewust van zijn bij vlagen onredelijke, bezitterige gedrag. Hij weet waar het vandaan komt en hij werkt er hard aan – daarmee is hij een stuk verder dan het merendeel van de mensheid. Maar af en toe krijgt de duisternis bij hem de overhand, en dan is de sociale, vrolijke, invoelende jonge hond, die hij fulltime zou zijn geweest als zijn ouders normaal hadden gedaan, tijdelijk minder goed bereikbaar. Gekwetste zielen, we herkennen elkaars shit en worden als magneten naar elkaar toe getrokken.

'Enerverende lunch?' klinkt het achter me.

Ik draai me om.

Het zangerige, licht bekakte accent is van Guy, onze sommelier en floormanager. Lang en slank, zwart golvend haar, grijzend aan de slapen. Als de titel Best Geklede Man van het Jaar een open wedstrijd was, had ik hem ervoor ingeschreven. Zijn brogues glanzen en de manchetten van zijn overhemd steken precies twee centimeter onder de mouwen van zijn blauwgeruite pak vandaan.

'Alleen gesport,' zeg ik. In de beste leugens zit altijd iets van de waarheid.

'Ik dácht het al aan je te zien.' Guy houdt zijn wijsvinger gekromd tegen zijn kin. 'Ik dacht: die arme Lynn gloeit helemaal. Ze is vast vréselijk afgebeuld door zo'n lekkere sportleraar.'

Ik doe mijn best om te glimlachen. 'Je hebt meer fantasie dan goed voor je is.'

'Fantasie?' Hij trekt een vies gezicht. 'Verbééldingskracht noem je dat.'

'Ga gerust een keer mee,' zeg ik zo nonchalant mogelijk. 'Het is helaas dodelijk saai.'

Mijn kantoor heeft een panoramisch uitzicht over de Maas en het groene polderlandschap erachter. Vijf meter hoge plafonds, metalen ramen in vakverdeling, een betonvloer met verschoten Perzische tapijten, een zithoek en een bureau. Ook hier zijn de oorspronkelijke fabrieksmuren in het zicht gelaten – bruine baksteen, gecementeerde vlakken en grote, roestige trekankers. Achter mijn bureau hangen posters van campagnes waarvoor ik verantwoordelijk was. *De Luwte servies, De Luwte kristal, De Luwte kruidenmixen.* Op elke affiche staat Camiel met zijn armen over elkaar geslagen in zijn koksbuis, trots op 'zijn handel', zoals hij het noemt. Er hangen ook tijdschriftcovers, met Camiel als covermodel.

Ik zet mijn tas op het bureau, fatsoeneer mijn haar door het een beetje op te duwen, en zet op de tast een weerbarstige lok vast met een speld.

De deur wordt aarzelend geopend door de receptioniste. 'Eh... Lynn? De hoofdredacteur van *Anna!* is er.'

Lieve de Vree is bijna een kop groter dan ik. Ze draagt een wijde, met ruches afgezette bloemetjesjurk die – naar ik vermoed – en vogue is in de Randstad. Haar sneakers hebben vuistdikke zolen.

Ze neemt plaats in de okergele zithoek en overhandigt me een stapeltje tijdschriften uit haar tas. 'Super dat jullie ook enthousiast zijn.'

'Camiel vindt het een grote eer.' Ik ga schuin tegenover haar zitten en blader voor de vorm door een van de tijdschriften. Glossy, mooie fotoreportages, zorgvuldig gemaakt. Precies de uitstraling die past bij ons en onze plannen.

'Jullie stonden hoog op mijn wensenlijstje. Onze lezers zijn fan van jullie. Dus zet je maar schrap, we willen alles weten.' Ze knipoogt, laat haar blik op me rusten. 'Alles!'

'We hebben niet zo'n spannend leven,' zeg ik.

Ligt het aan mij, of lijkt iedereen vanmiddag te vermoeden wat ik uitvreet?

Camiel en ik zijn gasthoofdredacteur voor het novembernummer van *Anna!*. We komen op de cover, krijgen een groot interview in het blad, mogen onderwerpen aandragen en rubrieken vullen. Het leeuwendeel komt op mijn bord, want Camiel staat in de keuken.

'Kan ik je bonuskinderen nog overhalen voor een súpergave fotoshoot met hun vader?' vraagt Lieve.

Ik schud mijn hoofd. 'Sorry, Camiel wil zijn kinderen

uit de wind houden, ze studeren nog.'

'Ah, ja, dat zei je al. Jammer hoor.'

De werkelijkheid is anders: Benjamin, de jongste, ligt dwars. Hij wil niet 'als een aapje aangekleed worden', heeft hij tegen Camiel gezegd. 'Alle drie of niemand,' besloot Camiel, en daarmee was het afgedaan.

De stagiaire brengt koffie en thee, met een natuurstenen tegeltje waarop onze friandises als kostbare juwelen zijn uitgestald. Rode kubusjes met een parel, een hoorntje met bladgoud, een glanzend Boeddhahoofdje.

Lieve heeft er al een paar van op voordat ik haar thee heb ingeschonken.

Ik app een berichtje naar de balie met de vraag een paar blikjes 'Choc 'til you drop' voor haar klaar te zetten. 'Zal ik je zo het bedrijf laten zien?'

'Graag. Camiel is er zelf toch wel?'

Als ik bevestigend antwoord, treft me haar gretigheid. De verwachtingsvolle gloed die in ieders ogen verschijnt als zijn naam valt, blijft me fascineren.

3

Camiel in zijn keuken overvallen is tricky; je weet nooit hoe zijn pet staat. De souschef te laat, een verkeerde levering, en hij is niet te genieten. Maar vandaag is een goede dag: mijn echtgenoot beent weids gebarend tussen de rvs-werktafels, langs de fornuizen en keukenapparatuur. 'Voor sommige gerechtjes ben je al een week vooraf in touw. Timing is belangrijk in de keuken, hè?' Hij slaat een geconcentreerd werkende kok amicaal op de schouder.

Ik zie een schok door de man heen gaan, zijn verschrikte gezicht dat hij snel weer in de plooi trekt, maar ik geloof niet dat Lieve het doorheeft. Ze volgt Camiel als een uit de kluiten gewassen puppy door de keuken. Ik kan het haar niet kwalijk nemen. Met zijn bijna één meter negentig lange, honderd kilo zware lichaam is Camiel sowieso al onmogelijk over het hoofd te zien. Tel daar zijn charisma en succesvolle carrière bij op en je snapt waarom mensen hem zien als een soort halfgod. Dat weet hij zelf maar al te goed.

Als Lieve hem voorstelt om onder de lezers een diner met overnachting te verloten, biedt hij daarbovenop spontaan een workshop aan. 'Ik hou ervan mensen te inspireren.'

De twee omhelzen elkaar bij het afscheid.

Ik neem Lieve mee naar de rechtervleugel. We moeten opletten waar we onze voeten neerzetten; overal liggen kabels en hoopjes puin.

'De voormalige opslag,' roep ik boven het lawaai van een radio uit. 'Hier komen de brasserie en de flagshipstore van De Luwte in 't Land.'

Lieve laat haar blik over de ruwe muren gaan, en over het plafond met buizen en stalen balken.

'De vibe wordt meer casual dan in het restaurant,' ga ik verder. 'We gaan werken met een kleine, eenvoudige kaart.'

'En zo gaan jullie er nog tien uit de grond stampen?'

'Ja, maar de filialen worden veel kleiner, hoor. En je kunt er niet eten, alleen afhalen en laten bezorgen.'

Ik wijs op een moodboard aan een van de muren om haar een idee te geven hoe het er hier uit komt te zien: industrieel, gecombineerd met luxe stoffen en warme kleuren. 'Hier is waar het allemaal begint,' zeg ik, en ik wijs naar de vloer. 'Het uittesten van nieuwe gerechten, de personeelstrainingen, evenementen.'

'Mooi concept. Uniek in Nederland. En ambitieus.'

Ik draai nerveus aan mijn ring. Met dit project steken we onze nek ver uit. De filialen gaan draaien op afhaal- en bezorgdiensten in combinatie met een cadeaushop. Of je nou kiest voor een maaltijd, cateringhapjes, bonbons, een mooi verpakt koksmes of een persoonlijk door Camiel gesigneerd kookboek: je kunt het zowel in de fysieke winkel kopen als online bestellen. De dagelijkse bevoorrading wordt op zich al een logistieke uitdaging, maar voor het zover is, moeten alle panden worden ingericht in de nieuwe huisstijl, en er moet personeel worden aangetrokken én getraind.

Ambitieus is het understatement van het jaar.

Maar als het een succes wordt, hoeft Camiel minder vaak zelf in de keuken te staan. Zijn werkuren zijn onmenselijk, en de stress, het gebrek aan daglicht en steeds in dezelfde houding moeten werken vormen een aanslag op zijn gezondheid.

Dat deel van het verhaal houden we voor onszelf, uiteraard.

Met ons gaat alles goed.

4

'Honey, I'm home!' grap ik. Ik toets de code van het alarm in en schud mijn jas van mijn schouders.

Dit huis is al bijna twee jaar mijn thuis, maar het voelt nog steeds niet zo. De rietgedekte villa ademt de geest van de jaren zeventig, de periode waarin Camiels ouders hem lieten bouwen en er met hun zoontje in trokken. In de loop van de tijd is het interieur aangepast aan Camiels smaak, aan die van zijn ex-vrouw Christine en hun kinderen Sara, Yentl en Benjamin. Ten slotte heb ik, mondjesmaat, ook wat mogen toevoegen. Het heeft geleid tot dit ratjetoe aan stijlen: sommige ruimtes zijn modern, andere romantisch-landelijk. In de hal, die zo hoog is dat hij een beetje aan een kerk doet denken, heb ik het oorspronkelijke schoonmetselwerk in een lichte taupetint laten sauzen. Er hangt een manshoog portret van Camiel. Op dat doek, dat hij heeft ontvangen voor zijn medewerking aan een televisieprogramma, lijkt hij op een Romeinse veldheer die met een ondoorgrondelijke blik in de verte staart.

Camiel is drieënvijftig, negentien jaar ouder dan ik, maar dat zou je hem niet geven. Hij zegt tegen iedereen die daarover begint dat dat komt door zijn goede genen, dat hij geluk heeft gehad. Wat hij er niet bij zegt is dat hij af en toe onder de zonnebank kruipt, dat zijn rimpels niet dieper en talrijker worden dankzij de botox en peelings, en hij bovendien haast geobsedeerd is met zijn gebit – mijn echtgenoot heeft een abonnement bij een wittetandendokter. Ten slotte wordt zijn haar geverfd door de man van Guy, die zijn vak zo goed verstaat dat Camiel al vele jaren de indruk wekt dat hij slechts lichtjes aan het grijzen is.

Tegenover Camiels portret hangen die van zijn kinderen toen ze nog klein waren. In het begin vond ik het confronterend; de in olieverf gevangen kinderogen leken me vijandig aan te staren. Inmiddels ben ik eraan gewend.

Via de woonkamer loop ik de serre in. 'Hé, lieverds.'

Tegen de achtergevel staat een houten hok van twee verdiepingen. Ik trek de klep van het front open. Na een korte aarzeling stappen Mees en Muis over de provisorische loopplank hun hok uit. Het sneeuwwitte verenpakje van mijn baardkuifzijdehoentjes is zo zacht en dik dat het nog het meeste lijkt op de vacht van een pomeriaantje. De pompon op hun kopje heeft de grootte van een tennisbal, alleen het puntje van hun snavel piept eruit.

Mijn telefoon bromt in mijn zak.

elektricien   was lekker vanochtend

Ik glimlach en stuur een hartje en een kus terug.

Hij reageert meteen.

elektricien   mis je nu al

'Ik jou ook' wil ik terugappen. Dan herinner ik me zijn voornemen. Het is al ingewikkeld genoeg dat ik Laurens tegen het lijf kan lopen bij De Luwte. Ik wil hem niet hier hebben.

Ik stop mijn telefoon weg, warm een diepvriesmaaltijd op en eet alleen, met een glas wijn, aan de lange tafel met Mees en Muis rondscharrelend aan mijn voeten. Met een half oog volg ik het journaal. Ik schenk nog een glas wijn in, bijna tot aan de rand.

Toen het twee zomers geleden serieus werd met Camiel zei hij tegen me: 'Weet waaraan je begint. Ik ben getrouwd met mijn werk, dat gaat altijd voor.'

Dat begreep ik.

En ik begrijp het nog steeds.

Maar het begrijpen en ermee kunnen omgaan zijn twee verschillende dingen, weet ik nu. In het begin waren we verliefd, alles was nieuw en geweldig en we brachten veel tijd samen door. Op avonden dat Camiel achter zijn fornuis stond, werkte ik vaak over. Na afloop, als het personeel naar huis was, hadden we schaamteloos seks op een van de tafels in het restaurant, of pontificaal op de balie, of wierp hij me over de rugleuning van een van de banken in de entree. Een keer maakte hij een buffet van mijn lichaam: geconcentreerd, koortsig was hij in de weer, en ik mocht niet bewegen. Ik heb kunnen voorkomen dat hij foto's van zijn kunstwerk maakte – hij had ze vast trots aan zijn vrienden laten zien.

Die gelukzalige periode, waarin ik me meer gezien voelde dan in mijn hele leven tot dan toe bij elkaar, duurde drie, vier maanden. Geleidelijk verschoof zijn interesse weer terug naar zijn enige echte liefdes: zijn keuken en zijn ego. Dat is hem niet aan te rekenen; Camiel is wie hij is. Het was mijn eigen keuze om op die rijdende trein te springen.

34

En eerlijk is eerlijk: het leven als mevrouw Storm is ook de moeite waard zonder de constante aanwezigheid van meneer Storm. Ik blijf me verwonderen over alle deuren die openvliegen zodra Camiels naam valt.

Dat ik in ruil daarvoor vaak alleen zou zijn 's avonds, en dat we zelden samen wakker zouden worden, daarop had ik me ingesteld. Waarop ik me wel heb verkeken is hoe eenzaam het kan zijn wanneer je levenspartner zijn aandacht en liefde primair op zijn werk richt. Ik ben iets 'voor erbij'. En die wetenschap is pijnlijker dan ik had kunnen vermoeden.

Ik weet wel dat je het geluk nooit buiten jezelf moet zoeken, maar als je je bij tijden zo ongezien voelt, zo leeg, dan grijp je elke reddingsboei aan die je wordt toegeworpen.

Daar ben ik Laurens dankbaar voor: hij wierp me die boei toe op het moment dat ik bijna kopje-onder ging.

Ver na middernacht hoor ik Camiel thuiskomen. Klossende voetstappen in de keuken, de la van de vriezer, het geluid van de televisie. Mijn echtgenoot gaat niet slapen voordat hij een volle bak ijs heeft leeggelepeld, languit op de bank met zijn voeten op de salontafel. Hij kijkt het nieuws, een talkshow, en komt dan naar bed. Elke werkdag hetzelfde. Dat hij nog redelijk slank is en niet tonnetjerond kun je gerust een wonder van de natuur noemen.

Ik schrik wakker van het gekraak van de trap. Dat geluid blijft een trigger: hoe vast ik ook slaap, ik signaleer het en reageer erop.

Camiel loopt langs mijn deur naar zijn eigen slaapkamer, zachtjes, hij doet zijn best om me niet wakker te maken, en sluit zijn deur met een bescheiden klik achter zich. Ik hoor een kraan lopen. Geruis van het dekbed. De gedempte stemmen die ik nu opvang zijn van de podcast waarnaar hij luistert om in slaap te komen.

Het eerste halfjaar sliepen Camiel en ik samen in zijn bed, maar de nachten waarin ik wakker schrok braken me op. 'Kamers genoeg,' zei hij. 'Kies er maar een uit.'

Mijn slaapkamer, die een open verbinding heeft met mijn badkamertje, mocht ik naar eigen smaak laten inrichten. Zo werd er weer een nieuwe stijl aan het chaotische palet toegevoegd.

Dit huis is een museum aan compromissen van iedereen die hier woont en gewoond heeft. Maar het is vooral groot.

Te groot voor twee mensen.

5

'Morgenvroeg om tien uur bij mij, goed? Dan doen we eerst een koffietje.' Michelles vraag klinkt zoals altijd als een commando. Op de achtergrond staat een tv aan en ik hoor kinderstemmen.

'Eh... morgen?' vraag ik.

Ze pikt mijn aarzeling niet op. 'Ik heb voor ons gereserveerd bij Duinzicht.'

Camiel zoekt oogcontact met me door de glazen wand

van de vergaderruimte. Onze financiële man en de accountant zitten tegenover hem in hun papieren te bladeren – toen ik het nummer van mijn zus in mijn schermpje zag oplichten, ben ik meteen uit de bespreking weggelopen. Ze belt me vrijwel nooit.

'Het was nog een hele toer,' gaat Michelle verder. 'Want op het terras kunnen ze eigenlijk niet reserveren.'

Ik heb nog steeds geen idee waarover ze het heeft. Mijn agenda van morgen staat vol zakelijke afspraken. 'Eh... help me even?'

'Lynn, méén je dit nou?'

In de stilte die volgt dringt het tot me door: morgen is het 5 juni. Voor het eerst in dertien jaar was het voor mij een datum als alle andere. De Luwte in 't Land slokt me volledig op.

'Gaat het wel goed met je?'

'Jazeker. Alleen...' Ik scrol door mijn agenda. De belangrijkste afspraken heb ik vóór de middag. 'Zullen we het andersom doen? Dat we eerst samen gaan lunchen en –'

'Lukt niet, ik moet vanaf drie uur thuis zijn voor de kinderen.'

In de vergaderruimte heft Camiel zijn kin en gooit zijn handen omhoog: *Mens, we zijn hier in gesprek, wat kan er nou zo belangrijk zijn?*

'Oké, dan eh... Komt goed, Michelle, ik zie je morgen.' Ik verbreek de verbinding en steek twee vingers op naar Camiel.

In de toiletruimte leun ik tegen de wand en haal een paar keer diep adem. Het helpt niet. Ik sluit me op in een van de hokjes en steek mijn duim in mijn mond, begin erop te zuigen. Ongemerkt zagen mijn ondertanden over mijn huid, beweegt mijn onderkaak heen en weer. Harder, nog harder, het kalmeert me, totdat ik besef wat ik aan het doen ben en geschrokken mijn duim uit mijn mond trek.

6

Onderweg naar de vergaderruimte begint mijn telefoon te zoemen. Laurens. Ik wil hem wegdrukken, maar mijn nieuwsgierigheid wint het.

elektricien	hey mevrouw storm raad es waar ik ben

Er komt een bestandje binnen.

Ik klik erop.

Een filmpje. Schokkerig. Ik herken de ruwe muren en het plafond met de rvs-buizen: Laurens is hier in het gebouw, in de flagshipstore in wording. Op zich niet opmerkelijk, hij is een van onze vaste elektriciens.

elektricien	maar eh kom je ff naar beneden?
	k heb een probleem ;)
lynnstorm	nee. vergadering
elektricien	t is wel een groot probleem
	misschien net iets te groot voor jou ;)

Mijn lichaam reageert.

elektricien	wacht
	k stuur je ff een foto v/d situatie....
lynnstorm	nee!!!

Ik kijk niet naar de foto die hij me stuurt. Laurens is totaal schaamteloos.

lynnstorm	sorry, gaat echt niet
	ik app je vnv xxx

Ik zet mijn telefoon op vliegtuigstand en stap de vergader-ruimte in.

'Wat was er nou zo belangrijk?' snauwt Camiel.

april 1999

In het dijkhuisje van tante Ingrid liggen brede grenen planken op de vloer en boven in de ramen zit glas in lood. Zelfs als het regent is het hierbinnen licht, dat komt doordat alles crèmewit is geschilderd.

Tante Ingrid schenkt soep uit een steelpannetje voor ons in aardewerken kommen. 'Wil je er brood bij?' Haar armbanden rinkelen terwijl ze twee sneetjes in het rooster stopt.

'Lekker.'

Aan haar postuur kun je wel zien dat ze een zus van mijn vader is. Ze is net als hij een beetje gedrongen gebouwd, met korte, stompe vingers, en ze heeft dezelfde bruine, dicht bij elkaar staande ogen met kleine, kommavormige wenkbrauwen – ze tekent ze zelf bij met een potloodje, zodat ze langer lijken. Maar tante Ingrid heeft geen buien.

'Hè, wat zie ik nou?' Uit het niets grijpt ze mijn pols beet.

Ik wil mijn arm terugtrekken, maar ze houdt hem stevig vast en bekijkt de pleister. Aan weerszijden is de huid rood en dik. 'Hoe is dat gekomen?'

'Van het duimen.'

'Het lijkt gekneusd.' Ze bekijkt de rest van mijn hand, controleert mijn vingertoppen. Ik ben gewend aan mijn afgebeten nagels, de losse velletjes en de wondjes. Nu, door de reactie van tante Ingrid, schaam ik me ervoor.

Na een paar ongemakkelijke seconden waarin ze niets zegt, drukt ze een kus op mijn kruin, aait over mijn hoofd en loopt weer naar het aanrecht.

Hopelijk laat ze het hierbij en vraagt ze er niet meer naar.

In de woonkamer klinkt gerinkel van haar telefoon. Ze zet de kommen en een bordje met geroosterd brood op tafel en loopt weg. 'Begin maar vast, anders wordt het koud.'

Ik doop het brood in de bloedrode soep. Die is heerlijk, lekkerder dan wat dan ook. Dat komt door de zon, weet ik van tante Ingrid. Als je vleestomaten na het plukken nog een poosje in de zon laat rijpen, precies tot het fruit zo zacht is dat je er deuken in kunt duwen en het bijna rot, dan zitten ze boordevol suikers, en krijgen ze nog meer smaak. De vleestomaten kweekt ze zelf, ik heb in de herfstvakantie nog meegeholpen met ontvellen, pureren en invriezen.

Ik neem nog een hap en kijk naar buiten. Vanuit de keuken kun je de moestuin zien liggen, en ook de kippenren en de fruitbomen, die nu in bloei staan. Daarachter liggen de uiterwaarden waar soms koeien grazen. Er is daar een paadje, dwars over het land van de boer, dat naar de rivier leidt. Het water ligt de ene keer verder weg dan de andere. In de winter stijgt het wel eens tot aan het terras.

'Dat was je moeder.' Tante Ingrid komt terug de keuken in.

Ik laat mijn lepel zakken. 'Mama heeft mijn briefje gevonden.'

Ingrid komt tegenover me zitten. 'Ik heb met haar afgesproken dat ik je morgenavond naar huis breng.'

'Ik wil niet terug.'

Even zegt ze niets. Dan, zachtjes: 'Dat snap ik, lieverdje.'

'Kan ik niet hier blijven?'

Ze laat haar blik even op me rusten en kijkt dan over mijn schouder, door het raam in de richting van de rivier. Even denk ik dat ze het overweegt om mij bij zich in huis te nemen. Als ze ten slotte haar hoofd schudt, gaat er een golf van teleurstelling door me heen.

7

Michelle grijpt de revers van haar jas vast, snuift. 'Al dertien jaar zonder die twee.'

Ik kijk met haar mee naar de boom die voor ons uit de bosgrond oprijst – een beuk, mijn moeders favoriete boomsoort, herkenbaar aan de gladde, bijna huidachtige stam. Vroeger was heel Nederland bebost, leerde ik van haar. Toen de mensen zich hier gingen settelen moest een deel van de bossen wijken voor huizen en landbouwgrond. Later werd de windmolen uitgevonden, waarmee we planken konden zagen voor nog meer huizen en scheepsbouw. De vraag naar bouwhout was zo groot dat de bomen opraakten, en we hout uit andere landen moesten halen. Holland dankt de naam niet aan de holle vorm, maar aan de houtindustrie: *holtland* – houtland.

Het is een van de vele feitjes die me zijn bijgebleven. Mijn moeder had de gave om de geschiedenis tot leven te wekken, thuis en op haar werk. Tot ruim een jaar na het overlijden van papa en mama kregen Michelle en ik condoleancekaartjes toegestuurd van mama's oud-leerlingen.

Ik laat me op mijn hurken zakken en woel door de bosbodem met mijn vingertoppen. Veeg takjes en dorre blaadjes weg. Om ons heen kwetteren en zingen de vogels. Van dieper in het bos klinkt het gehamer van een specht. Ik pak een takje en teken een hart in het zand.

'Soms heb ik het gevoel dat ze nog over ons waken.' Michelle tuurt door het gebladerte naar de hemel. Een reepje zonlicht strijkt over het donshaar op haar wang. 'Dat ze daarboven nog samen zijn, op een of andere manier. Ze hadden ook hun goede momenten.'

Dat waren er dan gruwelijk weinig, denk ik. Maar ik houd mijn mond. Het heeft geen zin, we gaan het toch nooit eens worden.

Mijn zus en ik komen hier elk jaar op 5 juni, de dag dat we wees zijn geworden. Ik was pas twintig, Michelle zes jaar ouder en zelf al moeder.

Nadat de lichamen van papa en mama eindelijk waren vrijgegeven, heeft Michelle beslist dat ze gecremeerd moesten worden. Als het aan mij had gelegen waren ze begraven, ieder in hun eigen kist, met flink wat kavels tussen die twee in, maar mij werd niets gevraagd.

Toch ben ik in de loop van de tijd Michelles beslissing gaan waarderen. Zo'n boom heeft wel wat.

In elk geval leeft en groeit hij, wat ik een troostrijke gedachte vind.

Zwijgend leggen we dertien rozen aan de voet van de boom, en wandelen over het bospad terug naar onze auto's. Michelle wilde vanochtend samen vanuit haar huis in Boskoop hierheen rijden – maar dan wel in háár auto, uiteraard, want zo werkt dat nu eenmaal bij haar.

Dat we nu elk in onze eigen auto naar Duinzicht rijden, voelt als een kleine overwinning, die deze dag een beetje beter te verteren maakt.

8

Op het enige vrije tafeltje op het terras, pontificaal in het midden, steekt een kaartje uit een houder.

GERESERVEERD VOOR MVR. LYNN STORM +1

Really? Ik leg de houder meteen plat. Vandaag, op deze plek, kan ik alleen maar Lynn Fleer zijn.

Michelle ploft neer, plukt het kaartje uit de houder en wappert ermee. 'Handig, hoor. Ze reserveren niet op het terras. Maar toen ik jouw naam noemde, kon ineens alles.'

Ik bestel een pinot grigio en quiche bij de serveerster, die ons met overdreven veel aandacht en enthousiasme bedient, en luister met een half oor naar de verhalen van mijn zus. Die gaan zoals altijd over haar kinderen. Ze heeft er vijf: de tweeling Jayden en Finn zijn de oudsten, daarna volgen drie 'losse' dochters, Myrthe, Merel en Mayke. De jongste twee zitten nog op de basisschool.

'Myrthe heeft ADD, blijkt nu, daar gaat die meid zó goed mee om...'

Ik veins interesse, knik af en toe, en peuter aan mijn nagelriemen. De wind cirkelt tussen de tafeltjes en parasols en tilt een lok op van Michelles voorhoofd. Ze is nu net een kaketoe: kuifje óp en weer neer, op en neer. Mijn zus heeft van nature prachtig dik haar, tussen oranje en blond in, net als onze moeder, maar het is steil, en bij elk kind dat ze baarde ging er een paar centimeter vanaf. Vroeger liet ze nog wel eens highlights zetten, nu knipt Jonas haar haar – en zij dat van hem.

De serveerster zet de borden neer. 'Ik hoop dat de quiche u smaakt, de jongens in de keuken stressen de hele ochtend al.' Ze knipoogt. 'Zo vaak hebben we hier geen hoog bezoek.' Met een vrolijk 'Bon appétit!' laat ze ons weer alleen.

Ik begin te eten. Ui, prei, kaas, tomaat en ei. Degelijk boerenvoedsel; ik was bijna vergeten hoe dat smaakte. Sinds ik bij Camiel ben ingetrokken eet ik alleen nog kliekjes uit de koelcel van De Luwte, afgewisseld met het allergoedkoopste gemaksvoedsel waar Camiel naar verlangt alsof het drugs is – het zoveelste bewijs dat een mens altijd op zoek is naar balans in zijn leven.

'Is het nog een beetje uit te houden bij die kerel van je?' vraagt Michelle tussen twee happen door.

Ik doe of ik haar niet heb gehoord.

Ze zoekt mijn blik over de tafel. 'Lynn?'

'O? Ja, prima hoor.'

Ze knijpt haar ogen samen. 'Wat ik me steeds afvraag... Is het niet... te eenzaam?'

'Eenzaam?' Ik schud mijn hoofd. 'Ik heb het hartstikke druk. We zijn bezig met een megaproject. Het is nog geheim, maar het wordt next level. En trouwens, pasgeleden zijn we nog een paar dagen in Londen geweest, zo'n lol gehad.' Ik merk dat ik begin te ratelen. Bij De Luwte ben ik de echtgenote van de baas en verantwoordelijk voor de pr en marketing. Er zullen vast werknemers zijn die een oordeel hebben over mijn verbintenis met Camiel – twintig jaar leeftijdsverschil wordt niet altijd begrepen –, maar binnen de muren van De Luwte doet mijn mening ertoe. Voor Michelle daarentegen ben ik nog steeds haar kleine zusje. Het onnozele kind dat aan het handje moet worden genomen. En het meest ergerlijke is dat ik vanzelfsprekend terugschiet in die rol als ik er niet scherp op let. 'Kijk, zie je...?' Ik laat haar een foto zien die in sterrenrestaurant The Clove Club is gemaakt. We zien eruit als beroemdheden: stralend, verzorgd.

Michelle werpt een vluchtige blik op de foto. 'Wie zijn die twee mannen?'

'Da's Guy, en die met die blauwe bril is zijn vriend Gerard.'

'Mensen uit zijn kringen?'

'Ja, tuurlijk. Guy is onze sommelier, en Gerard doet Camiels haar.'

'Lynn, ik... eh... Begrijp me niet verkeerd.' Ze legt haar mes en vork neer. Haar ogen hebben de kleur van een rivier op een mistige ochtend. Ergens tussen kind vier en kind vijf is ze gestopt met het dragen van make-up, waardoor het opvalt dat haar wenkbrauwen en wimpers nauwelijks gepigmenteerd zijn – ook een erfenis van mama. 'Hang je je niet te veel op aan die kerel?'

Die kerel... 'Wat bedoel je daarmee?'

'Nou, als het misgaat...' Ze kijkt van me weg. 'Je bent drieëndertig, je zou nou onderhand wel een solide basis moeten hebben. IJkpunten.'

Ik neem een slok wijn en zet het glas met licht trillende hand terug op het tafelblad. 'Die basis vind ik in mezelf. En in mijn werk. Daar heb ik geen man voor nodig.'

'Je werk, Lynn, is De Luwte, het bedrijf van je man.'

Ik stop mijn telefoon weg.

'Ik ken hem natuurlijk niet zoals jij hem kent, maar in dat kookprogramma laatst op RTL had hij het alleen over zijn ex en zijn kinderen. Hij noemde jou niet eens, terwijl je zoveel voor hem en zijn business doet. Dat stoort me.'

'Waarom?'

'Omdat je mijn zus bent.'

'Alleen daarom?'

Ze fronst. 'Natuurlijk, twijfel je daarover?'

Ik voel me een beetje misselijk worden. 'Camiel is niet iemand met wie ik date of zo, we zijn getrouwd.'

'Gauw-gauw, in het buitenland, met een paar van zíjn vrienden als getuige.' De afkeuring druipt van haar gezicht.

'In het Palazzo Vecchio in Florence. Noem je dat gauwgauw? Da's een droomlocatie!'

'Ik was nog niet klaar. Jullie zijn getrouwd onder huwelijkse voorwaarden. Als hij je beu is, schopt hij je buiten en sta je met lege handen!'

Om ons heen verstomt het geroezemoes. De serveerster werpt ons een zorgelijke blik toe. Ik forceer een glimlach,

Michelle doet hetzelfde en richt zich dan weer op haar bord. Zachter vervolgt ze: 'Hij ontzegt je een eigen leven, Lynn. Een gezinnetje.'

'Je meent het echt.'

'En dan nog wat. Ik wilde het er eigenlijk niet over hebben, maar...' Ze heft haar kin. 'Camiel lijkt gewoon te veel op papa. Sorry.'

'Doe niet zo idioot. Ze hebben alleen hetzelfde beroep.'

Mijn zus schudt haar hoofd alsof ik volslagen onzin uitkraam. Dan zegt ze: 'Je hebt een basisstation nodig. Een familiestructuur.'

'Nee, jíj. Jíj hebt dat nodig. Kun je begrijpen dat het voor mij anders werkt? Dat we twee verschillende mensen zijn? Met verschillende behoeftes?'

Inwendig voel ik een trilling opkomen. Stress. Die zit er nog, opgeslagen in mijn cellen. Samen met oud zeer, angst, wrok, verdriet. Allerhande shit die ik zorgvuldig heb weggestopt.

Als ze de bezorgde zus wil uithangen, is ze daar rijkelijk laat mee.

*

Michelle omhelst me bij het afscheid op de parkeerplaats. 'We moeten vaker afspreken.'

'Ja,' zeg ik laf. 'Dat moeten we echt doen.'

'Ik meen het. We zien elkaar te weinig.'

Ik knik en zet een stap in de richting van mijn auto. De sleutel brandt in mijn hand.

'Ik ben er misschien een beetje vroeg mee, maar met jouw agenda... Jonas en ik vieren 17 september samen onze verjaardag. We gaan het groot aanpakken, tap, barbecue en alles. Er komen mensen van zijn werk en uit de buurt.' Ze knikt er tevreden bij, alsof ze het helemaal voor zich ziet. 'Als je die dag nou eens lekker vroeg komt, en blijft slapen? De kinderen vinden het geweldig om hun tante weer eens te zien.'

'Goed,' zeg ik.

De banden van mijn auto slippen over de harde bosgrond als ik wegrijd.

9

De hele rit terug naar Roermond kijk ik zwijgend voor me uit. Bij elke kilometer die ik verder verwijderd raak van mijn oude leven, voel ik de spanning afnemen.

Een basisstation. Familiestructuren. Ik begrijp wat Michelle bedoelt, maar je kunt het ook overdrijven.

Werkelijk alles in en rond die twee-onder-een-kap van haar en Jonas staat in het teken van hun kinderen; de oprit ligt bezaaid met fietsen, de garage is een speelkamer en door het hele huis liggen stapels wasgoed. Ik kan me niet voorstellen dat Michelle nog aan zichzelf toekomt, zo tussen het smeren van bergen boterhammen en het taxirijden naar bijlessen en sportclubs door. Als iemand van ons zich al zorgen zou moeten maken geen eigen leven te leiden, dan zou zíj dat moeten zijn.

Ik moet me voortaan beter voorbereiden op een bezoek aan Michelle, me bewapenen met rake argumenten. Ik pik het in elk geval niet meer, dat commentaar van haar op mijn leven en mijn keuzes. Zes jaar leeftijdsverschil is enorm als je jong bent, je bevindt je in andere levensfases. Dus ik weet niet of ik het haar kwalijk kan nemen dat ze mij en mama in de steek heeft gelaten, en dat ze zelfs in de donkerste periode van mijn leven nauwelijks interesse in me heeft getoond. Maar ik weet wel dat ik het andersom nooit zo had gedaan.

Ik zou mijn zusje niet hebben laten stikken.

Toen het ergste achter de rug was en ik weer een beetje normaal begon te functioneren, heb ik de eerste mogelijkheid gegrepen om uit te vliegen, ver bij mijn geboortegrond vandaan. Het vreemde was: ik begon mijn vader te begrijpen. Alles in Laren hield me klein. De mensen, de blikken, de herinneringen. De plaats was besmet. Ik kon er niet worden wie ik was.

*

Bij een benzinestation stop ik voor een cappuccino. Terug in de auto stuur ik een berichtje naar Laurens.

lynnstorm   sorry nog van gisteren
             wil best iets aan je probleem doen ;)

Hij reageert prompt – ik vermoed dat hij een afwijkend geluid heeft ingesteld voor mijn berichtjes.

elektricien	je hebt t anders niet verdient

Zou hij echt boos zijn?

Ik bekijk de foto die hij me gisteren stuurde. Een opengeritste werkbroek toont een deel van zijn lies. Zijn hand ligt gekromd om... Ik glimlach. Het moet gezegd, hij weet de juiste hoek wel te vinden.

lynnstorm	ik maak het meer dan goed met je
elektricien	waar ben je?

We treffen elkaar enkele kilometers buiten Roermond op een doodlopende weg. Ik stap in zijn bus en klim meteen op hem. Onze monden vinden elkaar, hongerig, koortsig, en onze handen zijn overal. Ik rits zijn broek open en trek zijn shirt over zijn hoofd uit. Snel ontdoe ik me van mijn bovenkleding, trek mijn slip opzij en laat me zonder aarzeling over zijn krachtige erectie zakken. Stukje bij beetje, schokkerig, ongeduldig. Laurens schuift iets naar onderen om me meer ruimte te geven, hij grijpt mijn borsten en overlaadt me met geile complimentjes. We bewegen gehaast, alsof we elk moment betrapt kunnen worden, en onze ontladingen zijn kort en intens.

Als ik mezelf heb gefatsoeneerd, mijn sleutels uit mijn tas heb opgediept en Laurens een vlugge zoen op zijn wang geef, grijpt hij me bij mijn pols. 'Ik heb het gevoel dat je me gebruikt.'

'Jij mij net zo goed, toch?'

Zijn gezicht betrekt.

'Je komt vast op meer plaatsen waar je problemen voor je worden opgelost,' ga ik verder.

Hij schudt langzaam zijn hoofd. Zijn huid is nog verhit, zijn ogen donker. 'Ik wil alleen jou.'

Ik begin te lachen in een poging de plotselinge spanning te verdrijven.

'Niet doen,' fluistert hij.

'Wil je me loslaten? Je doet me pijn.'

'Jij mij ook, Lynn.'

Vanaf de straat kun je niet zien of er iemand thuis is. Er staat een metershoge beukenhaag strak langs de weg en door de spijlen van de toegangspoort is tussen alle bomen en begroeiing door niet meer dan een glimp te zien van de voordeur en de rieten kap. Ze parkeren hun auto's onder de overwoekerde carport rechts van het huis, buiten het zicht. *Privacy is key* op de Bramanshoeve.

Maar ik ben hier niet voor het eerst.

Ik tijger door een kale plek in de haag en loop dan kalm via het boomgaardje naar het huis. Alles lijkt rustig. De tuinman is pas geweest: de boel is aangeharkt, de kantjes van het gras zijn afgestoken.

De carport is leeg.

Ik duik onder de pergola door en volg het paadje dat via de zijkant van het huis naar het terras bij de serre leidt. Daar blijf ik staan, mijn blik gericht op de achtertuin met de heggen, struiken, de vijver, en zo veel bomen dat het terrein achterin en aan de zijkanten lijkt over te lopen in een bos. Er zijn buren, je hoort ze af en toe, voor de rest merk je er weinig van. Ik draai me om naar de achtergevel.

Ramen met sloten, een alarmsysteem. Overal is aan gedacht.

Maar er is niets dat honderd procent veiligheid biedt.

10

De in smetteloos wit geklede keukenbrigade werkt geconcentreerd aan de rvs-tafels, hun haar verstopt onder zwarte bandana's waar het logo van De Luwte duidelijk tegen afsteekt. Camiel stuurt hen aan als een generaal. Energiek, soepel en vanzelfsprekend voegt alles en iedereen zich naar hem. Het blijft een fascinerend schouwspel, na twee jaar ben ik er nog steeds niet helemaal aan gewend.

Michelle is gewoon jaloers, schiet het door me heen. Mijn Camiel is van een heel ander kaliber dan die doorzon-Jonas van haar. En hoe durft ze de vergelijking met papa te maken? Onze vader was een narcist met losse handjes en een kwade dronk.

Ik draai aan mijn witgouden ring, een hoekig model van Cartier met diamantjes. Camiel schoof hem vorig jaar april om mijn vinger. We zaten te eten in een sprookjesachtig restaurant in Florence toen er een violist aan onze tafel verscheen – ik voelde me behoorlijk opgelaten door die speciale aandacht, hoe kon ik weten dat Camiel dit had bekokstoofd? Nadat de muziek was weggestorven liet Camiel zich op één knie zakken. Hij opende het doosje met de ring en vroeg me ten huwelijk. Natuurlijk zei ik 'ja'. Later die week trouwden we in het wereldberoemde raadhuis van Florence, in de aanwezigheid van een paar goede vrienden van Camiel – onder wie Daniel, onze huisarchitect, en zijn vrouw. We gingen heerlijk eten met z'n allen, en daar bleef het bij. Camiel zag op tegen het gastenlijstgedoe dat nu eenmaal bij een huwelijksfeest hoort. 'Die wel, die juist niet,' zei hij die avond in bed. 'En als je die uitnodigt, moet je ook die... Om scheve gezichten te voorkomen moeten we een feest voor duizend man geven. En dan hoort de pers er ook bij.' Hij trok een gezicht, en keek me daarna een tikje verbaasd aan, afwachtend, alsof hij nu pas doorhad dat ik mogelijk óók wensen kon hebben. 'Of wil jij... vind jij het nodig?'

'Nee, joh,' zei ik. 'Nergens voor nodig.'

Terug in Nederland liet ik een persbericht uitgaan en stuurden we vrienden, collega's en familie een handgeschept kaartje met een prachtige foto erbij: Camiel in een crèmekleurig op maat gemaakt linnen pak en ik in een lichtblauwe jurk van Dolce & Gabbana die geweldig kleurde bij mijn blonde haar. De foto's die ik naar de media stuurde werden overal gepubliceerd en zag ik terug op internet en in allerlei tv-programma's.

De postbode bracht gebundelde gelukwensen, stapels kaarten en brieven met dikke elastieken eromheen. Thuis en op de zaak stonden vazen en emmers met bloemen.

Maar Michelle was ziedend.

Ze had erbij willen zijn. Erbij *moeten* zijn.

We waren familie, we hadden verder niemand.

Dat ik haar de dag na de ceremonie als eerste had gebeld, vond ze 'te makkelijk'.

*

Ik duik de open kast bij de uitgiftebalie in. Omdat het eerder regel dan uitzondering is dat de gasten na afloop van het diner zo vol zitten dat ze de friandises die bij de koffie worden geserveerd mee naar huis willen nemen, kwam ik op het idee van een aparte lijn met zoetigheden. De blikjes 'Voor zoete koek' en 'Choc 'til you drop' lopen nu al goed; zodra De Luwte in 't Land eenmaal is uitgerold gaat de verkoop vast helemaal door het dak.

Ik pak de blikjes uit de kast, ga op zoek naar een tasje met een vlakke bodem, en dan blijven mijn ogen haken aan die van een stagiair. Een jongen van een jaar of twintig, magertjes, met smalle schouders en een scherpe, doordringende blik. Zijn huid is bleek en ziet er onrustig uit, zoals die van de meeste jonge koks, veroorzaakt door junkfood, onmenselijk lange werkdagen en gebrek aan zonlicht. Hij wendt zijn blik niet af.

Ik doe alsof ik zijn gestaar niet opmerk en loop verder de keuken in om chocolaatjes, macarons en gekaramelliseerde walnoten te verzamelen. Sommige moeten nog worden afgewerkt door de patissier, andere liggen klaar in de koeling voor vanavond. Terug bij de uitgiftebalie vul ik de blikjes zorgvuldig af, in laagjes, met dun papier ter bescherming ertussen.

'Snoepavondje?' vraagt de souschef. Thomas heet hij, een kalende Brabander met een eeuwige glimlach op zijn gezicht. Camiel is dol op hem.

'Offertjes voor de interieurontwerpers en de architect. Ik hou ze graag gemotiveerd.'

'Dát hoorde ik toevallig!' Daniel duikt op aan de restaurantkant van de uitgiftebalie en komt de keuken in gelopen. Onze huisarchitect heeft voor mijn komst de metamorfose van het oude fabriekspand naar restaurant uitgedacht en de bouw begeleid, sindsdien is hij een van Camiels beste vrienden. 'Was je aan het roddelen over me?'

'Alleen maar goede dingen.' Ik glimlach. 'Hoe gaat het?'

Hij buigt zich naar me toe en geeft me een vluchtige zoen op mijn wang. 'Met slechte mensen gaat het altijd goed.' Daniels felrode polo spant om zijn bovenarmen en zijn welvaartsbuikje; een aanzienlijk deel van wat hij aan De Luwte verdient, geeft hij hier weer uit, maar je ziet dat hij zijn best doet om in vorm te blijven.

Op een paar passen bij ons vandaan houdt de stagiair me nog steeds in de gaten. Ineens bekruipt me het gevoel dat Laurens misschien wel helemaal niet zo discreet is als hij beweert. Wie weet kletst hij honderduit over zijn avonturen met mevrouw Storm. *Is de stagiair een vriend van Laurens?* Hij lijkt me jonger, maar wat zegt dat?

Daniel houdt een linnen tasje omhoog. 'De stalen. Je hebt ze niet opgehaald.'

Ik neem de tas van hem over en kijk erin. Repen textiel, plakjes hout, kurk en bamboe. 'Shit, helemaal vergeten.'

'Vergéten?' Daniel kijkt een stuk minder vrolijk. 'Jullie

moeten dit weekend de knoop doorhakken, anders komen we in de knoei.' Hij zwaait naar Camiel, die van achter zijn grillplaat half afwezig een hand opsteekt en weer verder-gaat met zijn werk. 'Die Lies Volt schakelt snel. Voltage is geen doorsnee ontwerpbureau.'

'Dat weet ik. Super dat je ons ertussen hebt weten te proppen.'

'Het is nog geen fait accompli, hè. Ze hebben al vaker opdrachten afgewezen omdat ze het "niet voelen".' Daniel maakt met zijn vingers aanhalingstekens in de lucht en rolt met zijn ogen. 'Interesseert ze geen bal, voor jou tien ande-ren.' Hij knikt naar het linnen tasje. 'Hou dit compleet en vergeet het in elk geval maandag niet mee te nemen, er is geen tweede set.'

'Doe ik,' zeg ik. Mijn aandacht wordt opnieuw getrok-ken naar de stagiair, die me nu ineens beleefd toeknikt met een wazig glimlachje om zijn brede mond. Dan richt hij zich weer op zijn deeg.

'Nou, dan zie ik jullie maandag op kantoor bij Voltage.' Daniel wijst op de blikjes, knipoogt naar me: 'Ik neem er nu alvast eentje mee. Voor de motivatie.'

11

De rest van de dag ben ik druk met telefoneren, het beant-woorden van een hele berg mails en schrijf ik een concept-tekst voor de nieuwsbrief. Iemand uit de keuken brengt me tegen zevenen een bord pasta, dat ik achter mijn laptop leegeet.

Nu snak ik naar een wijntje en rust.

Het loopt al tegen tienen als ik voor de poort afrem. Ik pak de afstandsbediening uit de middenconsole en druk op de knop. Het mechanisme reageert niet. Ik probeer het nog eens; soms maakt de batterij geen contact. Ongeduldig tik ik met het plastic ding op mijn bovenbeen. Het groene lampje brandt, toch blijft de poort gesloten.

'Lekker dan,' fluister ik.

Ik stap uit en duw binnensmonds vloekend mijn tassen onder de poort door. Dan zet ik een voet op de klink, klem me vast aan de bovenkant en zwaai mijn benen eroverheen.

Met de tassen over mijn schouders loop ik over de oprit naar het huis. Dat is donker, en ook het buitenlicht langs de muren en onder de carport brandt niet.

Stroomstoring, dus. Misschien kortsluiting door een blikseminslag? Nee, dat kan niet: als het hier vandaag zo heftig geonweerd heeft, dan had ik daarvan iets moeten meekrijgen.

Het huis oogt als een donker blok in de maanverlichte tuin, met ramen als zwarte gaten. Normaal worden de smeedijzeren, cursieve letters op de voorgevel dag en nacht subtiel uitgelicht. BRAMANS-HOEVE staat er dan te lezen op de witte muur. Dat klinkt uitheems, maar is een samentrekking van de oer-Nederlandse voornamen van Camiels ouders, Bram en Ans. Mijn schoonouders heb ik helaas nooit gekend: ze waren al overleden toen ik in Camiels leven kwam. Allebei wees, dat schiep een band.

In een oud fotoboek van Camiel vond ik zwart-witfoto's van het leggen van de eerste steen. Bram Storm, met bakkebaarden, een reusachtige zonnebril en een overhemd met puntkraag, en naast hem zijn Ans, gebruind, blond, en hevig opgemaakt volgens de toen geldende mode. Een mooi, succesvol stel, met tussen hen in een amper zes jaar oude Camiel op zijn hurken, met een troffel in zijn hand. Enkele decennia later volgde een herhaling van zetten met de drie kinderen die Camiel in dit huis met Christine kreeg.

Daar zal het voorlopig bij blijven.

'Ik wil geen tweede leg,' zei Camiel al meteen op onze eerste date.

Dat vond ik prima, ik wilde geen kinderen en daar sta ik nog steeds achter. 'Het leven doorgeven' klinkt romantisch, maar de realiteit is dat nou eenmaal zelden. Of je eigenlijk wel in de wieg bent gelegd voor het ouderschap, daar kom je pas achter als de kinderen er zijn, en dan is er geen weg meer terug. Mijn psychiater, Fiona Hofman, zei me eens dat geen enkel kind onbeschadigd door zijn of haar jeugd komt, dat er altijd fouten worden gemaakt, ook door goedbedoelende ouders.

Ik zou geen moment van zielenrust meer kennen.

Dát had ik tegen Michelle moeten zeggen, schiet het door me heen: kinderen nemen omdat je behoefte hebt aan een basisstation, een familiestructuur, is misschien wel net zo egoïstisch als geen kinderen nemen omdat je vrijheid je lief is.

Vlak bij het huis dringt het maanlicht nauwelijks tussen de boomkruinen door. Zeulend met de zware tassen en met de zaklamp op mijn telefoon voor me uit schijnend, loop ik door naar de achterkant van het huis. De wind trekt aan en ruist door de bomen; een geluid dat doet denken aan een zomerse regenbui. Verderop klinkt het geruststellende geraas van verkeer op de Keulsebaan – de provinciale weg die Roermond verbindt met Duitsland. De buitenwereld is hier nooit ver vandaan, toch voelt het niet zo, met die donkere, diepe achtertuin. Op klaarlichte dag is die al onoverzichtelijk door de wirwar van oude bomen en struiken, hagen en niveauverschillen. Nu zie ik nauwelijks een hand voor ogen: buiten mijn lichtbundel is alles duister.

Ik stap het terras op en haast me naar de achterdeur. Daar vecht ik tegen de aandrang om ervandoor te gaan, terug naar mijn auto. Ik sta stijf van de spanning.

Het voelt gewoon vreemd.

Alsof iemand me in de gaten houdt.

Ik schud mijn hoofd. Nee. Er is gewoon een stroomstoring en ik moet me niet aanstellen. Bovendien, wat voor dieven gaan er nou rond deze tijd al op rooftocht?

Dieven die weten dat Camiel op vrijdagavond tot diep in de nacht in zijn restaurant werkt en je van een vrouw alleen niet veel te vrezen hebt?

Ik hoor iets ritselen. Er knapt een tak.

Vlug steek ik de sleutel in het slot, ontgrendel de deur en glip naar binnen. Hier is het ook donker, de display van het alarmsysteem verspreidt een blauwachtige gloed. Het alarm lijkt uit te staan.

Een bonk. Geschuif.

Ik verstar.

Hoorde ik nou boven iets vallen – of kwam het geluid uit de kelder?

Ik blijf staan luisteren, gespitst op elk geluid. Niets. Als ik gerustgesteld de deur achter me wil sluiten, wordt die met kracht opengeduwd.

12

Ik heb me pas later afgevraagd waarom mama bij papa bleef. Hun huwelijk was een gegeven, zoals de agressieve uitspattingen van papa een gegeven waren. De raarste, meest heftige dingen, je went eraan als kind. Ook mama gedroeg zich niet zoals je zou mogen verwachten van een volwassen vrouw en moeder. Dat zag ik achteraf in, door gesprekken met mijn psychiater. Zij zei: 'Zolang je in het potje zit, kun je niet op het etiket kijken.'

Maar, eerlijk is eerlijk: in dat potje was het vaak prima toeven. Het ging maar af en toe mis. En dat er de volgende dag niets meer aan de hand was, maakte het makkelijker om die incidenten te negeren. Net zoals je je schrap zet voor een naderende onweersbui, zo zette ik me schrap als ik merkte dat papa geïrriteerd was, of gedronken had, en kwam ik weer tevoorschijn als ik geen stemverheffingen meer hoorde.

Het werd erger nadat Michelle is gaan studeren. Dat mama haar enorm miste zal hebben meegespeeld, maar tegelijkertijd werden zij en papa zelf ook ouder, en liepen de frustraties over zichzelf, hun huwelijk of het leven hoger op.

Papa kreeg last van zijn gewrichten, hij begon krom te lopen, terwijl mama met de jaren mentaal sterker leek te worden. Ze gaf vaker een weerwoord – waarop papa nog gemener tegen haar tekeerging. En mama zichzelf nog langer opsloot.

Dan ontbeten papa en ik samen, zwijgend aan de keukentafel, en kwam mama later op de dag tevoorschijn alsof er niets was gebeurd – alles vergeten en vergeven.

'Het is geen mishandeling, snap je?' zei mama wel eens tegen me. 'Want je vader slaat me niet.'

13

'Ben je wel goed bij je hoofd? Máfkees!'

Laurens trekt me grinnikend tegen zich aan en drukt zijn lippen in mijn hals. 'Schrok je?'

'Wat denk je zelf?' Mijn borst gaat snel op en neer, ik haal hijgend adem.

'Sorry,' zegt hij, maar ik weet dat hij er niets van meent.

Ik raap mijn telefoon van de vloer en schijn op zijn gezicht. Hij weert het licht af met zijn hand.

'Heb jij dit gedaan?' vraag ik.

'Wat bedoel je?'

'De stroom eraf gehaald, wat anders. Ben je binnen geweest? Nee toch? Je hebt toch niet ingebroken?'

Hij trekt zijn wenkbrauwen op. 'Waar zie je me voor aan?'

'Voor een elektricien.' Ik graai de tas met blikjes van de

vloer; er zijn er een paar uit gevallen. 'Lekker dan, die moet ik straks allemaal weer controleren.'

Hij kijkt me aan alsof het hem oprecht interesseert. 'Speciale gelegenheid?'

'Superbelangrijke meeting maandag met topontwerpers die de komende drie jaar vol zitten. Ik moet ze zien over te halen om voor ons te werken.'

'Met koekjes?'

'Alle beetjes helpen.' Ik pak de gevallen blikjes, check of er butsen in zitten en leg ze voorzichtig terug in de tas. 'Maar je weet van niks?'

'Dat je dat alleen maar dénkt. Waar is de stoppenkast?'

Ik ga hem voor de bijkeuken in, loop voorbij de kelder en wijs op de smalle deur in de uiterste hoek. Laurens opent hem, bestudeert in het schijnsel van zijn telefoon kort de schakelaars, en zet er eentje om. Prompt gaat overal licht aan. Ik hoor een printer zoemen, de ijskast slaat aan.

'Aardlek,' mompelt hij.

'Stond die uit? Hoe kan dat?'

Hij haalt zijn schouders op. 'Kortsluiting in een van je apparaten, piekbelasting. Kan altijd wel gebeuren. Maar als het vaker voorkomt moet je het even laten weten. Dan kijk ik er een keer naar.'

Ik observeer hem, bedacht op een spiertrekking, een bij-dehand glimlachje; niets wijst erop dat hij me voor de gek houdt.

'Je zou niet hiernaartoe komen,' zeg ik.

Hij glimlacht alleen maar raadselachtig en glipt dan langs me heen de woonkeuken in.

'Hé? Hoor je me niet?'

Hij laat zijn hand over de rvs-werkbladen gaan, mompelt 'Vet' bij het zien van de met blauwe ledlampen verlichte klimaatkast waarin Camiel zijn beste wijnen uitstalt, en loopt zonder zijn pas in te houden door naar de woonkamer. 'Tering!' Hij draait om zijn as, zijn armen gestrekt. 'Hahaha! Niet normaal. Hoe ziek groot moet je huis zijn?'

'Laurens!'

Hij doet of hij me niet hoort, fluit bij het zien van de tv – Camiels favoriete speeltje in de Bramanshoeve heeft de maat van een flink kinderledikant. Laurens ploft neer op de bank, wrijft over het leer, grist de afstandsbediening van tafel en zet de tv aan.

Als ik het ding uit zijn hand wil pakken, houdt hij het plagerig buiten mijn bereik en trekt me vervolgens met een krachtige beweging naar zich toe. 'Laat me zien waar jullie slapen.' Hij zoent me, slaat zijn armen om me heen. 'Jullie kamer... jullie bed. Breng me erheen.'

Ik schrik. 'Dat is privé!'

'Daarom juist.' Hij pakt mijn gezicht beet. 'Ik wil het zien, voelen, ruiken. Ik wil weten wat je ziet als je 's ochtends wakker wordt. Waar je 's nachts ligt als je m'n appjes leest.' Fluisterend: 'Ik wil je daar neuken, Lynn.'

Ik probeer me los te rukken. 'Je spoort niet.'

'Hé, dat wist je van tevoren.'

Ik merk aan alles dat hij hier plezier in heeft: grenzen opzoeken, ze oprekken.

'Wat denk je ervan?' fluistert hij in mijn oor, en hij verstevigt zijn greep.

Het idee dat Laurens me neerdrukt in Camiels bed vervult me met weerzin en windt me op tegelijkertijd. *Er is echt iets mis in mijn hoofd.*

'Het is gewoon... gewoon niet oké,' weet ik uit te brengen.

'Daarom juist.' Hij trekt me omhoog. 'Kom.'

'Nee, nee, echt niet. Niet doen.' De paniek klinkt door in mijn stem, ik trek terug, harder dan nodig, verlies mijn evenwicht en val achterover op de bank.

Laurens is meteen bij me. Hij drukt een zoen op mijn mond en houdt me onder zijn gespierde lijf gevangen. Zijn hand omvat mijn bil. 'Rustig maar... We voeren het langzaam op. Dit is zijn bank? Zit hij hier altijd, is dit zijn plek?' Abrupt trekt hij mijn sweater en bh omhoog en sluit zijn mond om mijn tepel. Ik knijp mijn ogen dicht, gooi mijn hoofd achterover en sla mijn benen om hem heen. Het is onmogelijk weerstand te bieden, het gaat vanzelf. 'Kick je daarop, Lynn, zo'n villa?' fluistert hij. 'Blijf je daarom bij hem?' Zijn erectie drukt tegen mijn bekken.

'Doe niet zo raar,' zeg ik zwakjes.

Hij knoopt mijn jeans open, rukt de stugge stof samen met mijn slipje over mijn billen naar beneden, en ik voel het koude leer van de bank op mijn huid. Mijn hele wezen reageert op zijn lef, zijn intensiteit, de spanning. De manier waarop hij naar me kijkt – *hij ziet me, hij wil me.* Als er een drug zou bestaan die je dit gevoel kon geven, zou iedereen eraan verslaafd zijn.

'Geeft hij je dit?' Laurens draait me om alsof ik niets weeg en trekt me aan mijn heupen naar zich toe, geeft een tik op mijn bil. 'Nou?' Het volgende moment dringt hij bij me naar binnen, terwijl mijn jeans nog om mijn bovenbenen spant.

De hemel.

Dit kan niet.

'Ik weet dat het niet zo is, Lynn,' hijgt hij. 'Ik voel het.'

Te goed, het voelt zo goed. 'Laurens, nee, je –'

'Dit krijg je alleen van mij.'

Ik beweeg met hem mee, sneller, harder. Sluit mijn ogen.

Zijn vingers drukken in mijn vlees. 'Je bent van mij,' fluistert hij. 'Van mij.'

14

Het was wel degelijk mishandeling, maar mijn moeder zag dat niet in. Zij zat ook in een potje. Eentje met donker glas en een stevig deksel erop. Ik had dat moeten zien. Ik had moeten inzien dat ze niet voor zichzelf kon zorgen, niet voor zichzelf kon denken. Dan had ik het kunnen voorkomen.

Dat gaat nog steeds door me heen als ik terugdenk aan wat er is gebeurd. Soms word ik uit het niets overweldigd door beelden en geuren; terwijl ik onder de douche sta, een serie kijk of in de auto zit. Dan voel ik opnieuw de gladde trapleuning onder mijn hand door glijden, hoor het kraken van de houten treden onder mijn voeten en word ik me weer bewust van mijn hart dat diep en zwaar in mijn borst bonst. Ruik ik opnieuw de indringende geur die ik toen nog niet herkende.

Eenmaal boven ben ik buiten adem. De muren pulseren in het ritme van mijn hartslag. Ik leg mijn hand op de deurklink, hoor het zachte piepen van de deur die ik openduw. Elk detail komt weer tot leven.

Ondanks alles. Het heeft allemaal niets geholpen. Ze zitten gewoon te diep, de herinneringen. Ze hebben zich vastgevreten in de haarvaten van mijn geheugen. Niets of niemand kan daarbij.

Ik had het kunnen voorkomen.

Het is mijn schuld.

*

'We moeten vaker afspreken.' Laurens ligt languit op de bank, met ontbloot bovenlijf, een arm achter zijn hoofd. Zijn onderbeen bungelt over de rand. 'Ik meen het, Lynn.'

Ik doe alsof ik hem niet hoor en kleed me verder aan. In de wc in de hal vouw ik een strook toiletpapier een paar keer dubbel en leg het in mijn slipje. Verdorie. We zouden voorzichtiger moeten zijn – nee: *ik* zou voorzichtiger moeten zijn. Nu de opwinding is weggeëbd komt de schaamte in volle hevigheid naar boven.

Hoe laat is het? Waar is mijn telefoon?

Ik haast me terug de kamer in. 'Je moet gaan.'

'Even serieus, Lynn. Gaat het om z'n geld? Snap ik wel, hoor.'

Ik laat me op mijn knieën zakken en vind het toestel onder de bank. Tien voor halfelf.

'Of omdat-ie beroemd is?'

Ik ga staan, zeg niets.

'Starfucker.'

'Dat is het niet. Hij leert me dingen, hij geeft me een basis, rust. Ik heb...'

Ik heb lang geen basis gekend.

'Rust. Dat geloof ik graag; die gast is bejaard.'

'Klets niet. Camiel is pas drieënvijftig en heeft de energie van een dertiger.'

'Maar hij geeft je vooral rust.'

Hoor ik nou een auto? Ik luister ingespannen. Keert er iemand bij de poort? Camiel kan het niet zijn, niet voor middernacht in het weekend.

Ziek geworden, een ongeluk gehad in de keuken?

'Waar staat je auto?' vraag ik.

'Verderop in de straat, ik ben niet achterlijk.' Laurens springt op, hijst zijn broek omhoog en stopt zijn shirt erin. 'Geef 's antwoord. Is dit wat je wil? Zo'n groot huis, al deze spullen?' Met zijn vingers kamt hij zijn donkere haar in model. Ik vraag me af of hij zich ervan bewust is hoe waanzinnig aantrekkelijk dat eruitziet.

'Wie zou dit niet willen?'

Hij zwijgt even, zegt dan, met een ernstige uitdrukking: 'Het is zíjn *crib*. Dat zie je aan alles. Jij bent erbij komen zitten. Zou je dit voor jezelf kopen, als je de centen zou hebben?'

Het is niet voor het eerst dat het lijkt alsof Laurens mijn gedachten leest. Naast het hele spel van aantrekken en afstoten dat we samen tot in de ongezonde finesses beheersen, is het een van zijn troeven.

'Dit is het mooiste huis waarin ik ooit heb gewoond.'

'Ik voel een maar.'

Ik moet glimlachen, zeg niets.

'Schets je droomhuis dan eens.'

'Een dijkhuisje met uitzicht over een rivier.'

Hij krabt in zijn nek. 'Nou, dan zit je hier toch echt verkeerd.'

'Mijn kantoor in De Luwte kijkt uit over de Maas. Ik prijs me gelukkig.'

'Maar bén je het?'

Het motorgeluid is er weer. Tegelijkertijd gaat mijn telefoon. Ik kijk op het schermpje.

'Da's Camiel!'

'Lekker laten gaan.'

Ik schud mijn hoofd en neem op.

Camiel klinkt geïrriteerd. 'Lynn? Ik kan er niet door. Waarom staat je auto hier?'

'Wat bedoel je?'

'Je staat pontificaal voor de poort. Lynn? Hoor je me nog?'

'Eh... Stroomstoring, ik kom eraan,' weet ik uit te brengen, en ik druk de verbinding weg.

Laurens verroert zich nauwelijks.

'Je moet gaan, snel, via de achtertuin.' Ik wijs naar de serre, mijn stem slaat over. 'Daarheen!'

'Ik vroeg je iets, Lynn.'

'Ga nou!' Ik geef een por tegen zijn arm, die aanvoelt alsof hij uit steen is gehouwen.

'Het wordt anders net interessant.' Zijn mondhoeken

krullen omhoog. 'Wat zullen we hem wijsmaken?' Zijn ogen lichten op. 'Ha, ik weet het. Je hebt me laten komen vanwege die stroomstoring.'

'Idioot! Ga, gá!'

Hij kijkt me geamuseerd aan van onder zijn wimpers. Dan knipoogt hij. 'Het was me weer een genoegen, mevrouw Storm.'

Soepel en stil als een ninja verdwijnt hij in de richting van de serre. Ik hoor de schuifpui niet open- en dichtgaan, maar bij hem zegt dat niets.

september 2004

'Je hebt er een luxekipje van gemaakt.' Tante Ingrid komt naast me op de schommelbank zitten en wijst naar het witte zijdehoentje op mijn schoot. 'Die wil straks het hok niet meer in.'

Ik aai het diertje over de rug. Fluffy heet ze.

'Hoe gaat het op je nieuwe school?'

'Goed,' zeg ik. Vorige week ben ik begonnen in havo 4. Het vwo bleek te hoog gegrepen, ik kon mijn aandacht er niet bij houden.

'Heb je al vrienden kunnen maken?'

Ik knik en probeer te glimlachen.

'En thuis? Hoe gaat het daar?'

Ik haal mijn schouders op. 'Gewoon.'

'Wat vind jij gewoon?'

Tante Ingrid vraagt me nooit iets over thuis. Ik kijk haar zijdelings aan. 'Bedoel... bedoel je papa's buien?'

'Buien. Dus zo noemen jullie dat.'

Ik wend mijn gezicht af. 'Papa is gewoon papa. Als hij

kwaad wordt, is het weer gauw over.'

Even is ze stil, dan zegt ze: 'Je moeder is een sterke vrouw. Een van de sterkste mensen die ik ken. Opgevoed door de nonnen, dan leer je wel incasseren.'

Ik heb geen idee waarover ze het heeft. Ik knik alleen maar, en vertel niet dat mama bij de geringste stemverheffing naar boven rent. En dat ik door het gedoe thuis geen vrienden kan maken op school. Op een gegeven moment gaan mensen het raar vinden dat ze nooit naar jou toe mogen komen, dan geloven ze de smoezen niet meer.

Ingrid staat op en slaat haar armen over elkaar, haar blik gericht op de rivier. Ze recht haar rug en fronst een beetje, en dan zie ik weer de fysieke overeenkomsten die ze heeft met papa. 'Weet je, Lynn, je vader was ook tegen mij onaardig. En hij kon heel lelijk doen tegen onze moeder, jouw oma.'

'Wat deed hij dan?'

'Gemene, nare dingen zei hij. Dat ik een varken was, en je oma dom. Hij gooide mijn schoolboeken uit het raam, zodat ik ze beneden in de struiken moest gaan zoeken. Iedereen heeft meerdere kanten, maar bij je vader leek het wel of er... of er twee verschillende personen in hem zaten. Want andere keren was hij weer hartstikke lief.' Ze kijkt me aan over haar schouder. 'Mijn moeder heeft me vlak voor ze stierf verteld dat je vader als baby'tje van de commode is gevallen. Misschien is er toen iets verkeerd geklutst hierboven.' Ze tikt tegen haar slaap, en terwijl ze dat doet zie ik haar schrikken. 'Nooit aan hem vertellen, hè?'

Ik schud verwoed mijn hoofd – ik kijk wel uit.

15

'Wat ben je vroeg thuis.' Ik blijf staan, draai aan mijn trouwring. 'Ben je... Is er...'

Camiel ploft neer aan de keukentafel. 'Ik voel me gewoon niet lekker.'

Opgelucht blaas ik mijn ingehouden adem uit. Camiel klaagt steeds vaker dat hij zich niet goed voelt. Er is een grens aan wat een mens aankan, zelfs voor een powerhouse als hij. Natuurlijk is hij met geen tien paarden te bewegen om een check-up te laten doen. En stoppen met roken is al helemaal onbespreekbaar. Ik ruik het als hij heeft gerookt, maar ik ben ermee opgehouden hem erop aan te spreken.

'Je laat je restaurant op een vrijdagavond niet in de steek omdat je je gewoon niet lekker voelt.'

'We waren al aan het afbouwen. Thomas kan het prima af zonder mij.'

Ik ga achter hem staan en begin zijn schouders te masseren. 'Je moet meer tijd voor jezelf nemen.'

Hij gromt, en schudt me van zich af alsof ik een vervelende vlieg ben.

Ik wacht zwijgend op zijn verontschuldiging; die blijft

uit. Camiel en stress is een explosieve combinatie. Bij de minste tegenslag loopt hij zijn mensen uit te kafferen. Ik zou daar wat van moeten zeggen, ook omdat niemand anders het durft. Maar dit is niet het moment.

Camiel trekt een stapeltje post naar zich toe en begint het routineus door te nemen. 'Hoe heb je die stroomstoring opgelost?'

Ik overweeg of ik Laurens' naam moet laten vallen. 'Het... eh... was de aardlekschakelaar.'

'Da's dan al de tweede keer deze maand.' Hij houdt zijn hoofd scheef, scheurt een envelop open. 'Er zit nog best wat bedrading van een halve eeuw oud in dit huis. Misschien moeten we er een keer iemand naar laten kijken.'

Jouw bedrading gaat ook al langer dan een halve eeuw mee, schiet het door me heen. *Maar iemand ernaar laten kijken, ho maar.*

Ik herinner me de blikjes en haal ze uit de tas, open ze een voor een en controleer de friandises op butsen en breuken. De schade valt reuze mee, zeker als je bedenkt wat voor een smak ze hebben gemaakt. Ik sorteer alles opnieuw, merk één blikje met een 'v' op de onderzijde en zet de tas in de diepe koellade onder het aanrecht.

Normaal zou ik nu wat gemberthee voor Camiel maken, maar het nare gevoel van zijn afwerende schouderbeweging zit nog in mijn lijf. Ook al weet ik dat het niets met mij te maken heeft, het voelt als een afwijzing. De stress over ons nieuwe avontuur drukt op hem, en dat hij zich niet lekker voelt, maakt het nog erger.

'Wil je hier even naar kijken?' Ik leg het linnen tasje op tafel en begin de staaltjes eruit te halen. 'Daniel zei dat –'

'Niet nu.'

'Het is belangrijk.'

Hij reageert niet, neemt zwijgend een brief van de belastingdienst door.

'Maar Daniel zei dat we het maandagochtend –'

'Daniel moet zijn gemak houden! Ik betaal die lui genoeg. Dan werken ze maar een keer wat harder, of langer door, dat moet ik net zo goed.'

'Kom op, dat kun je niet menen.'

Hij kijkt op, en dan pas zie ik hoe hol zijn ogen staan en hoe grauw zijn huid toont in het licht van de hanglamp.

'Ik wil nu niet aan dat hele circus denken, oké?' zegt hij. 'Dat kan morgenvroeg ook. Ik ga naar m'n nest.'

16

Camiel heeft het halve weekend op de bank voor de tv gelegen. Niets van wat ik hem te eten bracht, hield hij binnen. Pas vanmiddag begon er een beetje kleur op zijn gezicht terug te komen en kreeg hij weer het hoogste woord.

We hebben samen de stalen doorgenomen en gelukkig was Camiel het met me eens: wanden van zwart gebrand hout, de barstoelen bekleed met frisgroen gerecycled denim – het wordt prachtig.

Om Camiels wederopstanding te vieren hebben we een peperdure meursault opengetrokken en die op het terras achter het huis opgedronken. De avondzon legde de witte muren van de villa in een oranjeroze gloed, vanuit het riet bij de vijver lieten de kikkers van zich horen en de kipjes scharrelden tevreden rond op het gazon. Voor het eerst maakte Camiel geen quasiserieuze grapjes over wat hij allemaal voor gerechten zou kunnen maken van hun vlees. Het was zo'n avond waarop mijn bewuste kinderloosheid begon te wringen.

Bij het invallen van de schemering besloten we naar boven te gaan. Ik wilde Camiel niet vermoeien, bang dat het hem te veel zou worden, maar hij was niet te houden.

*

Door een kier in de gordijnen zie ik de maan aan de hemel staan. Camiel ligt naast me in een diepe slaap. De uitwerking van de wijn maakt dat ik me wat minder gespannen voel over de meeting van morgenvroeg, maar ik doe geen oog dicht.

'Kom op, *their loss*,' zou Camiel zeggen als ik hem zou vertellen dat ik het griezelig vind om beoordeeld te worden door twee beroemde interieurmensen. Begrijpen zal hij het niet. Mijn echtgenoot kan altijd terugvallen op zijn uitzonderlijke talent en zijn status, en het daaruit voortvloeiende vanzelfsprekende respect dat hem ten deel valt.

Ik daarentegen ben inwisselbaar. Er zijn zo veel mensen die kunnen wat ik kan, en vast beter ook. Mijn enige toegevoegde waarde is dat ik mevrouw Storm ben, dat besef ik maar al te goed.

Camiel is de zon, en ik ben de maan: een satelliet die zonder zijn stralende nabijheid onbetekenend is, onzichtbaar.

Ik haat hem. Ik haat de grond waarop hij loopt, de spullen die hij aanraakt, de lucht die hij uitademt. Ik haat de geluiden die hij maakt als hij smakt, slurpt, zucht, hoest. Ik haat zijn geur en zijn oogopslag, zijn kleding en zijn kapsel. De manier waarop hij zich beweegt.

Ik haat de vanzelfsprekendheid waarmee de wereld zich om hem heen vouwt. Al die sukkels die hem verafgoden, die zich bij hem inlikken als in de steek gelaten hondjes, smekend om een beetje aandacht. Ze hebben geen greintje eigenwaarde. Kruipers zijn het, blind voor de werkelijkheid.

17

Het zwakke schijnsel van de maan dringt door de grof geweven gordijnstof de slaapkamer binnen. Uit automatisme wil ik mijn telefoon pakken om te kijken hoe laat het is, maar iets weerhoudt me. Ik ben niet zomaar wakker geworden. Er was een geluid, of een beweging – in elk geval iets wat me heeft gealarmeerd.

Ingespannen luisterend blijf ik liggen, maar op Camiels rustige ademhaling na heerst er absolute stilte. Misschien was het een droom.

Net als ik me wil omdraaien, hoor ik iets kraken, gevolgd door een slepend gepiep, alsof iemand tergend traag een deur opent. Ik voel de haartjes op mijn armen en in mijn nek overeind komen. Zijn dat voetstappen? Beneden, hier boven?

Ik geef Camiel een zetje. 'Ik hoor iemand lopen,' fluister ik.

'Kan niet,' mompelt hij slaapdronken. 'Het alarm staat aan.' Hij draait zich op zijn andere zij.

Ik stap uit bed, pluk Camiels badjas – een fout ding van Versace – van de haak, en sla hem om. Binnen een paar tellen sta ik op de gang met mijn telefoon in mijn hand.

Het is muisstil.

Voetje voor voetje daal ik de trap af. In de hal beneden staren drie paar ogen me aan in het schijnsel van het nachtlampje: de levensechte portretten van Camiels kinderen geven me de kriebels. Ik loop er snel aan voorbij en duw de deur naar de woonkamer open. Die piept zachtjes. *Zelfde piep als daarnet?*

In de woonkamer zijn de gordijnen dichtgetrokken, ze bollen niet op. Geen zuchtje wind. Camiels iPad ligt onaangeroerd op de salontafel. Langzaam loop ik naar de keuken. Ik tast naar de lichtschakelaar en knip de lamp boven de eettafel aan.

Er lijkt niets van zijn plek. Het tasje met de textielstalen ligt naast de wijnkoeler waarin we de meursault op temperatuur hebben gehouden. Mijn laptop op de hoek van de tafel. Op het aanrecht staan onze vuile glazen. Ik pak het fooienpotje voor de pizzabezorgers van de vensterbank; er zit nog steeds muntgeld in.

Al minder op mijn hoede loop ik naar de bijkeuken. De achterdeur zit op slot en het lampje van het alarm brandt.

Geen insluiper. Ik moet me de geluiden hebben verbeeld.

18

Doris, de echtgenote en zakenpartner van designkoningin Lies Volt, is een van de kleurrijkste personen die ik heb ontmoet, ook in letterlijke zin: haar schouderlange coupe is nog dieper roze dan haar Stella McCartney-colbert. VEGAN AS F*CK staat te lezen op het zwarte shirt dat ze eronder draagt. Naast Doris steekt Lies bleekjes af met haar asblonde boblijn en gepoederd gezicht. Maar waar de ogen van iemand zoals mijn zus bijna wegvallen in het gezicht omdat ze zich simpelweg geen tijd gunt om zich op te maken, is deze bijna buitenaardse, uitdrukkingsloze look van Lies Volt onderdeel van een zorgvuldig gestileerd imago.

Zodra ik een blikje met bonbons neerzet, kijkt Doris ernaar alsof ik een vers afgehakte varkenspoot op tafel smijt. Ik open het en wijs op de gekaramelliseerde walnoten en de pindarotsjes van zwarte chocolade. 'Die zijn vegan. De rest niet, sorry. Ik heb wel –'

'Plantaardig zou geen uitzondering moeten zijn,' zegt ze, en ze perst haar lippen op elkaar.

Er volgt een stilte die ik niet zo gauw weet op te vullen. Worden we nu naar huis gestuurd? Ben ik afgekeurd, really, nu al?

Daniel zit wat beteuterd naar Camiel te kijken. Die kucht in zijn vuist en schuift zijn stoel aan. 'Je hebt helemaal gelijk, Doris. Daar zijn nog wel punten te scoren. Ik ga samen met de patissiers kijken naar alternatieven.'

Haar ogen lichten op, een glimlachje. Zo'n snelle ombuiging had ik niet verwacht – ik zie meteen weer waarom mijn man zo ver is gekomen.

Het gesprek wordt voortgezet in een lossere sfeer. Doris en Lies lachen regelmatig, Camiel pakt ze helemaal in, met

Daniel als zijn erudiete, charmante sidekick. Hier, in het kantoor van Voltage, gevestigd in een voormalig kerkje waarin alles sneeuwwit is geschilderd, op de ramen van glas in lood na, zitten twee verschillende werelden aan tafel. En juist daarom zou onze samenwerking kunnen leiden tot een perfecte fusie: een spannende verbintenis tussen vooruitstrevend en vertrouwd. Lies en Doris worden op handen gedragen door trendgevoelige twintigers en hippe, kapitaalkrachtige veertigers en vijftigers. Als het ons lukt om Voltage binnenboord te halen, dan maakt De Luwte in 't Land een gouden start.

'Lynn heeft de stalen,' hoor ik Camiel zeggen. Hij stoot me aan.

'O, eh, ja.' Ik til het linnen tasje van de grond. 'We zijn er in principe uit.'

'Bijna,' gaat Camiel verder. 'Want dat hout mag voor mij minder ruw.'

'Welk hout?' vraagt Lies.

Mijn handen gaan vliegensvlug door de tas. 'Dat gerecyclede sloophout,' mompel ik, terwijl ik begin te zweten. *Hoe kan dit nou?* Ik mis stalen.

'Het is allemaal gerecycled,' merkt Doris droogjes op.

Verwoed rommel ik nog eens door de tas. Ik leeg de inhoud op de vergadertafel en leg de stofstalen, de blokjes kurk en de dunne houten plankjes op het marmeren blad. Onze voorkeurstalen zitten er niet bij. 'Ik snap er niks van, ik vrees dat een deel nog thuis ligt.'

Doris rolt met haar ogen. 'Die stalen zijn de enige die we hebben.'

'Ik eh... bel de codes vanmiddag door.'

'Ik heb vanmiddag de stalen zélf nodig,' zegt Doris afgemeten.

'Misschien in de auto?' Camiel klinkt rustig, maar ik merk aan alles dat hij zijn geduld aan het verliezen is.

Ik haast me de vergaderkamer uit, via de hoge, getoogde gangen naar de parkeerplaats.

In Camiels Jaguar voel ik tussen de stoelen, langs het soepele leer, ik beweeg mijn hand onder de zittingen door. Niets. In het dashboardkastje ligt een opengescheurde zak Bounty's: naast zijn geliefde ijs Camiels andere guilty pleasure. Ik vind een halfleeg pakje sigaretten. Maar geen stalen.

oktober 2004

In het voorjaar zijn er vijftien kuikens geboren: acht hanen en zeven hennen. Ik heb ze zien opgroeien van pluizige 'bitterballen op pootjes', zoals tante Ingrid ze noemt, naar jongvolwassen dieren met een kort lontje. Vooral de manne- tjes zijn vervelend; ze vechten onderling en vallen de hennen lastig. Die zijn er schrikachtig van geworden.

'Wat denk je, Lynn, zullen we het vandaag maar doen samen?'

De dieren staan zich te verdringen bij het gaas, onwetend van wat hun boven het hoofd hangt. De buitenren ligt be- zaaid met donsveertjes van eerdere vechtpartijen. 'Ik eh... weet het niet.'

'Je hoeft ze alleen maar vast te houden.' Ze is even stil, gaat dan verder: 'Aan haantjes heb je niets, het is over- schot.'

'En hij dan?' Ik wijs naar de oude haan, die bedachtzaam tussen zijn nageslacht rondstapt. Tante Ingrid heeft hem al jaren.

'Zodra hij irritant wordt, is hij net zo goed aan de beurt,' zegt ze.

Ik hurk bij het gaas en pluk gras, duw de stengeltjes door de mazen. Er ontstaat meteen weer een opstootje. Het hok is te vol, dat ziet een kind. 'Ga je weer stoofpot maken?'

'Coq au vin?' Ze glimlacht. 'Zeker weten. Eet je nu wel mee?'

Ik schud mijn hoofd. Stoofpot klinkt heerlijk, maar zo heerlijk is het niet meer als je de kippen hebt gekend, als ze voer uit je handen hebben gegeten. Het wordt zelfs ronduit smerig als je hebt moeten assisteren terwijl je tante met een bijltje hun koppen eraf hakte, en je ze daarna nog minutenlang op het hakblok moest vasthouden totdat ze slap werden – doe je dat niet, dan rennen ze zonder kop zo de uiterwaarden in. 'Daar komt nou de uitdrukking "Als een kip zonder kop" vandaan,' zei tante Ingrid lachend, toen er eens eentje ontsnapte.

Het leek nog het meest op een horrorfilm. En daarbij ziet het vlees van zijdehoenders er smerig uit; het is niet wit, maar paarsblauw. Tante Ingrid zegt dat het prima smaakt, dat het zelfs een delicatesse is in Azië, maar daar eten ze volgens papa ook honden en gefrituurde spinnen, dus wat zegt dat?

Tante Ingrid klopt me op de schouder. 'Kom op, meid, aan de slag.'

19

Ik ga zitten en schuif mijn stoel aan. 'Ik snap er niks van.'

'Niet dus?' vraagt Camiel. Hij ergert zich rot. Ik hoor het aan zijn stem, zie het aan de subtiele spiertrekkingen in zijn gezicht. De rest van het gezelschap heeft het waarschijnlijk niet door – Camiels charisma verblindt.

'Whatever,' hoor ik Lies zeggen. 'Bel straks maar door wat jullie hebben uitgekozen.'

Doris zoekt Daniels blik, haar ogen schieten vuur. 'Ik heb die stalen nodig, dat wist je toch?'

Voordat hij kan reageren, zeg ik: 'Doris, mijn excuses. Ik zorg er persoonlijk voor dat je ze vanmiddag hebt.'

Na de valse start ging ik ervan uit dat Daniel en ik met spoed op zoek zouden moeten naar een andere interieurarchitect, maar Lies en Doris blijken net als de meeste mensen ontvankelijk voor Camiels reputatie, en ze vinden het een interessant project.

Als we afscheid nemen haal ik de tas met friandises tevoorschijn. 'Ik had nog wat lekkers voor thuis voor iedereen.'

Doris fronst.

'Ook voor jou. Helaas wel met wat minder variatie.'

'Maar dat maak ik helemaal goed met je.' Camiel geeft haar een vriendschappelijke boks. 'Ik hou wel van een uitdaging. Kom je binnenkort bij me proeven?'

Bij het uitdelen valt me op hoe licht de blikjes aanvoelen. Met mijn rug naar het gezelschap maak ik er eentje open. Het is halfleeg. En dat niet alleen: de friandises die erin liggen lijken wel aangevreten.

Perplex staar ik naar de trieste inhoud. *Hoe dan?* Ik had ze tot driekwart gevuld, op kleur gesorteerd, alles dubbel gecontroleerd.

Ik draai me om en gris het blikje uit Doris' hand. 'Sorry. Ik denk dat er iets is misgegaan.'

Dit blikje voelt al net zo licht. Als ik het dekseltje eraf haal, liggen er drie bonbons in. En het zijn niet eens de goede. Ik kijk onder het blik: daar staat het v'tje dat ik er thuis met zwarte stift op heb geschreven. Ik ben in een aflevering van *Black Mirror* beland.

Camiel verbreekt de stilte. 'Waar zit jij verdomme met je hoofd?'

Ik kijk geschrokken op. Camiel vloekt alleen in zijn keuken; nooit en plein public.

'Is er íets wat ik aan jou kan overlaten?' Hij gebaart ongeduldig om zich heen, fronst. 'Dit kán toch niet?'

*

Wrang genoeg was een zoveelste tirade van Camiel voor mij de directe aanleiding om hem te bedriegen. Het was vlak na oud en nieuw en Camiel liep op zijn laatste benen. In de aanloop naar kerst was het retedruk geweest, en zelfs in de week erna waren vrijwel alle tafels bezet. Camiel zag er slecht uit, zijn ogen bloeddoorlopen. Thuis viel hij met zijn bak ijs op schoot op de bank in slaap. Hij had enorme spijt dat hij nieuwjaarsborrels had aangenomen voor in de eerste week van het nieuwe jaar, een periode waarin de meeste collega's op vakantie gaan, maar hij kon het niet meer terugdraaien.

Elf januari zouden we samen op het vliegtuig naar Curaçao stappen, nu moest hij 'nog even knallen'.

Het werden taaie laatste loodjes, met zieke koks en bedienend personeel dat op het laatste moment niet kwam opdagen. Daarbovenop sprongen er leidingen door de plotseling ingevallen strenge vorst, en kregen we te maken met storingen in het elektriciteitscircuit.

Op die bewuste dag waren er drie borrels geboekt. De centrale hal was opgedeeld met privacyschermen om de gasten gescheiden te kunnen ontvangen, en overal liep personeel met provisorische verlichting, tape en trossen elektriciteitskabels.

Ik was eropuit gestuurd om waxinelichthouders te gaan halen in de rechtervleugel, die toen nog als opslag werd gebruikt. Ergens in het schemerdonker stond een noodaggregaat te brommen, er waren twee technici aan het werk. Laurens was een van hen.

Hij sloeg zijn ogen niet neer toen onze blikken elkaar kruisten. Ik evenmin. Een beetje flirten met een knappe jongen, dacht ik, waarom niet, het geeft de dag een beetje kleur. Ik leefde al wekenlang als een halve weduwe, en dat broeierige dat om Laurens heen hing intrigeerde me. Terwijl ik op zoek ging naar de doos met waxinelichthouders, die volgens Guy in een van de magazijnstellingen moest staan, voelde ik Laurens' ogen op me branden. Ik werd me bewust van mijn bewegingen, mijn ademhaling, de stof van mijn jeans die strak om mijn billen spande.

Op het moment dat ik de doos eindelijk had gevonden, kwam Camiel binnenstormen. 'Hier zit je! Ik heb je verdomme overal gezocht.' Hij keek geagiteerd om zich heen. 'Wat ben je in vredesnaam aan het doen?'

'Kaarsenhouders zoeken.'

'Káársen?' Ik had hem nog nooit zo kwaad gezien.

Omgaan met kruit, het is mijn tweede natuur geworden. Schrap zetten, ontwijken, stil blijven, gelijk geven. Doe wat er gevraagd wordt, stel geen vragen. Niet op dat moment, misschien later. *Misschien nooit.*

De tweede elektricien glipte met een haspel in zijn hand langs Camiel de vleugel uit, in de richting van de ontvangsthal.

'Stomme trut!' Venijnig griste Camiel de doos uit mijn handen en zette hem met een klap op een plank. 'Hoe haal je het in je hersens om met Christine te lullen over onze plannen? Alsof ik al niet genoeg gezeik aan m'n kop heb! Je had die heks erbuiten moeten laten.'

Stomme trut.

Ik had niet langer dan twee minuten met Camiels ex-vrouw gesproken; ze was zo ongeveer tegen me op gebotst in de lobby, ik kon haar onmogelijk ontwijken, en zoals altijd verliep ons obligate beleefdheidsgesprekje stroef en hoogst ongemakkelijk. Christine en ik hebben geen natuurlijke gespreksstof. Haar kinderen, Camiels gesteldheid, het onderhoud van de Bramanshoeve en de tuin, het zijn onderwerpen die ik vermijd. Ik stipte kort aan dat ik erover dacht om met De Luwte het land in te gaan – ze zou het toch gauw genoeg te weten komen –, maar ik had meteen spijt toen ze haar ogen samenkneep en ik die superieure grijns op haar gezicht zag verschijnen. Waarom was ik niet gewoon over het weer begonnen, waarom had ik haar niet gevraagd hoe de zaken er bij haar in het hotel voor stonden?

Ik werd opgeslokt door andere dingen en vergat het. Maar Christine vergat het niet. En ze had het perfecte moment gekozen om Camiel erop aan te spreken: midden in de hectiek van een onmogelijke dag, terwijl hij een zenuwinzinking nabij was.

Ik kreeg de volle laag. Ik geloof niet dat hij in de gaten had dat er nog iemand anders in de ruimte was. Camiel schreeuwde, hij schold me uit, plukte 'die kutdoos' van de plank en nam hem mee, mij verbijsterd en tot op het bot vernederd achterlatend.

Ik bleef staan, trillend, perplex.

Laurens benaderde me. Mijn blik gleed over zijn schouders, zijn borst, waarvan de contouren goed zichtbaar waren onder zijn grijze shirt. Zijn heupen, waar een gordel met gereedschap omheen gegespt was. Ik riep mezelf tot de orde en richtte me gauw op zijn gezicht. Daar werd het niet beter van. Donkere ogen die schitterden in de schemer.

'Dat je dat pikt van hem.' Mooie diepe stem.

'Zo is hij nou eenmaal. Hij heeft veel stress. Er wordt veel van hem verwacht.'

Hij liet een stilte vallen, en zei toen: 'En jij vindt dat prima?'

Ik reageerde niet.

'Hij zou wel eens wat zuiniger op je mogen zijn. Vrouwen zoals jij zijn zeldzaam. Lynn was het toch?'

Ik knikte.

'Afkorting van Lyndsey?'

'Nee. Gewoon Lynn.'

'Laurens.' Hij stak zijn hand uit, ik nam hem aan. Warm, sterk, prettig. Ik wilde hem niet loslaten.

'Laurens en Lynn,' zei hij. 'Klinkt als een komisch duo.'

In weerwil van de hele situatie kon ik niet anders dan glimlachen.

Laurens was wat ik nodig had. Ik verdiende dit. Een tegenhanger voor de nachten waarin ik alleen in bed lag, de sneue kerstdagen, de achteloze vanzelfsprekendheid waarmee Camiel me behandelde.

Ik had Laurens nodig om geen vreselijke hekel aan mezelf te krijgen.

Of hij het voelde weet ik niet, maar hij zette de eerste stap en zoende me vol op mijn mond. Hij rook naar Acqua di Giò met een vleugje testosteron.

Ik beantwoordde zijn zoen, greep zijn nek vast, trok hem naar me toe.

Hij zag me, hij wilde me.

20

'Dit moet je me echt nooit meer flikken,' zeg ik.

We stappen uit de Jaguar. Een merel schiet met een alarmroep onder de carport vandaan.

'Pardon, ík?' Camiel prikt met zijn wijsvinger naar me over het dak van de auto. 'Jíj bent degene die alles vergeet. En die friandises... wat een blamage.'

'Ja, en? Ik ben je vrouw, idioot, niet je personeel.' Ik sla het autoportier dicht en weet me op tijd in te houden om er nog een venijnige trap tegenaan te geven. Een lelijke deuk in de perfect gepoetste donkergroene lak: net goed.

'Tijdens zo'n bespreking ben je wel degelijk personeel. Punt.' Camiel beent bij me vandaan en duikt onder de pergola door naar de achterkant van het huis. Op de hoek draait hij zich op zijn hakken om. 'Blijf je daar nou de hele dag staan?'

Ik speel met de gedachte ertussenuit te knijpen, een paar dagen een hotel te nemen om Camiel te laten voelen dat hij het te bont heeft gemaakt, maar mijn agenda staat vol afspraken. En ik heb beloofd om die stalen naar Voltage te brengen.

'Je ging te ver, Camiel,' zeg ik, terwijl ik met tegenzin op hem afloop. 'Ik voel me afschuwelijk.'

Als ik bij hem ben, trekt hij me tegen zich aan en wrijft kort over mijn rug. 'Ik zal er voortaan op letten, sorry. Maar even...' Hij pakt me bij mijn schouders. 'Als het zo belangrijk was, dan had je dat allemaal voor vertrek moeten checken. Dit was op z'n minst slordig.'

Ik knik gelaten.

We lopen achter elkaar het huis in, Camiel beent door naar de keuken.

'Alsjeblieft, daar liggen je stalen. Godver.'

Ik staar naar de langwerpige blokjes die op de tegelvloer onder de keukentafel liggen. De zon strijkt plagerig over het zwartgeblakerde ruwe hout.

'Gewoon uit je tas gevallen,' zegt hij.

Ik pak de houtjes van de grond, bekijk ze van alle kanten. Het is alsof ze naar me grijnzen.

*

De stalen kunnen misschien nog uit het tasje gevallen zijn, maar wat er met de friandises is gebeurd, duidt op opzet. Ik heb ze zorgvuldig ingepakt en ze vrijdagavond in de koellade gezet, waar ze tot vanochtend in hebben gestaan. Vrijwel het hele weekend heb ik hier aan de keukentafel zitten werken terwijl Camiel op de bank films lag te kijken. We hebben geen visite gehad.

Onwillekeurig moet ik terugdenken aan vannacht. Alle spullen leken op hun plek te liggen. Alles zat op slot, het alarm erop, de ramen gesloten. De geluiden die ik had opgevangen waren natuurlijke, logische geluiden van werkend hout, veranderende druk op de sponningen, de wind op het rieten dak. Volstrekt normale geluiden waarmee mijn fantasie aan de haal ging.

Maar wie weet was er wel degelijk iemand. Iemand die wist dat die blikjes belangrijk waren. Iemand die me graag zou losweken van Camiel, van De Luwte.

Haar haat ik ook. Misschien nog wel erger dan hem.

Het kutwijf.

Altijd maar buigen, de ideale vrouw uithangen. Draaien met die kont, kruipen, slijmen, zuigen. Ze zou de vloer nog aflikken als ze daarmee applaus zou ontvangen. Deze hele keuken, het werkblad, de kastjes. Naakt, met konijnenoren – wat er maar voor nodig is om door hem gezien te worden. *Een pleasertje to the max.* Ze zou zijn auto nog voor hem schoonlikken, zijn banden, de antenne, alles, haar handen op haar rug. *Doe ik het zo goed?* Dat gespeelde glimlachje erbij.

Ik gniffel bij het idee dat ze dat daadwerkelijk doet. Ze heeft niets anders te bieden dan tieten en een kont. Ze is een mond-dode marionet van vlees en bloed die tot leven komt in zijn handen.

Ik heb een nieuwtje voor je, domme doos. Je gaat behoorlijk in de problemen komen. Dus draai je kont nog maar eens, glimlach nog maar eens goed. Ik zal genieten van je ondergang. Van elke minuut waarin je je ongemakkelijker en onzekerder gaat voelen. Van elke flinter lak die afbladdert van je luie, lege leventje.

21

Het is zeven uur als ik de oprit van de Bramanshoeve op rijd. Halverwege rem ik af. Ik heb de hele middag mijn best gedaan om er niet aan te denken. Nadat ik de stalen had ingeleverd bij Voltage ben ik naar De Luwte gereden, rond zessen at ik een sandwich achter mijn bureau.

Maar nu ben ik hier, alleen, en kan ik niet meer wegduiken.

Van achter het stuur probeer ik de Bramanshoeve te zien door de ogen van een insluiper. Het is een groot huis, enorm zelfs, met een parkachtige tuin eromheen vol hagen, struiken en bomen van waaruit je de bewoners kunt bespieden. Zodra je achter de poort staat, legt niemand je nog een strobreed in de weg.

Maar hier inbreken, en al zeker zonder braaksporen achter te laten, lijkt me onmogelijk. Het huis heeft een alarm, op alle ramen zit degelijk hang-en-sluitwerk. Camiel heeft na de scheiding de sloten laten vernieuwen. We hebben drie gecertificeerde sleutels: een voor mij, een voor Camiel, en de reservesleutel ligt in de kluis. Zomaar een sleutel laten bijmaken gaat niet: er hoort een pasje met een code bij, en ook dat ligt in de kluis.

Ik vind een briefje van Camiel op de keukentafel: hij is met zijn dochters naar de bioscoop en verwacht rond elven thuis te zijn.

Ik schenk een wijntje in en ga aan tafel zitten, scrol door de berichten op mijn telefoon. De laatste appjes die Laurens me heeft gestuurd zijn van vrijdagavond, kort na zijn abrupte aftocht.

elektricien	wat zijn dat voor beesten
	in dat hok in de serre?
lynnstorm	kippen
elektricien	vast niet van hem
lynnstorm	nee, van mij
elektricien	cute...
	weer iets wat ik niet van je wist

Vanmiddag is hij voor het laatst online geweest.

Ik neem een slok, zet het glas neer en loop naar de bijkeuken. Daar, in het halletje bij de achterdeur, greep hij me vast. Kwam hij toen van buiten – of was hij al binnen? Ik heb het hem niet gevraagd. En toen hij wegvluchtte, en feitelijk geruisloos verdween... Ik druk mijn vuist tegen mijn mond.

Kan het zijn dat hij helemaal niet is vertrokken?

22

Ongeveer twee maanden geleden hadden we afgesproken in een vakantiehuisje van een klant van hem. Ik voelde me enigszins ongemakkelijk omdat hij in het midden had gelaten of de eigenaar van het huis eigenlijk wel wist dat zijn elektricien er gebruik van maakte. Het was een simpel houten chalet aan de rand van een stil parkje, efficiënt ingericht met meubels waaraan weinig kapot kon. Er hingen decoraties met HOME en LOVE erop, en er stonden kandelaars en andere spullen die ik herkende van de Action.

We hadden seks, voerden elkaar de door hem meegenomen sushi en dronken een paar flesjes bier. Daarna hadden we nog eens seks, en uiteindelijk lagen we loom in elkaar verstrengeld in een houten ledikant naar het Boeddhaschilderijtje te kijken dat ertegenover aan de muur hing.

'Wie ben je?' vroeg hij.

Ik verstond hem niet goed, doezelig als ik was dacht ik dat hij zoiets vroeg als: 'Wat doe je met me?' en ik reageerde met een glimlachje en kietelde hem plagerig in zijn zij, waar hij slecht tegen kan.

Nu lachte hij niet. 'Ik meen het. Kom op, vertel me iets.'

'Wat bedoel je?'

Hij ging op zijn zij liggen en legde zijn hand tussen mijn benen. 'Ik weet hoe je hier voelt...' Terwijl hij mijn blik vasthield stak hij een vinger bij me naar binnen. Er ging opnieuw een schok door mijn lichaam, dat zich om hem heen spande.

Die reflex ontlokte bij hem een tevreden glimlach. 'Ik weet hoe je daar smaakt,' ging hij verder. 'Ik kan je moedervlekken uittekenen.' Geleidelijk, plagerig, trok hij zich terug. 'Maar ik heb geen idee wie je bént. Wat er in je omgaat, hoe je als kind was, op wat voor school je hebt gezeten. Je vertelt me niks.'

Ik zocht naar uitvluchten. 'Je vertelt mij anders ook ontzettend weinig.'

'Zoals?'

'Mag je dit huisje echt gebruiken, of zijn we hier illegaal?'

Hij grinnikte. 'Honderd procent legaal, mevrouw Storm. Ik ben jaren geleden al met dat soort ongein gestopt.'

Ik herinnerde me dat hij me in het begin had verteld dat er geen enkel particulier alarmsysteem bestond dat hij niet kon kraken. Dat had ik steeds weggeschreven als een soort stoere beroepstrots en ik had er verder geen vragen meer over gesteld – tot ik op dat moment bedacht dat alarmsystemen niets te maken hadden met het vak van elektricien. 'Lig ik hier in bed met een ex-inbreker?'

Hij trok een gezicht en keek van me weg. 'Het was meer nieuwsgierigheid. Weet je wat het eerste was wat ik deed als ik binnen stond?' Zijn ogen lichtten op. 'In hun nachtkastjes kijken. Je staat ervan versteld wat mensen daar allemaal in bewaren.'

'Geld?'

'Ook. Maar dat boeide me minder.'

'Dat vind ik moeilijk te geloven. Je had het niet breed.'

'Ik heb wel eens wat gepakt als ik dacht dat het niet gemist zou worden. Maar ik zocht... Geen idee, eigenlijk. Misschien wilde ik gewoon zien hoe normale mensen leefden, gezinnen die op zondag samen eten en spelletjes doen en naar een pretpark gaan. Dingen die ik niet kende.'

Laurens is grotendeels opgegroeid in pleeggezinnen en

kindertehuizen. Zijn moeder, een Zwitsers-Italiaanse, is tijdens de zwangerschap in de steek gelaten door zijn Nederlandse vader, die voor een bedrijf in Canada ging werken en die hij nooit heeft gekend. Kort na de geboorte van Laurens overleed Laurens' oma, bij wie het piepjonge gezin inwoonde. Een gedwongen verhuizing volgde, en daarna lukte het Laurens' moeder niet meer om het leven op te pakken. Ze trok de verkeerde types aan, mannen die misbruik van haar maakten, en ze zakte weg in een alcoholverslaving. Laurens werd op zijn vierde uit huis geplaatst.

Toen ik hem vroeg of zijn biologische ouders nog leefden, zei hij dat hij dat niet wist. Zijn vader interesseerde hem sowieso niet, die kon wat hem betreft net zo goed dood zijn. Misschien zou hij ooit proberen zijn moeder terug te vinden, maar daarvoor vond hij het nog te vroeg.

'Weet je waar ik achter kwam?' zei hij. 'Alle mensen doen zich anders voor dan ze zijn.'

'Dat zal toch wel meevallen?'

Hij schudde gedecideerd zijn hoofd. 'Ik heb gayporno gevonden bij de vader van een vriendin die het de godganse dag over tieten had, en dan niet een beetje soft of zo, maar heftige shit, weet je. En bij zo'n keurige vrouw die voor Jeugdzorg werkte vond ik een dildo zo lang als mijn onderarm, en een paar gram coke. Cóke!' Hij keek gepijnigd. 'Nou ja, whatever. Ik jatte bijna nooit iets. Ik verzette wel dingen. Dan draaide ik een stoel om, legde ik de afstandsbediening onder de bank. Een beetje kloten. Mensen doen de hele dag dingen op de automatische piloot. Daar een beetje mee fucken, ik weet het niet, het idee dat ik mensen in verwarring kon brengen, dat gaf ergens wel een kick.'

Ik probeerde het me voor te stellen, Laurens als jongen, toen vast al reteknap, met die mooie beenderstructuur van hem, zijn glanzende, lichtgetinte huid en die prachtige amandelvormige donkere ogen en lange wimpers, op zijn hurken, kastjes doorzoekend, onder bedden glurend. Op zoek naar echtheid of naar juice. Ik wist niet goed wat ik ervan moest vinden. 'Beetje rare hobby,' zei ik uiteindelijk. 'Ik bedoel het niet vervelend, het is –'

'Ik doe dat niet meer. Allang niet meer, ik was vijftien, zestien. We hebben allemaal onze jeugdzondes.' Hij grijnsde. 'Oké, Lynn. Nou is het jouw beurt.'

'Ik heb er geen,' zei ik snel.

Toen hij bleef aandringen heb ik hem verteld over de vechtrelatie van mijn ouders, en dat ik als kind geen ruimte had om uit de pas te lopen. Dat ik mijn hele jeugd bezig ben geweest met overleven. Wat gewoon de waarheid is.

Nooit had ik iemand zo dicht bij me laten komen als Laurens die middag.

23

Naast de keukendeur komen er nog vier deuren uit in de bijkeuken: de achterdeur, die van het oude toilet waar ook een douche in is, die van de kelder en van de meterkast. Ik open de deur van de wc. Boven de pot is een piepklein uitzetraampje, geen mens past daardoorheen. Het raam in de kelder is groter, meen ik me te herinneren. Zou dat niet beveiligd zijn? Ongerust open ik de kelderdeur, knip het tl-licht aan en daal het trapje af.

De kelder van de Bramanshoeve is een soort tijdmachine die me transporteert naar de periode kort nadat het huis is gebouwd. De wanden zijn bekleed met beige tegeltjes en op de vloer liggen bruin-oranje gevlamde plavuizen. Het ruikt muf, waarschijnlijk door het tweepersoonsmatras dat rechtop tegen de achterste wand staat. Er is een stelling met verhuisdozen, skispullen die niemand mist, een motorhelm, slaapzakken, een set koperen tafellampen en een kunstkerstboom. Onder het raam zijn barkrukken opgestapeld en er liggen ingeklapte statafels op de grond, gebruikt voor tuinfeesten in de tijd dat Camiel hier met zijn eerste vrouw en hun kinderen woonde, of wie weet nog langer geleden. Het raam zit hoog tegen het plafond en is vrij breed, het dikke glas gewapend met ijzerdraad. Geen scharnieren en geen uitzetter: het is een vast raam, dat hier puur en alleen is aangebracht voor wat Daniel in architectenjargon zo mooi 'daglichttoetreding' noemt.

Maar er is een andere manier om binnen te komen, besef ik nu. Je hoeft er niet eens zo veel moeite voor te doen. Het huis is enorm, en ik ben vaak genoeg boven, of in een ander deel van het huis, of in de voortuin aan het rommelen terwijl de schuifpui van de serre op een kier staat. Ik zou het echt niet merken als iemand daar naar binnen zou sluipen. En eenmaal binnen zijn er talloze verstopplekken: Camiels werkkamer, de zolder, de gangkasten, de ongebruikte slaapkamers. Ik loop op het matras af en laat mijn vingers over het oude, doorgestikte textiel gaan. *Je zou hier zelfs kunnen overnachten.* Ik druk mijn neus ertegenaan. Muf. Of ruik ik toch een vleug Acqua di Giò? Nee. Dat verbeeld ik me.

Ik haast me het trapje op, knip het licht uit en ga terug de keuken in. In een opwelling pak ik mijn telefoon.

lynnstorm   ik moet je spreken

Blauwe vinkjes. Hij typt.

elektricien   spreken... 😳 noem je dat zo tegenwoordig....
                  ben toevallig in de buurt

Hoe weet hij dat ik thuis ben? Voor hetzelfde geld ben ik bij De Luwte. Boodschappen doen, met Camiel en zijn dochters mee naar de film. Naar de sportschool.
    Ik kan overal zijn.

elektricien   ben er met vijf mn

'Nee,' zeg ik hardop. Ik wil hem niet hier. En ik wil thuis zijn voordat Camiel terug is van de bioscoop. Tegen elven, schreef hij. Dat is over ruim drie uur.
    Ik probeer na te denken. Waar ga ik met Laurens afspreken? Het voelt niet verstandig om een gesprek als dit te voeren in de beslotenheid van een auto in een of ander natuurgebied. Een hotelkamer dan maar. Die boekt hij al-

tijd op zijn naam, met zijn paspoort, dus dan kan hij zich geen rare sprongen veroorloven.

Rare sprongen...

Mijn gedachten schieten alle kanten op. Ik weet dat Laurens moeite kan hebben met grenzen en met afwijzing, en dat hij daarvoor in therapie is. Voor de rest heeft hij zijn leven op orde, hij *spoort*. Maar *is* dat wel zo? Wat zijn zijn woorden waard? Heeft hij eigenlijk een vrouw of een vriendin, kinderen, een huisdier? Waar woont hij precies? Die dingen zijn nooit ter sprake gekomen. Is dat niet merkwaardig? Het enige wat ik over hem denk te weten, is wat hij me heeft verteld. Een paar verhalen over zijn jeugd, delen van gesprekken met zijn therapeut. Niets over zijn dagelijkse leven.

Met trillende vingers typ ik:

lynnstorm	hotel in duitsland, over halfuur? ik moet wel om 22.30 thuis zijn
elektricien	ik ga je helemaal uit elkaar trekken

Een seconde later stuurt hij een emoji van een aubergine en een raket. Dan gaat hij offline.

januari 2005

Papa heeft een platencollectie. Geen cd's of zo, échte platen: elpees, grote zwarte schijven met een gaatje in het midden. Hij is er zuinig op. Met een speciale doek wrijft hij erover om het stof te verwijderen voordat hij ze opzet, en na het afspelen bergt hij ze weer keurig op in de hoes. Aretha Franklin, The Brothers Johnson, zijn verzameling is heilig, niemand mag eraan komen.

Maar hij is er niet, en ik wel. Ik laat mijn vingertoppen over zijn verzameling glijden, kies dan blind een album en haal het uit de hoes. George Benson, Give Me the Night, *een van zijn favorieten. De elpee glanst, de groefjes glinsteren in het zonlicht. Ik voel de opwinding toenemen als ik hem op de platenspeler leg en de naald op het vinyl laat zakken. De eerste tonen klinken door de woonkamer, gitaar, violen, drums. Af en toe een knappend geluid – dat hoort erbij, zegt papa, dat is de charme van dit systeem.*

Ik luister naar de muziek. Twee nummers, drie. Ik stel me voor hoe papa hier zit, in zijn fauteuil, zijn handen op de leuningen, terwijl wij stil moeten zijn. Geen tv aan mogen zetten, niet mogen praten. Dan bewegen mijn vingers als vanzelf naar de pick-uparm. Ik leg ze erop, geef druk, en ik merk dat de muziek trager gaat, steeds trager, als een speeltje waarvan de batterij vervangen moet worden. Ik duw harder. Er klinkt nu alleen nog gekras. Mijn hart klopt in mijn keel. Het voelt lekker. Ik laat de arm weer los. Hij veert op, en George Benson zingt verder alsof er niets is gebeurd.

24

Het witgepleisterde hotel-restaurant ligt hemelsbreed twintig kilometer over de grens, maar honderden mijlen verwijderd van mijn dagelijkse leven.

Laurens stapt meteen uit zijn bus als hij me ziet, een petje diep over zijn voorhoofd getrokken. Hij slaat een arm om mijn middel en wil me een zoen geven. Ik houd hem af.

'Niemand kent je hier, stres niet zo.'

'Heb je al ingecheckt?'

'Bedje gespreid, mevrouw Storm,' fluistert hij, en hij zoent me in mijn hals.

Ik deins terug.

'Wat nou?' Hij knijpt zijn ogen lichtjes toe. 'Wat is er? Lynn?'

Ik loop naar de entree. Halverwege heeft hij me ingehaald. Hij pakt resoluut mijn hand vast en leidt me het hotel in, langs een onbemande balie. Onze kamer ligt halverwege een schemerige gang en is basic, met meubels van houtfineer en dezelfde bordeauxrode vloerbedekking als in de rest van het gebouw. Het ruikt naar frisgewassen lakens en door de dikke vitrage dringt de avondzon naar binnen; een dromerige rozeoranje gloed streelt het granol. Kortgeleden zou ik me nu in de hemel hebben gewaand.

'Kom op, wat is er?' Hij draait nerveus aan zijn horloge.

'Ik denk dat je dat zelf wel weet.'

'Is hij erachter gekomen?'

'Niet doen, dit is geen spelletje,' fluister ik. 'Meer respect, graag.'

'Wil je ermee stoppen?' Hij heft zijn kin. 'Omdat ik bij jullie binnen ben geweest? Meen je dat? Fok, Lynn, ik –'

'Je geeft het gewoon toe.'

'Toegeven?' Hij krabt in zijn hals. 'Je was er zelf bij.'

'Maar die andere keer niet, hè? Of kan ik beter zeggen: die andere keren?'

Als ik zijn ogen zie oplichten, weet ik genoeg. 'Je brengt me in de problemen. Waarom?'

'Kom op. Je maakt het te groot, het zijn gewoon geintjes. Een beetje klooien.'

'Zie je mij lachen?'

'Fok.' Hij trekt me naar zich toe. 'Oké, ik ben niet eerlijk geweest, sorry. Maar je geeft me weinig, Lynn. Veel te weinig.'

'Ik geef jóu weinig? Really? Ik weet helemaal níets van je! Heb je een vriendin, een vrouw, kinderen, heb je –'

'Ja! Een vriendin. Ben je nou blij?'

Mijn mond valt open. 'Al... al lang?'

Hij perst zijn lippen op elkaar. Zegt niets.

'Dus je gaat vreemd.'

'Ja, en?' Hij grijpt mijn bil vast, wrijft erover, trekt me bezitterig tegen zich aan en ik voel zijn beginnende erectie tegen mijn buik. 'Je bent zelf ook niet helemaal fris bezig, toch? Camiel heeft geen idee.' Zijn ogen worden donkerder. 'Toen ik je op zijn bank neukte... wees eerlijk, je geilde erop.'

'Laat me los.'

'Straks.' Hij duwt me achterover op bed en houdt me vast, drukt me neer met zijn gewicht.

Op een of andere manier weet ik mijn rechterarm los te rukken. Ik haal uit met mijn vlakke hand en raak hem vol in zijn gezicht. 'Ik meen het!'

Hij schrikt. 'Doe éven normaal!'

Ik wurm me onder hem vandaan en spring van het bed. Wijs naar hem. 'Als je nog één keer zo'n achterlijke actie uithaalt, bel ik de politie. Hoor je me? Dan komt het maar uit, want ik laat me door jou niet gek maken! Nooit!'

Ik gris mijn tas van de vloer en haast me naar de deur. Op het moment dat ik naar de klink grijp, wordt er geklopt. *'Hallo? Ist alles in Ordnung?'*

Ik ruk de deur open en vlucht langs een verbouwereerd kijkende oudere kerel de gang op.

Eenmaal buiten wil ik blijven rennen, over de parkeerplaats, de straat op, de korenvelden in. Rennen naar de zon, die als een oranjerode schijf laag aan de horizon hangt. Verder, harder, sneller, naar een plaats voorbij de pijn.

JULI

25

Zweetdruppels glijden langs Camiels slapen. 'Ik voel me hondsberoerd.'

'Ik weet het, lieverd,' zeg ik. De halve nacht heeft hij in de badkamer doorgebracht. Rillend zat hij op zijn knieën op de plavuizen, met zijn armen om de pot heen geslagen, alsof het een reddingsboei was.

Hij neemt paracetamol van me aan en spoelt de tabletjes weg met een slok water. Trekt een vies gezicht. 'Net nu het verdomme zo druk is.'

'Denk daar maar niet aan.'

'Kan die airco iets hoger?'

'Hij staat al op vriezen... Weet je zeker dat ik de huisarts niet moet bellen?'

'Wat moet die doen dan?'

'Je bloed onderzoeken of zo? Dit is niet de eerste keer.'

'Het wordt vanzelf beter. Laat me maar even.'

'Ik meld je af bij Thomas, goed?'

Hij knikt vermoeid en sluit zijn ogen. Ik trek het laken over hem heen en druk een zoen op zijn voorhoofd. Dat voelt klam aan. Koorts heeft hij niet, wat me sterkt in mijn vermoeden dat zijn klachten psychosomatisch zijn.

De lancering van De Luwte in 't Land komt dichterbij, en daarmee neemt de druk op alles en iedereen toe. Zelfs Guy, die normaal gesproken onverstoorbaar vrolijk is, hoor ik af en toe snauwen. Camiel heeft hem de leiding gegeven over de werving en het trainen van het nieuwe personeel, wat makkelijker gezegd is dan gedaan, omdat er over het hele land verspreid mensen nodig zijn. En bij De Luwte gaan Guys taken natuurlijk gewoon door.

'Ga maar naar Christine, ik red me hier wel,' fluistert Camiel.

Man, je kunt nauwelijks je bed uit komen, denk ik, maar ik zeg niets.

Op zo'n dag als vandaag vraag ik me af of het allemaal wel zo'n goed idee was. De Luwte in 't Land is bedacht om Camiel te ontlasten, zodat hij uiteindelijk niet meer constant zelf achter het fornuis hoeft te staan, en tot laat in de avond eindverantwoordelijk hoeft te zijn voor elk drupje saus dat op een kunstig opgemaakt bord de keuken verlaat.

Ik hoor hem praten over die toekomst, waarin hij het restaurant wil afbouwen en vaker samenwerkingsverbanden wil aangaan met andere koks en coole merken. En hij wil ongelooflijk graag weer een eigen televisieprogramma. Door *Koken met Camiel*, uitgezonden door RTL 4, heeft zijn bekendheid een hoge vlucht genomen, maar een derde seizoen heeft hij voorbij moeten laten gaan omdat De Luwte eronder begon te lijden. En dat is jammer, want Camiel is geknipt voor de schijnwerpers. Maar als ik naar zijn grauwe gezicht kijk, vraag ik me af of we niet te laat zijn gestart.

Ik app Thomas om hem te laten weten dat De Luwte het vandaag zonder zijn sterrenkok zal moeten doen, ga naar beneden en laat mijn dieren uit hun hokje. Routinematig strooi ik een hand zonnebloempitten uit over de tegelvloer in de serre. Ze schieten eropaf. Ik maak het hok schoon en ververs het water. Er liggen twee crèmekleurige eitjes in het legnest, die ik in de zakken van mijn vest laat glijden.

Dat het nu al zo benauwd is in de serre belooft weinig goeds voor de rest van de dag. Mees en Muis zouden het vast beter naar hun zin hebben in hun buitenverblijf, in de schaduw van de bomen, maar ik zie nog te levendig voor me hoe ik hun hokgenoten daar aantrof nadat een vos zich een weg onder het gaas door had gegraven. Ik zet de schuifpui op een kiertje, zodat er frisse lucht kan binnenstromen.

Daarna maak ik ontbijt, check mijn mail en neem de lijst met vragen en acties door die ik zo meteen met Christine, Camiels ex-vrouw, moet bespreken. Ik zie er als een berg tegen op.

Voor ik wegrijd breng ik nog een pot thee en een schaaltje fruit naar boven. Camiel slaapt weer, gelukkig.

26

'Slapen bij De Luwte' ligt op enkele kilometers afstand van het restaurant, benedendijks, in een klinkerstraat met oude bomen en voorname huizen. Bij de ingang van de voormalige pastorie wapperen de Nederlandse vlag en de vlag van

De Luwte: fluweelzwart, met in plaats van een goudkleurige aar en een wit visje een goudkleurige aar en een maansikkel. Links van het gebouw is een compacte, met strak geschoren beukenhaag omzoomde parkeerplaats. Daar zet ik mijn auto niet meer neer sinds Christine me erop wees dat ik plaats in beslag nam die voor haar gasten is bedoeld. Misschien dat ik er ooit nog eens dwars vóór parkeer, maar voorlopig heb ik haar nodig.

Ik zet mijn auto aan de overkant van de straat, steek over en duw de antieke deur open. Het tussenportaal is bekleed met marmer en houten lambrisering van een eeuw oud. De glazen deur naar de lobby schuift automatisch voor mijn voeten open. Daar is een kleine ontvangstbalie, en in de uiterste hoek een barretje met zwartgelakte krukken. Het ruikt hier naar boenwas, frisgewassen lakens en iets kruidigs.

Ik kuch, schuifel met mijn schoenen over het marmer, kijk om me heen. Slapen bij De Luwte is al heel wat jaren een begrip; mensen die van ver voor Camiels kookkunsten naar Roermond komen, overnachten meestal hier. Er is een kleine, maar luxeueze spa in het souterrain, bij mooi weer wordt het ontbijt geserveerd in de tuin, en voor het verwende publiek is er een pendeldienst. Camiel en Christine waren eigenaar van beide bedrijven, na de scheiding bleef Christine het hotel runnen en werd het haar eigendom.

Ze staat er ineens, een slanke, chique verschijning met halflang donker haar. 'Dag, Lynn. Kom maar mee.'

Ik volg haar naar het kantoor, waar een meisje van een jaar of negentien achter een laptop zit te werken.

Christine wijst op de leren fauteuil bij haar bureau. 'Ga zitten. Koffie?'

'Graag,' zeg ik, en ik neem plaats.

Dat Christine uit een gegoede Maastrichtse familie stamt is haar aan te zien: haar eenvoudige gouden sieraden zijn van Chanel en Bulgari. Om haar pols zit een Cartier Tank met een zwartleren band; hetzelfde model als koningin Máxima draagt. 'Niet ordinair te slaan, die vrouw,' liet Camiel zich ooit over zijn ex ontvallen.

Ze zet een kopje koffie voor me neer, wit met een zilveren rand en een klompje rietsuiker op het schoteltje. 'Ik vind het nog steeds jammer dat jullie me zo rijkelijk laat hebben ingelicht over jullie plannen,' zegt ze, en ze veegt een niet-bestaand vlekje van haar pols voor ze tegenover me plaatsneemt.

Begint ze daar nu weer over? 'Het was in januari allemaal nog niet zeker.'

'Vast niet.'

Ik reik naar mijn koffie en merk dat mijn hand trilt.

Christine kijkt me minzaam aan en laat dan haar blik over me heen glijden. Het voelt als een keuring, alsof ze denkt: *Daarmee doet Camiel het dan tegenwoordig. Wat ziet hij in dit grietje?*

Als ik Camiel van haar had afgepakt, had ik die houding wel begrepen, maar ze lagen al in scheiding toen ik hem voor het eerst ontmoette. Terwijl ik mijn wijsvinger om het porseleinen oortje krom, onderdruk ik mijn impuls om het tere kopje met schoteltje en al van me af te smijten, hóp, zo tegen het smaakvolle Engelse behang aan. Of beter nog:

in een boogje over het bureau, recht in Christines uitgestreken smoelwerk.

Camiel was klant bij het Eindhovense reclamebureau waar
ik werkte. Toen ze er daar achter kwamen dat mijn vader
sterrenkok was geweest, kreeg ik vaker klussen voor De
Luwte toegeschoven. Die lagen me goed, ik bracht ideeën
in, en al snel trokken Camiel en ik meer en meer samen op.
Krap een jaar later nam ik ontslag en ging ik fulltime voor
hem werken. Een auto van de zaak, een eigen kantoor met
uitzicht over de rivier; ik was in een droom terechtgekomen.
   Tussen Camiel en mij is in de begintijd absoluut niets
gebeurd wat het daglicht niet kan verdragen. Mijn ego was
gestreeld door zijn aandacht, maar ik heb me professioneel
opgesteld en ik kan zijn ex-vrouw dan ook met open vizier
tegemoet treden. Toch komt haar houding naar mij toe
niet helemaal uit de lucht vallen. Ze is ontegenzeglijk een
mooie vrouw, maar ik ben twintig jaar jonger. En Christine mag haar panterprintjurk dan wel met stijl dragen, bij
mij geeft zulk soort kleding een heel andere vibe. Ik ben
blijkbaar nogal makkelijk ordinair te krijgen. En ik weet
nog steeds niet of dat iets is waarop ik trots mag zijn.

Ik probeer me te concentreren op de inhoud en leg Christine uit hoe ik de campagne wil gaan aanpakken. Ze luistert
aandachtig.
   'Het wordt dus spannend in oktober,' zeg ik. 'We willen
de belangrijkste media hier in Roermond uitnodigen op
de maandag waarop het persbericht uitgaat. Die middag

is er een rodeloperevent met een dj. RTL *Boulevard* heeft al toegezegd te komen, *Shownieuws* stuurt waarschijnlijk ook mensen. Diezelfde avond gaat de site van De Luwte in 't Land online, en de volgende ochtend openen de filialen voor het publiek.' Ik vertel dat ik druk bezig ben om voor de opening van elk filiaal een prominente BN'er uit de regio te vinden, en dat Camiel in de week na de lancering in alle mogelijke televisieshows te gast zal zijn. '*Koffietijd*, *Op1*, *De Geknipte Gast*, *Tijd voor* MAX.'

Christine knikt. 'Fijn, Lynn, dat je dat met me deelt. Dan weet ik waar ik aan toe ben.'

'Ik eh... heb ook een verzoek aan je.'

'O?'

'Ik zou een selectie van de genodigden een overnachting willen aanbieden.'

Christine kijkt langs me heen. 'Sanne? Hoe zitten wij 17 oktober?'

Ik begrijp niet goed waarom ze dat vraagt. Op maandag is het restaurant dicht en worden er vrijwel geen kamers geboekt – dat is de reden dat ik maandag als lanceringsdag heb gekozen.

'Eén suite bezet, de rest vrij,' klinkt het achter me.

'Kijk aan. Achttien kamers voor je selectie.' Ze glimlacht kort en ik doe mijn best om het dedain dat ze uitstraalt te negeren. 'Ik hoop dat je begrijpt dat ik ze wel gewoon aan jullie factureer.'

'Nou... het is natuurlijk ook fantastische reclame voor Slapen bij De Luwte.'

'Dat zie ik toch anders, meisje.'

Meisje.

'Maar... waar hebben we het dan over?'

Weer een glimlachje. 'Achttien kamers, waarvan vijf suites... Ontbijt, verwenpakket, een chauffeur die de gasten ophaalt en wegbrengt, dat is... even kijken...' Ze tikt iets in op haar toetsenbord en kijkt naar het scherm. 'Achtenvijftigvijftig.'

Ik frons. 'Vijfduizend achthonderdvijftig euro?'

'Dat zei ik, ja,' zegt ze koeltjes.

'Dat lijkt me het reguliere tarief.'

Ze tuit haar lippen. 'Exclusief toeristenbelasting.'

'Dat eh... dat vind ik niet echt redelijk. We huren het hele hotel af op een dag dat je sowieso weinig tot geen gasten verwacht.'

Ze staat op. 'Weet je, Lynn, jullie kunnen allemaal wel leuke plannen smeden samen, maar wat koop ik daarvoor? Ik moet zorgen dat ik hier voldoende mensen heb lopen om op volle bezetting te draaien, en zo'n select gezelschap bestaat doorgaans niet uit de makkelijkste gasten.'

'Meen je dat nou?'

Ze knijpt even haar ogen dicht, een zedig glimlachje rond haar mond. 'Ik vrees van wel.'

Bij het naar buiten lopen probeer ik de antieke deur met een klap achter me dicht te trekken, maar het logge mechanisme reageert vertraagd en de deur sluit met een beschaafde klik. Het maakt me nog razender. Ik ruk in het voorbijgaan een plantje uit een van de bloembakken en smijt het op de straatklinkers.

Het liefste zou ik een ander hotel afhuren – *Eat this, klotewijf, geen omzet voor jou!* –, alleen zullen ze zich daar dan afvragen waarom Camiel Storm de journalisten niet onderbrengt bij Slapen bij De Luwte, en als de hotels er al geen vraagtekens bij zetten, dan doen de journalisten het wel.

We kunnen geen negatieve publiciteit gebruiken, naar buiten toe moeten we één blok vormen. En Christine weet dat.

27

Camiel zit een of andere documentaire te kijken in zijn witte Versace-badjas. Ik benader hem van achteren en knijp in zijn schouders. 'Hé, je bent op.'

Hij streelt over mijn pols, blijft naar de tv kijken, waar in zwart-wit, in een jungleachtige setting, een enorme boom wordt omgezaagd. 'Het gaat stukken beter. Ik denk dat ik vanavond een paar uurtjes in de keuken ga staan.'

'Zou je niet beter uitzieken?'

'Waarom? Ik ben een beetje brak, maar het gaat best.'

Ik ga bij hem op de bank zitten en zet de tv zachter. 'Ik ben vanmiddag bij Christine geweest, ze werkt niet lekker mee.'

'Met wat?'

'De lancering. Ze wil de volle mep voor de kamers.'

'Da's haar goed recht.'

'Zeker. Maar niet collegiaal.'

Hij trekt een gezicht alsof hij wil zeggen: tja, dat was te verwachten.

'Het gaat ons bijna zesduizend euro kosten.'

'Hé, altijd de eer aan jezelf houden,' zegt hij, en hij duwt met zijn vingertoppen mijn kin omhoog. 'We betalen gewoon. Het is maar geld.'

'Daar gaat het niet om.'

Hij laat mijn kin los. 'Een beetje meer begrip voor haar situatie zou je sieren.'

'Begríp?'

'Christine en ik hebben een historie die meer dan twintig jaar teruggaat. We hebben samen die tent neergezet, samen de kinderen grootgebracht. Ze heeft voor Ans gezorgd toen ze ziek werd, heeft Bram nog gekend...' Hij maakt met zijn vinger een cirkelbeweging naar het plafond. 'Dit hier was ons leven. En zij dacht dat het altijd zo zou blijven. Als ik niet zo veel onrust in m'n donder had gekregen, dan was dat ook zo gegaan.'

Ik ben met stomheid geslagen. De ene keer noemt hij haar 'heks' en dan ineens moet ik weer begrip hebben voor de Heilige Christine?

Camiel kijkt van me weg, naar een punt in de verte. 'Jij en ik hebben samen bekokstoofd dat we willen groeien. Wij gaan stappen maken, grote stappen.' Zijn ogen vernauwen zich terwijl hij mijn blik zoekt, en hij houdt zijn hoofd scheef. 'Zij blijft achter. Begrijp je? Christine is niet achterlijk, ze kent me. Ze snapt echt wel waarom we dit doen. En ze snapt ook dat als De Luwte De Luwte niet meer is, omdat wij de boel hier verkopen, ze dat zal voelen in de boekingen. Gasten kiezen voor haar toko vanwege de to- taalbeleving, vanwege Camiel en Christine.'

Ik knik. Kijk naar de grond.

'Niet te klein denken, Lynn. Gewoon betalen.'

28

Camiel is zich aan het klaarmaken om naar De Luwte te gaan als ik met een omelet en een kop thee het terras op stap. Vanuit mijn ooghoeken zie ik iets wegschieten tussen de bomen.

Ik blijf staan.

Een vogel? Een kat? Het leek groter.

De beweging was in de buurt van de boomhut, op de grens van waar de gecultiveerde tuin overgaat in het bos.

Ik zet mijn bord en glas neer. De boomhut is een van de vele tastbare herinneringen uit de tijd dat Camiel en Chris- tine hier met hun kinderen een gelukkig gezin vormden. Alleen in de winter kun je het houten bouwsel duidelijk zien vanuit het huis. Nu wordt het grotendeels aan het oog onttrokken door het gebladerte van de opgeschoten strui- ken en heggen. Ik loop er over het kronkelpad naartoe.

Het huisje rust deels in de vork van een boom en stut voor de rest op palen. Het heeft raampjes, een grijs punt- dakje, en aan de veranda zijn een kabelbaan en een glij- baan bevestigd. De kunststof van de glijbaan is verweerd, het touw van de kabelbaan is dun en gerafeld. Ik pak het touwladdertje beet en klim een paar sporten omhoog, zodat ik in de hut kan kijken. Spinrag, dor blad, verder niets.

Ik klim op het verandaatje en loop voorovergebogen naar binnen. Ga op de smalle houten bank zitten en kijk door het raampje. Vanaf hier is het zicht op het huis beter dan andersom; ik overzie het terras, het raam van Camiels slaapkamer en de dakkapel van de logeerkamer ernaast. Ik laat mijn vingers over het verweerde hout van het bankje gaan. Kan het zijn dat iemand deze plek de afgelopen tijd als uitkijkpost heeft gebruikt?

Na mijn vlucht uit het Duitse hotel heb ik via WhatsApp definitief een punt gezet achter mijn relatie met Laurens. Ik had niet verwacht dat hij het zou pikken, maar het bleef stil. Geen appjes, geen telefoontjes, hij heeft me niet op-gewacht, niet de huid vol gescholden. Een paar keer ben ik hem bij De Luwte tegengekomen, en waar ik probeerde om hem zo luchtig mogelijk te begroeten, wendde hij zijn hoofd af.

Ik zou daar dankbaar voor moeten zijn. Met zijn karak-ter had hij zich tot een nare stalker kunnen ontwikkelen. Toch ben ik er niet helemaal gerust op. Die sluimerende angst wordt aangewakkerd door situaties zoals deze, waar-in ik een schaduw denk te zien, of onverklaarbare geluiden hoor in het huis.

Hij zou het kúnnen zijn.

'Ik ben ermee gekapt, Lynn, maar ik heb er geen spijt van dat ik het heb gedaan,' zei hij eerder tegen me over zijn verleden als inbreker. 'Want wat ik in die tijd heb geleerd, daar heb ik de rest van mijn leven wat aan.' Hij bedoelde dat hij er een 3D-blik aan over heeft gehouden. Als Laurens een poort ziet, een muur, een dak of een raam, ziet hij mogelijkheden in plaats van barrières. Ik stond er geen moment bij stil dat hij die kennis en ervaring ook wel eens tégen mij zou kunnen gaan gebruiken.

Ik werd immens aangetrokken tot de hemelse combinatie van zijn fysiek en zijn bravoure, maar misschien viel ik nog wel meer op het gevoel dat hij me gaf. Want de man zelf heb ik nauwelijks gekend.

Achteraf gezien heb ik grotere risico's genomen dan ik me kan permitteren. Mijn huwelijk met Camiel, het huis, mijn baan – mijn hele lieve leven komt op de helling als Laurens kwaad zou willen.

Die macht heb ik hem gegeven.

Ik hoop dat ik me de bewegingen in en rond het huis heb verbeeld. Dat die een zorgwekkend product zijn van mijn overvolle hoofd, het gevolg van de immense druk die elke week verder toeneemt, nu de lancering steeds dichterbij komt.

29

In gedachten verzonken eet ik mijn koud geworden omelet op. Als ik met het bord terug het huis in loop, valt mijn blik op het kippenhokje. De klep staat open. Met een schok herinner ik me dat ik vanochtend ben weggegaan zonder de kipjes terug in hun verblijf te zetten. En dat niet alleen:

omdat het om te stikken zo heet was, heb ik de schuifpui op een kier gezet.

Mijn hart klopt sneller, ik voel mijn mond droog worden. 'Camiel? Camiel!'

Ik hoor hem boven de wc doortrekken.

Paniekerig kijk ik om me heen. Buiten, in het oude kippenhok, beweegt iets. Ik ren erop af. Als ik dichterbij kom richten Mees en Muis hun kopjes op.

Ik laat me op mijn hurken zakken, klem mijn vingers om het gaas. 'Hoe komen jullie hier?'

Mees houdt haar kopje scheef, ze maakt zacht tokkende geluidjes.

Ik controleer het slotje; dat zit erop.

'Riep je me?' Camiel staat in de opening van de schuifpui, gekleed in een jeans en witte polo, zijn achterovergekamde haren zijn nat van de douche.

'Heb jij dit gedaan?' vraag ik.

'Ja.'

'Maar ik wil ze niet buiten!'

'En ik wil die beesten niet meer binnen. Het stinkt, je ruikt het door de hele tent, zeker met deze temperaturen. Klaar ermee.'

'Dat maak jij niet uit.'

Hij knijpt zijn ogen samen. 'Misschien heb ik hier iets meer rechten dan jij.'

Zei hij dat echt?

'Mijn vader heeft kromgelegen om dit huis te kunnen bouwen,' gaat hij verder. 'Ik laat er door jou geen kippenschuur van maken.'

'Maar het is buiten niet veilig voor ze!' Ik maak een hulpeloos gebaar naar de ren. 'Je was er toch zelf bij dat... dat...' Tranen schieten in mijn ogen.

'Dan maak je het maar veilig, want ik trek hier toch echt een streep. Het is vee, voedsel, vreten. Ik sta in de keuken gevogelte aan stukken te snijden en jij doet alsof het je hondjes zijn. Wil je een hond? Best. Maar die stinkbeesten komen m'n huis niet meer in.'

'Je hebt er geen last van, je bent –'

'Er zijn grenzen, Lynn. Ik trek de mijne híer...' Hij pookt met zijn wijsvinger naar de grond. '...en nú. Ik zie je vanavond.' Zonder nog wat te zeggen verdwijnt hij het huis in.

Even later hoor ik de voordeur dichtslaan en de motor van zijn Jaguar brullen als hij het terrein af rijdt.

Ik loop naar binnen, mijn wangen nat van de tranen. In een opwelling trek ik de vrieslade open en verzamel alle verpakkingen kokosijs die ik kan vinden. Ik mik ze in een supermarkttasje, loop ermee naar de voorkant van het huis en gooi de hele handel in de kliko die onder de carport staat. Met kracht sla ik de klep dicht. De container wiebelt een beetje. Ik schop ertegenaan. Schop nog eens, harder. 'Hier! Egoïstische klootzak!' De bak helt vervaarlijk over, blijft hangen op een dood punt, en valt dan met een klap weer terug op zijn wieltjes.

Het is niet genoeg. Ik wil naar boven rennen, naar Camiels kamer, en zijn kleding uit het raam gooien – de kostuums waar hij het zuinigst op is het eerst. Ik wil zijn tandpasta saboteren. Kleurstof in zijn shampoo spuiten, zodat hij de komende weken als Pipo de Clown de getapte gastheer moet gaan uithangen. Zijn duurste flessen wijn over zijn matras leeggieten.

Ik blijf staan, mijn armen op de container, hijgend, mijn hoofd gebogen.

30

Ik heb mijn telefoon uitgezet en ben naar een plaats gereden waar ik elke maand trouw naartoe ga. Een automatisme, want ik vind er nooit wat ik zoek, of nodig heb.

Ik meld me bij de receptie in het airconditioned gebouw. Een vriendelijke dame van in de vijftig wijst naar een glazen corridor. 'Je hebt nog een uurtje. Ik bel de afdeling dat je eraan komt.'

Ik loop de gang in, een verbinding van baksteen en veel glas tussen twee oude, strenge gebouwen. Grijs linoleum, systeemplafond, relingen aan weerszijden. Aan het einde van de gang druk ik tegen beter weten in op de grote rode knop. De klapdeuren blijven potdicht: dit is een gesloten afdeling. De verpleegkundige, een Surinaamse van mijn leeftijd die hier al jaren werkt, haalt me op. 'Je tante is in de woonkamer,' zegt ze, en ze gaat me voor naar een ruimte waarin het licht minder fel is. Tussen de stoelen en tafels staan bakken met kamerplanten op hydrocultuur en er is een groot aquarium.

Tante Ingrid zit naar de vissen te kijken, kilo's zwaarder dan ze vroeger was, met een kinderpuzzel voor zich op het tafelblad. Ze draagt een blouse met een vrolijke bloemen-print en in haar halflange, grijs-bruin gemêleerde haar prijkt een speldje met kersjes.

Toen ze hier pas woonde kwam het nog wel eens voor dat ze me herkende, al vergat ze later steevast dat ik langs was geweest. Gaandeweg lukte het me nog maar af en toe om contact met haar te maken, of eigenlijk: met de tante Ingrid van vroeger. Het wilde nog wel eens helpen om haar oude foto's te laten zien.

'Mevrouw Fleer? Uw nichtje Lynn is hier voor u.'

Ze kijkt op. De leegte in haar blik raakt me meer dan anders, en ik moet moeite doen om haar niet door elkaar te schudden, te schreeuwen: 'Hou hiermee op, ik ben het!' Ze wordt er verdrietig van wanneer iemand haar erop wijst dat ze belangrijke dingen niet meer weet, mensen niet meer herkent.

Ik probeer te glimlachen. 'Dag tante Ingrid, hoe gaat het met u?'

Ze blijft me aankijken, nadenkend, een beetje argwa-nend. Haar handen liggen nu in haar schoot, ze friemelt aan haar vingers. Haar geest is er misschien niet meer, of niet meer in de vorm die ik gekend heb, maar haar lichaam is er tenminste nog wel. De kleine, dicht bij elkaar staande ogen die op die van mijn vader lijken. De kommavormige wenkbrauwen die hier door niemand worden bijgetekend.

Ik ga bij haar zitten. 'Ik dacht vanmorgen nog bij mezelf hoe leuk het was vroeger, bij u op de dijk. U had toen nog kipjes, en een moestuin, en u kweekte van die grote vlees-tomaten.' Ik houd mijn handen een stukje van elkaar alsof

131

ik een kleine bal omvat. 'Zulke grote. En daar maakten we dan soep van.'

Ze knikt gedwee, maar ik geloof niet dat ze het zich nog herinnert.

'De mensen die uw huis huren zorgen goed voor de moestuin. Ze hangen weer goed vol hoor, de tomatenplanten.'

De hele setting vliegt me naar de keel en ik besluit om een wandelingetje met haar te gaan maken. Er wordt een rolstoel geregeld, want tantes mobiliteit is achteruitgegaan.

Ik duw haar rond over de geasfalteerde paden in het parkje van de instelling, langs bankjes, rododendrons en oude eiken. Ik wijs haar op vlinders en bloemen, en ik voel me even een klein beetje gelukkig als ik merk hoezeer ze geniet van de buitenlucht. En misschien ook wel van mijn aanwezigheid.

Bij het afscheid omhels ik haar voorzichtig. 'Tot de volgende keer.'

Ze glimlacht vriendelijk. 'Ja, hoor. Dag, zuster.'

31

'Heb ik een feestje gemist?'

Ik was zo verzonken in het schrijven van een persbericht dat ik Camiel niet heb horen thuiskomen. 'Feestje?'

Camiel wijst op de fles chardonnay die voor me op de keukentafel staat, en voor driekwart leeg is.

'Topavond,' zeg ik vreugdeloos.

'Sorry, Lynn. Ik ging er te hard in.' Hij omhelst me van

achteren. Camiel ruikt naar De Luwte, naar zijn keuken, een geur waarvan ik ben gaan houden omdat die bij hem hoort. 'Oprecht sorry, dat had ik niet moeten doen. Ik eh... ik heb rondgevraagd en er bestaan roofdierbestendige hokken. Komt geen vos in.' Hij fluistert in mijn oor: 'Heb er eentje besteld voor je. Ze komen het van de week plaatsen.'

De roes van de alcohol haalt de scherpe randjes ervanaf, ik voel nu vooral liefde voor hem, en verbondenheid. 'Dank je,' zeg ik zacht, en ik leg mijn handen op de zijne. 'Voor jou zijn het gewoon stomme beesten, maar voor mij –'

'Ik weet het. Daarom. Ik had mijn grote smoel moeten houden.'

'Ik ben vanavond bij haar geweest.'

'Hoe was ze?'

'Ze noemde me "zuster", voor de rest was ze best vrolijk. Ik ben met haar gaan wandelen.'

'Mooi.' Hij laat me los en loopt naar de vrieslade, trekt hem open.

Ik houd een moment mijn adem in. Wat ik vanmiddag heb gedaan was ronduit kinderachtig. Impulsief, wraakzuchtig. Ik kan het nu alleen niet meer terugdraaien. Camiel zal het vanavond zonder zijn troosteten moeten doen.

'Hé, even over mijn verjaardag,' zegt hij, en hij diept een bekertje kokosijs op uit de vriezer, dat hij op het aanrecht plaatst. 'Heb je al iets geregeld?'

Ik staar naar het bekertje. Mijn hoofd begint te gonzen.

'Lynn?'

'Wat?'

'Of je al iets geregeld hebt voor mijn verjaardag?'

'Eh... nee.'

Camiel haalt het dekseltje ervanaf en rommelt in de keukenla, pakt er een lepel uit. 'Het lijkt me wel gaaf om mijn verjaardag dit jaar op een boot te vieren,' gaat hij verder, en hij gebaart erbij. 'Ibizastyle, maar dan op de Maas.' Hij grijnst. 'Een paar kokkies, familie en vrienden. Ze voorspellen een bloedhete maand, dus dan kunnen de kinderen lekker zwemmen. Die zitten toch al niet te wachten op de verjaardagen van hun ouwelui.'

'Leuk,' zeg ik werktuiglijk.

Dit kan helemaal niet.

Ik heb alles weggegooid. Alles.

'Ik sprak Kaspar vanavond, we kunnen dat varende strijkijzer van hem lenen. Wordt cool.' Hij knipoogt. 'Zie ik jou ook weer eens in bikini.'

Ik knik afwezig.

'Wil jij nog iemand uitnodigen van jouw kant?'

'Ik heb alleen Michelle en Jonas.'

Zijn gezicht betrekt. 'En die sjouwen dan natuurlijk de hele padvindersclub mee. Ik wilde het een beetje achttien plus houden.'

'Als ik ze uitnodig, nemen ze de kinderen denk ik wel mee. Ik kan ze dat moeilijk verbieden.' Michelle kennende gaat zij haar kinderen echt geen luxueus dagje op het water door de neus boren. Die komt met het hele gezin.

'Nou ja, we dealen er dan wel mee,' zegt hij. 'Ik ga even afstressen.' Hij verdwijnt met zijn ijs naar de woonkamer.

Ik spring op en trek de vrieslade open. Die ligt vol ijs, alsof er niets is gebeurd.

Dan haast ik me via de bijkeuken naar buiten, been om het donkere huis heen naar de carport. De kliko staat te glanzen in het maanlicht. Ik maak de klep open en schijn bij met mijn telefoon.

Geen supermarkttasje, geen ijs.

februari 2005

*Boven het bed van mijn zus hangt een hart van wit draad-
werk, met foto's en tekeningetjes eraan vastgeklemd. Er zit
ook een foto van ons tweeën bij, aan de bar bij papa in het
restaurant. Achter een uitgeknipt silhouet dat is gemaakt
door een kunstenaar in Montmartre in Parijs vind ik nog
een schoolfoto van mij, met beugel en ingevlochten haar. Ik
snap niet dat ze deze foto's heeft achtergelaten.*

*Ik maak haar kast open en laat mijn vingers over haar
kleding gaan. Een kersttrui, een vest met glitters. Haar blauwe galajurkje, waarvan de rits kapot is. Ik pak een Noorse
trui van de stapel en duw mijn neus in de wol. Haar geur
zit erin. Ik trek hem over mijn shirt aan en bekijk mezelf in
de spiegel. Hij past goed. Michelle en ik hebben allebei het
figuur van mama, met lange armen en lange benen, al is
zij wel magerder dan wij. Ik denk niet dat Michelle het erg
vindt dat ik haar trui inpik, want ze heeft alles waaraan ze
gehecht is meegenomen.*

Ik ga op haar bed tegen de muur zitten en kijk naar het

raam. Er dwarrelen grote, pluizige sneeuwvlokken tegen het glas. Ze zakken langzaam naar beneden, niet kaarsrecht, maar met haakjes en bochten, alsof ze een onzichtbaar parcours volgen. Als tranen.

32

Ik heb de halve nacht wakker gelegen. Laurens is tóch een stalker, dat is nu wel duidelijk. Niet alleen heeft hij het ijs terug in de vriezer gelegd, hij moet het vrijwel meteen hebben gedaan nadat ik naar tante Ingrid ben gereden, want er zaten geen kristallen op. Misschien heeft hij me het zien weggooien, heeft hij zelfs de ruzie met Camiel meegekregen.

Hoe vaak hangt Laurens hier eigenlijk rond?

Hij breekt in, Lynn. Hij wandelt ongezien je huis in en uit. Zaait verwarring.

Vooral het waarom begrijp ik niet. Wat heeft hij eraan? Stoken in ons huwelijk? Machtsspelletjes? Ziet hij het als een grap?

Ik neem twee paracetamols tegen de chardonnaykater en rijd naar De Luwte. In de loop van de ochtend beantwoord ik mail, stuur persfoto's van Camiel naar een evenementenbureau en blader online de portfolio's van gespecialiseerde voedselfotografen door. Twee ervan nodig ik uit voor een gesprek. Na de lunch komt Camiel naar mijn kantoor voor overleg, en daarna zit ik nog een uur aan de telefoon met de IT'er die bouwt aan de site voor De Luwte in 't Land. De hele werkdag zoemt en gonst het, er is volop beweging. De koude hand die zich af en toe om mijn maag sluit, probeer ik te negeren.

Om halfzes sluit ik mijn kantoor af en loop ik naar buiten. De zon staat hoog aan de wolkeloze hemel. De rivier glinstert, de koeien liggen loom in de schaduw van de wilgen te herkauwen en er waait een verkoelend briesje. Alles ademt de belofte van een heerlijke zomeravond, maar ik voel me alleen maar misselijk en moe. Ik wil niet naar huis, waar de kans dat ik begluurd word groot is. Grappig bedoeld of niet, het is ziek, verontrustend. Gestoord.

Bij de laadpalen houd ik abrupt mijn pas in. Laurens' witte werkbus staat op de parkeerplaats in de zon te glanzen, vier vakken bij mijn auto vandaan. Er zit niemand achter het stuur.

Ik blijf staan, denk na. Is dit een teken?

Misschien moet ik hem nog eens aanspreken op zijn vreemde acties. Hem vertellen hoe ontregelend en bedreigend ik zijn gedrag vind. Misschien is hij nu wel voor rede vatbaar.

Maar dat kan niet hier, in het volle zicht van de gasten en het personeel.

Ik stap in mijn auto en rijd het parkeerterrein af. Honderd meter verderop is een karrenspoor dat naar de rivier leidt. Vanuit daar heb je zicht op het terrein van De Luwte en de weg ervoor. Ik parkeer mijn auto half achter een enorme meidoorn, en wacht.

september 2005

Tante Ingrid noemt mama sterk en ik snap niet goed waarom. Mama maakt op mij eerder een breekbare indruk.

Ze lust ook bijna niets. Wortelen, boontjes, vlees: ze maakt het voor ons klaar en schept een beetje voor zichzelf op, maar ik heb echt wel door dat ze haar groenten tot moes prakt, over het bord verspreidt en weggooit als we klaar zijn met eten. Alleen de toetjes eet ze op – mijn moeder leeft op chocolademousse en hopjesvla.

Misschien bedoelt tante Ingrid met sterk wel dat ze veel verschillende dingen kan. Mama geeft les op school, thuis kijkt ze het huiswerk en de toetsen na en ze heeft natuurlijk dat boek voor papa geschreven. Ze poetst, wast, doet de boodschappen. Dat ze het zo druk heeft, merk je niet aan haar. 'We hebben het goed samen, vind je niet?' zegt ze steeds. 'Kijk eens naar wat we allemaal hebben.'

Dan knik ik, want we hebben veel. Papa en mama hebben een mooie carrière, we wonen in een huis met een grote tuin en Michelle en ik zijn niet aan de drugs of zo.

En papa's buien waaien snel over.

Toch maak ik me zorgen. Ik zit nu in 5 havo, volgend jaar doe ik mijn eindexamen en na de zomervakantie wil ik net als Michelle gaan studeren. Maar dan blijft mama hier alleen met papa achter. Daar is ze nu al mee bezig, bijna nog meer dan ik. Ze zegt best vaak dat ze me enorm zal gaan missen als ik ga studeren, maar ook dat ik het daarom niet mag laten om mijn eigen weg te gaan.

Als het zover is, dan hoop ik dat tante Ingrid gelijk heeft. Dat mama sterk is. Sterk genoeg.

33

Laurens rijdt flink door over de N280, sneller dan is toegestaan. Ik tuur over de daken van de auto's die tussen ons in rijden en houd het vierkante achterste van zijn bus in de gaten.

Mijn telefoon gaat. Guy, zie ik op het scherm. 'Niet nu,' mompel ik, en ik zet het toestel op vliegtuigstand.

Bij Weert gaat Laurens de provinciale weg af. Binnen de bebouwde kom wordt het moeilijker om hem onopvallend te volgen. Mijn handen liggen zweterig om het stuur. Een paar keer raak ik hem bijna kwijt; op het laatste moment zie ik hem tussen twee appartementsgebouwen een parkeerterreintje op draaien. Ik zet mijn auto half op de stoep in de schaduw van een van de gebouwen – drie woonlagen met garages eronder – en stap uit.

Laurens is al binnen als ik de hoek om ben. Ik versnel mijn pas en duw de zware toegangsdeur open.

In de koele hal ligt recht voor me een betonnen trap naar boven, rechts daarvan een doorgang naar de achterkant van het gebouw. Er klinken voetstappen op de trap.

'Laurens!'

Stilte.

'Ik moet met je praten!'

Geluid van schuifelende schoenzolen op het beton. Laurens komt langzaam de trap af. Zwarte sneakers, zwarte cargobroek, grijs shirt. Hij kijkt naar me alsof ik een geest ben.

Ik neem hem in me op zoals hij daar staat, de gereedschapskist in zijn vuist, de aderen die over zijn onderarm lopen. Zijn haar is pas geknipt, korter dan anders. AirPods in zijn oren. Het doet me meer dan ik vermoedde om hem weer te zien, en ik besef dat ik hem gemist heb.

Hij werpt een gejaagde blik langs me heen naar buiten. 'Mee,' snauwt hij, en hij grijpt mijn arm vast en trekt me naar de ruimte achter de trap. Een portaal, vier deuren.

Hij maakt er een open en trekt me naar binnen. Het is een opslagruimte die ruikt naar motorolie en nat beton. Er staan twee fietsen, opgestapelde dozen. De verlichting gaat automatisch aan. Laurens laat zijn gereedschapskist vallen en trekt de deur achter zich dicht.

'Praten,' fluistert hij. 'Prima. Graag. Maar niet hier. Ik wóón hier.'

'Weet je ook eens hoe het voelt.'

Hij pakt mijn pols vast. 'Ben je me gevolgd?'

Ik knik.

Hij vloekt binnensmonds. 'Ik woon hier met m'n vriendin.'

'En ik woon bij Camiel. Dat hield je ook niet tegen.'

'Ik kan die shit handelen.'

'O, en ik kan dat niet?'

'Je timing is om te beginnen al ruk.' Hij maakt een nijdige hoofdbeweging in de richting van de entree. 'Iedereen komt thuis van zijn werk.'

In de kleine ruimte staan we noodgedwongen dicht bij elkaar. Het voelt intiem; mijn lichaam reageert op hem, en het is overduidelijk dat hij met hetzelfde worstelt.

'Je doet rare dingen, Laurens. Ik maak me zorgen.'

'Rare dingen?' Hij laat mijn pols los.

Ik wrijf erover, kijk hem onderzoekend aan. 'Ben je nog in therapie?'

'Wat heeft dat er –'

'Alles!'

Hij snuift en kijkt somber van me weg. 'Ah, over die boeg.'

'Wanneer ben je voor het laatst bij Van Pelt geweest?' vraag ik, refererend aan zijn psycholoog.

Hij trekt zijn gezicht in een grijns, ik voel zijn pijn op me afstralen.

'Sorry dat ik het weer bovenhaal,' zeg ik zacht. 'Het is niet m'n bedoeling je pijn te doen, maar je gedraagt je als een stalker. Je breekt bij ons in, doet vreemde dingen... ik vind het eerlijk gezegd doodeng.'

'Ik ben twéé keer bij jullie binnen geweest.' Hij steekt twee vingers op. 'Het was een geintje. Niet oké, dat ben ik met je eens. Maar ik doe het niet meer. Ik respecteer je, en ik ben –'

'Neem dat woord niet in je mond. Je hebt spullen kapotgemaakt, verplaatst. Die bonbons, het ijs. Dat heeft niets met respect –'

'Wat lul jij allemaal?'

'Misschien...' begin ik voorzichtig. 'Misschien weet je het zelf niet meer? Maar als je ermee doorgaat, dan... dan moet ik er iets mee. Ik voel me onveilig.'

'Wát!?' Hij grijpt me opnieuw bij mijn polsen en geeft er een ruk aan. 'Wat de fok is er aan de hand bij jullie?'

Ik kijk nadrukkelijk naar zijn vuisten die mijn polsen omklemmen. 'Dit is ook niet normaal.'

Het is alsof hij me niet hoort.

Secondelang zeggen we geen van beiden iets. Dan vermindert hij de druk op mijn polsen en laat me los. 'Ik krijg de schuld van iets wat ik niet heb gedaan.'

Ik voel een enorm verdriet in me opkomen. 'Bel alsjeblieft Van Pelt,' zeg ik zacht, en ik leg mijn hand op de klink. 'Ik hoop dat hij je kan helpen. Ik heb genoeg aan mijn eigen shit, sorry.'

De totale verlorenheid in zijn blik raakt me diep. Ik wend me van hem af, trek de deur open en stap de gang op. 'Het ga je goed, Laurens, dat meen ik. Maar laat ons alsjeblieft met rust.'

'Fuck nee!' Hij grijpt mijn arm beet en sleurt me terug de berging in, slaat de deur met een klap achter ons dicht en duwt me met mijn rug tegen de muur. Zijn hand sluit zich nu om mijn keel. 'Jij. Blijft. Hier.'

'Niet doen,' weet ik uit te brengen. 'Alsjeblieft. Als... als je...' Ik geloof dat er tranen over mijn gezicht stromen, ik haal raspend adem. Het volgende moment ram ik mijn knie in zijn kruis.

Met een schreeuw klapt hij dubbel.

'Lúl!' roep ik, gevolgd door een hoestbui. Ik grijp de

dichtstbijzijnde fiets en beuk het ding zo hard als ik kan tegen hem aan.

Laurens valt achterover, hij beschermt zijn gezicht met zijn onderarmen.

'Je vermoordt me bijna! Bel je fúcking therapeut!'

Ik trek de deur open, gedesoriënteerd, hoestend, voel dan hoe hij naar mijn onderbeen grijpt. Ik spring opzij, de gang in, maar verlies mijn evenwicht. Mijn hoofd schampt de ruwe muur en ik kom plat op mijn buik en gezicht op het beton terecht. Als ik probeer op te krabbelen trekt er een pijnscheut door mijn schouder. Mijn gezicht lijkt in brand te staan.

Laurens draait me om. 'Fuck! Je bloedt. Sorry, sorry.'

Ik blijf liggen, verward. Mijn schedel heeft een optater gehad, ik voel het bonken. Dan wordt de pijn in mijn gezicht heviger, die trekt door tot in mijn kaak, mijn hals. 'Laat me los,' fluister ik.

Op een of andere manier heeft het effect. Laurens wijkt terug, geeft me de ruimte.

Ik krabbel op. Hijgend leun ik tegen de muur, duizelig en verward.

Laurens kijkt me ontzet aan. 'Klotezooi. Lynn, dit was niet de bedoeling.' In een snelle beweging trekt hij zijn shirt uit en geeft het aan me met gestrekte arm, omzichtig, alsof ik een wild dier ben dat elk moment kan uithalen. 'Eh... je kin.'

Ik gris het shirt uit zijn hand. Met het textiel tegen de wond gedrukt loop ik de gang op.

34

Onderweg naar huis heb ik niet in de binnenspiegel gekeken, ik durfde niet. Ik ben in één ruk doorgereden.

Nu bekijk ik angstvallig de schade in de spiegel boven mijn waskom. Mijn kin en kaak zijn besmeurd met geronnen bloed, er zitten spatten op mijn blouse. Ik was voorzichtig mijn gezicht. Er komt een schaafwond tevoorschijn zo groot als een 2 euromunt, die prompt weer begint te bloeden. De blauwe verdikking op mijn slaap is vooral pijnlijk als ik erop duw, maar die zwelling wordt nog erger, vrees ik.

Ik dep mijn gezicht droog en kijk op mijn telefoon. Halfacht. Op woensdagavond blijven de gasten nooit zo lang en komt Camiel vroeger thuis. Ik moet mijn verhaal klaar hebben, een overtuigend verhaal dat past bij deze verwondingen.

'Van de trap gevallen,' prevel ik. 'Tegen de deur aan gelopen. Uitgegleden op het terras.' Zou ik dat geloofwaardig kunnen brengen?

Langzaam, stukje bij beetje, trek ik mijn blouse uit. Ik bekijk mijn schouder in de spiegel. Blauwpaars, een lichte schaafwond. Een zachte fluittoon vult mijn oren. Ik zou willen dat ik kon huilen, dat ik de spanning kon ontladen.

Ik kleed me verder uit. Onder de douche stel ik me voor dat de warme waterstralen alles wat aan me kleeft van me afspoelen. Zijn aanrakingen, zijn pijn. Mijn pijn. De angst, de onmacht en het verdriet.

Ik droog me af en verbind mijn kin met verbandgaas en leukoplast. Het ziet er niet uit. Om de aandacht van dat witte vierkant op mijn kin af te leiden maak ik meer werk van mijn haar. Föhnen, flink wat droogshampoo, glanslak; Camiel houdt van *big hair*. Hij komt uit de tijd dat heftig getoupeerde leeuwenmanen het ultieme schoonheidsideaal waren. Mijn ogen zijn rood en gezwollen. Ik maak ze op en maskeer de zwelling op mijn slaap met foundation. Dan hijs ik mezelf in een zomerse jumpsuit, en ga naar buiten.

In de kippenren pluk ik Mees van de grond. Ik houd haar op mijn arm en aai over haar zachte, warme ruggetje. Ze maakt brommende geluidjes, een teken dat ze het naar de zin heeft. Geleidelijk word ik rustiger.

Ik luister naar de bries die door de boomkruinen ruist, naar het avondgezang van de vogels. Ik kijk naar het terras met de luxe loungeset en de achterkant van de immense witte villa met zijn rieten kap.

Ik woon hier in een paradijs.

Het is dan misschien niet het paradijs zoals ik het voor mezelf zou uittekenen, zo goed als bij Camiel heb ik het nog nooit gehad.

En zo moet het blijven.

Ik neem me voor: zodra Laurens zich hier nog eens laat zien, bel ik de politie. En mocht hij dan uit de school klappen over onze verhouding, dan zal ik alles glashard ontkennen. Het is zijn woord tegen het mijne. Híj is degene die de hotelkamers boekte, niet ik. Zijn naam staat overal op, mijn naam komt nergens in voor.

Dan herinner ik me onze WhatsApp-gesprekken. We hebben honderden foto's en berichtjes naar elkaar gestuurd.

En wat dan nog, Lynn? Dan komt het maar uit. Want wat is het alternatief?

Mijn blik glijdt nog eens over de achtergevel van de Bramanshoeve, en ik druk Mees dichter tegen me aan. Als het uitkomt dat ik Camiel heb bedrogen, dan is dit allemaal voorbij. Dan gooit hij me zijn huis uit en houdt alles op: mijn huwelijk, mijn baan, mijn sociale leven. Ik heb geen eigen vrienden om op terug te vallen. Er bestaat voor mij geen leven buiten De Luwte, buiten de Bramanshoeve, buiten de-vrouw-van zijn...

Heeft Michelle toch gelijk.

Ik zit vast aan Laurens, aan zijn gekte en zijn willekeur. Mijn ex-minnaar kan ons huis binnenwandelen wanneer hij wil. Nu, vannacht, volgende week, volgend jaar of over tien jaar. Net zo vaak en zo lang tot hij het spelletje beu is.

Maar wat als het nóg gekker wordt... als het érger wordt?

Er zit geen einddatum aan deze nachtmerrie.

En ik heb het over mezelf afgeroepen.

Eten staat me tegen, maar ik voel me zwak en rillerig en mijn maag rommelt hoorbaar. Het is al halfnegen. Ik zet Mees terug op haar pootjes en loop het huis in. De koelkast is leeg, op een geitenkaasje, twee pakken yoghurt en een zak blini's na. Ik open de Domino's-app op mijn telefoon. Die reageert niet. Ik probeer het nog eens, en dan besef ik dat mijn telefoon nog in de vliegtuigstand staat.

Zodra het toestel weer met het netwerk is verbonden, begint het als een malle te zoemen, piepen en trillen; alle berichten en meldingen van de afgelopen uren komen achterelkaar binnen. Het zijn er veel. Veel meer dan anders op een doordeweekse avond.

Guy heeft me het meest geappt. Hij heeft me ook geprobeerd te bellen.

guy	bel je me even?
guy	het heeft haast
guy	lynn! waar zit je
guy	bel me zodra het kan
guy	er is iets met camiel

januari 2006

Mijn zus komt nu alleen nog thuis op feest- en verjaardagen. Dan is mama een week van tevoren al nerveus en bakt ze Michelles favoriete appeltaart – met pecannoten en gewelde abrikozen –, maakt Michelles bed op met fris beddengoed en zet zelfs een vaasje met bloemen neer.

Maar Michelle blijft nooit slapen.

Als ze om elf uur het huis uit vlucht om de laatste trein te halen, is de teleurstelling in mama's ogen amper te verdragen.

En dan weet ze nog niet eens wat ik weet: dat Michelle samen met Jonas op zoek is naar een plekje voor hun tweeën in Boskoop, waar hij vandaan komt. Ze komt na haar studie niet meer thuis wonen.

Niemand kan de moed opbrengen dat aan mama te vertellen.

35

Dit ziekenhuis is te groot. Een overweldigend doolhof voor iemand die net als ik het geluk heeft gehad er niet eerder binnen te zijn geweest. Ik haast me door de gangen, kijk op de borden, stap in een lift. Nog meer gangen, ruimtes, deuren.

Tegen de tijd dat ik de kamer eindelijk heb gevonden, plakt mijn jumpsuit aan mijn rug. Er is maar één bed, met een krans van monitoren om het hoofdeinde. Camiel zit half rechtop. Zijn gezicht pafferig, zijn ogen roodomrand.

'Lieverd, ik schrok me kapot.' Ik druk een zoen op zijn mond en streel zijn haar.

'We kregen je niet te pakken,' zegt hij. Zijn stem klinkt gelukkig krachtig.

'M'n... m'n telefoon was leeg.' Ik kijk naar de monitoren, het infuus, de slangetjes. 'Wat is er gebeurd?'

'Ik werd niet goed.'

'Je hart?'

'Denk het. Ik ging out. Ze zijn het aan het uitzoeken. Maar ik voel me al stukken beter.'

Zo zie je er niet uit.

Camiel fronst, wijst naar mijn kin. 'Wat is dat?'

Ik leg mijn vingers tegen het verband. *Daar gaan we dan: tegen een deur, van de trap...* 'Uitgegleden op het terras.'

'Die grindtegels zijn een crime,' hoor ik een vrouwenstem achter me zeggen. 'De groene aanslag moet je elk voorjaar wegschrobben met Biotex.'

Ik kijk over mijn schouder, recht in het uitgestreken gezicht van Christine. Ze houdt haar zwarte Louis Vuitton-tasje in beide handen op schoot. Perfect roodgelakte nagels, smetteloze blouse. Camiels ex ziet eruit alsof ze op weg is naar de Topvrouw van het Jaar-verkiezing. Maar als blikken konden doden, hadden ze hier in het ziekenhuis niets meer voor me kunnen doen. 'Het is het leeftijdsverschil,' liet Camiel zich ooit ontvallen. 'Het heeft niks met jou te maken. Ze trekt wel bij.'

Hij vergist zich. Christine zal nooit bijtrekken. Vrouwen hebben onderling met nuances te maken waar mannen eenvoudigweg geen zintuig voor hebben.

Nu de eerste schrik is weggezakt zie ik pas dat er nog meer bezoekers zijn: Sara, Yentl en Benjamin. Sara, met haar drieëntwintig jaar de oudste van Camiels drietal, glimlacht werktuiglijk naar me terwijl ze haar donkerbruine haar in een staart werkt. Yentl haalt haar hand van haar been in een halfbakken, enigszins ongemakkelijke begroeting en haar broer knikt me beleefd toe. De beleefdheid is er zonder twijfel in geramd door hun ouders, die van gastvrijheid hun verdienmodel hebben gemaakt.

'Is er al iets bekend?' vraag ik aan Sara.

Ze haalt haar schouders op. 'Het hartfilmpje was goed.'

'Hoe laat is het gebeurd?'

'Tegen zessen,' bromt Camiel.

Hij vertelt me dat hij vannacht al niet lekker was en de hele dag misselijk is gebleven. 'En een beetje hartkloppingen af en toe. Met zo'n gejaagd gevoel erbij, alsof je te veel koffie hebt gedronken, weet je wel.'

'Zoals je wel vaker hebt?'

Hij knikt. 'Het was niet erger dan anders.'

Misselijk, hartkloppingen, stress. Blijkbaar zijn Camiels klachten toch minder psychosomatisch dan ik steeds heb aangenomen.

Yentl en Benjamin waren bij De Luwte langsgekomen, en laat in de middag hadden ze samen met hun vader nog een hapje gegeten. Na hun vertrek was hij weer aan het werk gegaan, om achter zijn fornuis in elkaar te zakken. Hij was alweer bij kennis voor de ambulance arriveerde, maar ze namen hem toch ter observatie mee.

'En nu is het afwachten?' vraag ik.

Hij maakt een wegwerpgebaar, schudt zijn hoofd. 'Ik heb hier niets meer te zoeken, joh.'

'Dáár beslist de dokter over, meneer Storm.' Een verpleegkundige loopt de kamer in. 'Wij hebben nog geen kennis gemaakt,' zegt ze tegen mij. 'Gerdien, ik heb dienst tot halftwaalf. U bent?'

Ik voel een steek in mijn binnenste. 'Zijn vrouw, Lynn Storm.'

Gerdien lijkt even van haar stuk. In de korte, ongemakkelijke stilte die volgt besef ik opnieuw dat Camiels ex en

154

zijn kinderen dichter bij hem staan dan ik. Ze vormden een gelukkig, hecht gezin totdat hij het in zijn kop kreeg. En toch, ondanks zijn verraad zijn ze meteen hiernaartoe gesneld.

*

Vorig jaar zomer vierde Camiel zijn drieënvijftigste verjaardag bij De Luwte, met een receptie en aansluitend een knalfeest met een dj. Er waren over de honderd familieleden, vrienden en collega's uitgenodigd. Michelle en Jonas waren er ook, vanwege het late tijdstip zonder hun kinderen. Officieel moest het doorgaan voor Camiels verjaardagsfeest, maar officieus gebruikte hij het als een soort goedmakertje naar mij toe, na onze gastenloze Italiaanse bruiloft.

Aan de receptie ging een lunch vooraf waar ik zowel naar uitkeek als tegen opzag. Tot dan had Camiel verleden en heden zoveel mogelijk gescheiden gehouden: ik sprak zijn kinderen vrijwel nooit. Op de Bramanshoeve kwamen ze zelden, en als er al eens eentje bij ons verzeild raakte, bleef die nooit slapen. Nu zou ik voor het eerst een middag en avond doorbrengen met de mensen die zoveel voor hem betekenden.

Ik was bloednerveus en twijfelde wekenlang over mijn outfit. Ging ik voor het nauwsluitende witte jurkje met decolleté, of voor een meer ingetogen stijl? Ik wilde beslist niet overkomen als een golddigger of *trophy wife*. Uiteindelijk koos ik een camelkleurig broekpak van zijde,

met een bescheiden hakje eronder. Mijn blonde haar tou-
peerde ik en stak ik losjes op, voor een nonchalante arty
look.

Tot die middag leefde ik in de veronderstelling dat Camiels kinderen de Bramanshoeve als een soort besmette
grond zagen, een bevuild nest, maar dat bleek niet te klop-
pen. De kinderen waren tweeëntwintig, eenentwintig en
achttien, en uit hun onderlinge gesprekken maakte ik op
dat ze volledig in beslag genomen waren door hun eigen
beloftevolle levens. Ze zagen hun ouders vooral als wande-
lende portemonnees. Diezelfde mentaliteit herinnerde ik
me van mijn studiegenoten van vroeger. Was mijn leven
anders gelopen, dan had ik me er waarschijnlijk net zo
goed aan schuldig gemaakt.

36

'Wat dacht jij, ik ga eens een vorkje prikken bij Van der Loo
in plaats van andersom?' De arts loopt in een rechte lijn
op Camiel af. Hij is gekleed in een geruit overhemd en een
beige chino, de witte jas draagt hij er losjes overheen.

'Nou, ik heb een tip voor je.' Camiel gaat meer rechtop
zitten. 'Hou jij het maar bij dotteren, want het vreten is te
ranzig voor woorden.'

De cardioloog glimlacht, maar zijn ogen lachen niet
mee. 'Even serieus, Camiel, ik ga je een nachtje houden.'

'Waarom? Ik voel me prima.'

'Dat geloof ik, het ziet er ook goed uit. Maar ik moet

aan de veilige kant blijven. De Luwte kan niet zonder zijn opperhoofd.'

'En wij niet zonder onze vader,' hoor ik Sara zeggen.

De arts draait zijn hoofd naar ons toe. Hij kijkt een beetje verstoord, alsof hij nu pas doorheeft dat er meer mensen zijn dan alleen zijn patiënt. 'We gaan ons uiterste best doen voor jullie vader,' zegt hij. 'Als het een beetje wil, kan hij morgenvroeg gewoon naar huis.'

*

Gezamenlijk lopen we door een stil ziekenhuis naar de uitgang. Christine voorop, in een opvallend soepele tred; haar kuiten verraden een gespierd lijf. 'Yoga houdt me jong', kopte *Misset Horeca* boven een interview met haar. Dat is de halve waarheid: om de dag staat er een personal trainer bij Christine op de stoep die met haar gaat hardlopen en haar zich in het zweet laat werken. Guy heeft wel eens laten vallen dat hij vermoedt dat er achter gesloten deuren heel andere oefeningen plaatsvinden – *En geef die vrouw eens ongelijk!* Later nam hij dat terug.

Terwijl ik me achter Christine en de kinderen aan haast dringt het pas echt tot me door dat het verplegend personeel haar telefoonnummer heeft genoteerd in plaats van het mijne; zij is degene die wordt gebeld zodra er iets aan Camiels status verandert. Dat is gebeurd toen ik er nog niet was – Christine en Benjamin waren als eersten bij Camiel in het ziekenhuis. Even twijfel ik of ik terug naar de afdeling zal lopen om dat recht te zetten, maar ik besluit het zo te laten. Na de emotionele achtbaan van vandaag heb ik al moeite genoeg om me staande te houden. En ik voel werkelijk overal pijn.

'We moeten hier iets mee,' zegt Christine als we buiten zijn.

'Waarmee?'

Ze wijst kalm naar het ziekenhuis, en dan begrijp ik wat ze bedoelt. Als een BN'er met spoed wordt opgenomen, is dat nieuws. Al helemaal als het gaat om een sterrenkok die achter zijn fornuis is ingestort.

'Zodra ik thuis ben laat ik een persbericht uitgaan,' zeg ik.

'Stuur je de tekst eerst even naar mij?'

'Ik kan dat prima zelf, Christine, maar dankjewel dat je het aanbiedt.'

Ze verstart. 'Dit lijkt me eerder een familieaangelegenheid.'

'Het is pr, mijn vak. Komt goed,' zeg ik, en ik loop gauw door naar mijn auto.

Alles doet me zeer en ik balanceer op het randje van een zenuwinzinking, maar er is geen haar op mijn hoofd die erover peinst om mijn persbericht aan Christine voor te leggen.

Ze heeft al meer dan genoeg: Camiels eeuwige dankbaarheid, zijn drie kinderen, het hotel. Aanzien, bekendheid, respect.

En ik, ik ben alleen maar te gast in het leven van iemand anders. Een geest die geen voetafdrukken achterlaat. Een inwisselbaar decorstuk.

Het persbericht is van mij. Elk woord, elke komma en elke punt.

37

Ik slik twee paracetamols en neem een flink glas pinot grigio mee naar boven. Vanuit bed stuur ik een selfie naar Camiel om hem een goede nacht te wensen. Waarschijnlijk slaapt hij al, want een reactie blijft uit.

Prompt rollen er drie berichtjes achterelkaar binnen:

elektricien	ik schaam me kapot, lynn
elektricien	spijt.... sorry, echt
elektricien	hoe gaat het nou?

Ik zet Laurens op mute en probeer de slaap te vatten. Dat valt niet mee. Ik kan niet op mijn buik of zij liggen; ondanks de pijnstilling blijven mijn gezicht en schouder gevoelig. Als een opgebaard lijk lig ik stijf naar het plafond te staren.

Op avonden als deze zou ik willen dat ik een vriendin had. Een échte, iemand die ik in vertrouwen durf te nemen, en die me van goede raad kan voorzien. De harde waarheid is dat ik nooit zo iemand heb gehad, op tante Ingrid na, maar dat is niet hetzelfde. In mijn studententijd heb ik wel stapvrienden gehad, die later geruisloos uit mijn leven zijn verdwenen. Ik denk dat het voor hen te moeilijk werd om met mij om te blijven gaan. Er was te veel gebeurd, te veel verhalen die de ronde deden, en als je eenmaal besmet bent, kom je daar niet zomaar van af. Daarbij zijn de meeste mensen er nu eenmaal van overtuigd dat waar rook is, ook vuur moet zijn.

Hier in Limburg heb ik geen moeite gedaan om nieuwe vrienden te maken. Via mijn werk heb ik ruim voldoende sociaal leven, heb ik mezelf steeds voorgehouden. Mijn dagen zijn gevuld met interessante gesprekken en mooie projecten. Nu weet ik dat dat onzin is, het is niet voldoende.

Ik ben veel alleen. Te veel.

En dat ligt heus niet alleen aan Camiel en zijn werkverslaving.

*

Ik schrik wakker van een bons, hard en dichtbij, alsof de deur van mijn slaapkamer wordt dichtgegooid. Maar dat kan niet, want die was al dicht. Ik heb me halverwege de avond zelfs nog afgevraagd of ik niet beter een stoel onder de klink kon klemmen. In je eentje de nacht doorbrengen in een villa als de Bramanshoeve is geen onverdeeld genoegen, al zeker niet wanneer je weet dat er iemand kan rondsluipen die vaker heeft ingebroken zonder sporen achter te laten.

Ik richt mijn hoofd op. Meteen voel ik weer de pijn in mijn kin, die trekt door naar mijn kaken. Voorzichtig leg ik mijn vingers tegen het verband en ga rechtop zitten. Kijk op mijn telefoon: vijf over vier.

Schrok ik wakker van een geluid? Of heb ik die klap gedroomd en was het de pijn die me uit mijn slaap haalde? Maar dan droom ik nu nog, want ik hoor absoluut iets kraken. *De trap?* Ik trek het dekbed hoger tegen me aan. Spits mijn oren.

Nu is het stil.

Ik check of Laurens me nog geappt heeft. Alleen een gebroken hartje, een halfuur na zijn drie eerdere berichtjes. Dan laat ik me uit bed glijden en schuif het fauteuiltje dat bij mijn kast staat voor mijn kamerdeur.

Slapen lukt niet meer; ik klap mijn laptop open en ga ermee op bed zitten. Het persbericht dat ik gisteravond heb laten uitgaan, heb ik opzettelijk kort gehouden en zo saai mogelijk, in de hoop dat de roddelpers er niet bovenop zal springen. Die strategie lijkt te werken: op maar een handjevol sites is het berichtje overgenomen, met een oude stockfoto van Camiel erbij. Er staan nog geen reacties onder. Hopelijk blijft dat zo, en wordt het bericht niet opgepikt door *Hart van Nederland* of een ander groot medium.

Op onze socialemediakanalen heb ik helemaal niets over Camiels ziekenhuisopname gezet. Hoe minder mensen er weet van hebben, hoe beter. Bovendien is hij over een uurtje of vijf, zes gewoon weer thuis en is de kans groot dat hij binnen een paar avonden weer achter zijn fornuis staat. Er is niets aan de hand, tenminste niet iets wat de rest van de wereld aangaat. Maar voor ons, de mensen om hem heen, wordt het steeds duidelijker dat Camiel niet in deze hoge versnelling kan blijven presteren. Zijn lijf trapt keihard op de rem.

Gelukkig gaan we al over drie maanden van start met De Luwte in 't Land. Als we het tot een succes kunnen maken, gaat Camiels leven er heel anders uitzien, en kan hij zich gaan toeleggen op dingen die hem energie geven. Ik verwacht dat het restaurant uiteindelijk verkocht zal worden, en dan blijven Camiel en ik over als twee volwaardige zakenpartners. De Luwte in 't Land wordt onze liefdesbaby, die ons voor altijd met elkaar zal verbinden.

april 2006

'Ik ben eruit welke studie ik wil gaan doen.'

'Studie?' Mama staat achter het fornuis mijn favoriete roerei te maken, met gekaramelliseerde ui. Het is een vast ritueel geworden op de zaterdagmiddag.

Ik knik. 'Commerciële economie.'

'O?' Ik bespeur een lichte afkeur, maar dan plooit ze haar gezicht weer in een neutrale stand. 'Verkoop... ik wist niet dat je dat leuk vindt.'

'Het is veel breder dan dat. Je kunt er alle kanten mee op.'

'Zoals?'

'Inkoop, marktonderzoeker, pr-medewerker. Je kunt gaan werken bij een bedrijf, een overheidsinstelling of een museum. Het is perfect voor me, denk ik.' Op mijn schoot grijpen mijn handen in elkaar. Ik heb tot het allerlaatst gewacht om mijn studiekeuze met mama te delen. 'Het komt erop neer dat je leert achterhalen wat de afnemer nodig heeft, of leuk vindt, zodat je daar je product of dienst en je manier van communiceren op kunt afstemmen.'

'Waar is die opleiding?'

'In Leiden.'

Haar schouders gaan omhoog.

'Ik moet me volgende week inschrijven,' ga ik verder. 'Anders ben ik te laat om in september te kunnen starten. Dus ik wou vragen of je mee wilt gaan om –'

'Leiden. Net als je zus.'

'Vind je dat erg?'

'Het hoort erbij, hè,' zegt ze zacht.

'Dan kun je het nog wel erg vinden.'

Ze zoekt mijn blik. Na seconden die minuten lijken te duren zegt ze: 'Weet je wat het is, Lynn, jij en je zus zitten in een andere levensfase dan je vader en ik. Jullie gaan een nieuw avontuur tegemoet. Een andere stad, op kamers, je leert nieuwe mensen kennen.' Haar ogen lichten op, alsof ze voor zich ziet hoe leuk dat is, dan richt ze zich weer op het fornuis en schept de ui bij het roerei. 'Maar je vader en ik blijven hier achter.'

Ik knik, daar is geen speld tussen te krijgen.

'Alles blijft hier zoals het was, met als enige verschil dat júllie er niet meer zijn. Dus dat voelt een beetje als... nou ja, als verlies.' Ze draait het vuur uit en laat het roerei vanuit de pan op mijn brood glijden. 'Laat je daardoor niet tegenhouden. Jullie moeten verder.' Ze zet het bord voor me op tafel.

'Je kunt gewoon weggaan, mam,' zeg ik voorzichtig. 'Je hoeft niet bij hem te blijven, je hebt je eigen inkomen.'

Ze schudt resoluut haar hoofd.

'Waarom niet?'

'Waar je aan begint, dat maak je af,' prevelt ze.

'Kom op, mam, da's echt onzin. Ga anders...' Ik slik. 'Ga anders gewoon mee naar Leiden. Daar kunnen ze vast ook wel een goede geschiedenislerares gebruiken.'

Ze kijkt geschrokken op. 'In Leiden? Mijn leven is hier.'

'Ja, en papa ook.'

'Je vader is geen onmens, Lynn. In wezen is hij een goede man.'

Meent ze dit nou? 'Hij zou om te beginnen eens kunnen stoppen met drinken.'

'Denk je dat hij dat niet al vaker heeft geprobeerd? Een verslaving is een verschrikkelijke ziekte. En met zijn werk is het gewoon te veel gevraagd.' Ze zet de pan met een klap terug op het fornuis. 'Ik eh... ga even de was binnenhalen.'

Via de bijkeuken loopt ze de achtertuin in. Daar hangen twee blouses aan het droogrek, die ze overdreven traag van de lijn haalt. Ze blijft staan, met haar rug naar het huis. Ik zie haar schouders schokken.

38

Tegen achten schrik ik wakker van de zon, die door een spleet tussen de gordijnen in mijn ogen schijnt. Ik grijp meteen naar mijn telefoon. Camiel heeft me geappt: uit de onderzoeken zijn geen afwijkingen naar voren gekomen, hij mag naar huis. Ik hoef hem niet te komen halen, Christine zet hem in de loop van de ochtend af op de Bramanshoeve.

Ook dat nog. Mijn humeur daalt meteen tot het nulpunt.

Ik ga rechtop zitten en googel 'Camiel Storm'. Er is gelukkig nog steeds weinig te vinden over zijn ziekenhuisopname. Wel zijn er een stuk of tien mailtjes en direct messages binnengekomen van vaste gasten en foodbloggers. Ik formuleer een vriendelijke reactie waarin ik laat weten dat Camiel al thuis is en zich kiplekker voelt, en gebruik dat tekstje om iedereen te antwoorden. Omdat ik verwacht dat mensen ook naar De Luwte gaan bellen, stuur ik Guy en Thomas een appje waarin ik hun vraag om het personeel op de hoogte te brengen. 'Camiel voelt zich weer prima, en zal een dezer dagen weer gewoon aan het werk gaan.'

*

Als ik uit bed stap valt mijn oog op het fauteuiltje dat onder
de klink tegen de deur geschoven staat – een fysieke herinnering aan de half doorwaakte nacht. In het ochtendlicht, met het gezang en gekwetter van vogels in de tuin,
is het makkelijk mezelf wijs te maken dat ik die geluiden
gedroomd heb.

Ik loop mijn badkamer in en kleed me uit. Ik neem een
douche en zorg ervoor dat mijn haar en het verband op
mijn kin zo min mogelijk met het water in contact komen.
Rozig en opgefrist stap ik onder de douche vandaan.

Dan zie ik dat de condens op mijn spiegel boven de waskom niet gelijkmatig over het oppervlak is verdeeld. Op
sommige stukken zitten minder druppels, of misschien
zijn ze fijner. Het lijkt wel of er iets op het glas is getekend,
of geschreven.

Geschreven.

Het zijn woorden.

Als het tot me doordringt wat er in blokletters op de
spiegel staat, deins ik achteruit.

KUTWIJF

IK HAAT JE

167

AUGUSTUS

39

Het jacht zou niet misstaan in een baai van Ibiza, met zijn geblindeerde ramen en enorme achterdek met crèmekleurige banken en glanzend teakhout. Zomergast 1 heet het, en het ligt aan het einde van de steiger, de enige plek in het haventje waar ruimte genoeg is voor een jacht als dit. Kaspar, de eigenaar, heeft zich opgeworpen als onze kapitein voor vandaag en leidt Camiel en mij trots rond. Zijn tanden weerkaatsen het zonlicht feller dan de witte lak van de boot, en ik vermoed dat hij onder een zonnebank slaapt. Hij klopt op een rvs-paal in het midden van het zitgedeelte, de centrale ruimte. 'Beste investering *ever*, deze,' zegt hij met een scheve grijns die voor Camiel bedoeld is. Dan kijkt hij naar mij. 'Hou je vooral niet in. *What happens on this boat, stays on this boat.*' Hij knipoogt.

Camiel moet lachen. 'Jammer voor je, Kas. Ze is eenkennig.'

'Zuinig op zijn dan,' is zijn reactie.

Ik lach mijn ongemak weg en druk mijn tasje steviger tegen me aan. Het is mijn outfit, denk ik, die maakt te veel los. Het witte jurkje is behoorlijk kort en diep uitgesneden, zodat je de zilverkleurige bikini ziet die ik eronder aan heb. Chic is het niet bepaald, en de hooggehakte sandaaltjes met wikkelveters tot over de kuit dragen ook al niet bij aan een ingetogen look. Vanochtend vond ik dit nog de perfecte outfit voor een dag als vandaag; het is immers feest en met deze temperaturen ligt iedereen toch binnen de kortste keren in het water.

Maar ik was misschien niet helemaal eerlijk tegen mezelf. Wat ik draag is niets minder dan een primitieve dikke vinger waarmee ik Christine de ogen uit wil steken. Want ook zij is uitgenodigd op Camiels 'intieme' verjaardagsfeest.

Ik pluk aan de stof van mijn decolleté in een kansloze poging iets meer huid te bedekken, terwijl ik Camiel en Kaspar volg naar de halfopen keuken. Een handjevol koks en stagiairs is daar bezig om een vijfgangenlunch voor te bereiden. Ik herken een van de stagiairs meteen; de magere, bleke jongen die me al eerder is opgevallen in de keuken van De Luwte. De jongen die met me flirtte – tenminste, zo heb ik het opgevat. Hij staat te werken met zijn rug naar ons toe, in een witte polo die ruim om zijn smalle schouders valt.

'Ik heb een mooi tochtje bedacht.' Kaspar schuift de glazen pui naar het achterdek open. 'Espressootje?'

'Lekker.'

Camiel en ik ploffen neer in de halfronde bank in de schaduw van de overkapping. 'Je ziet er geweldig uit,' fluistert Camiel.

'Dank je.'

'Maar écht... Moet je vaker doen.' Hij legt zijn hand op mijn bovenbeen en wrijft bezitterig over de binnenkant.

Achter de schuifpui zie ik de stagiair naar ons kijken, een koksmes losjes in zijn hand, in de andere een mango. Zijn gestaar geeft me een onbehaaglijk gevoel. Net als ik overweeg er iets van te zeggen, wendt hij zijn blik af en gaat verder met zijn werk.

Ik weet het nu bijna zeker: hij moet wel een vriend van Laurens zijn, iemand die meer over me weet dan me lief is.

Van Laurens heb ik niets meer gehoord sinds hij me het gebroken hartje appte, en ik ben hem ook niet meer tegengekomen bij De Luwte. Misschien was het spiegelincident zijn creepy afscheidsbrief.

Weer die blik. Donkere ogen in een mager gezicht. Nee, ik beeld me dit echt niet in: die jongen staart me aan.

'Blijven de stagiairs op de boot?' vraag ik aan Camiel.

'Stijn en Bobby? Nee, die zijn straks op De Luwte nodig. Hoezo?'

'Ik vroeg het me gewoon af.'

De jongen buigt zich weer over zijn werk. Wie weet is hij gewoon nieuwsgierig, en zijn mijn zenuwen te strak afgesteld.

Na alles wat er is gebeurd heb ik nauwelijks een moment rust gehad. Camiels gezondheid baart me zorgen. Nog steeds stapt hij 's nachts af en toe zwetend uit bed, omdat hij misselijk is geworden of last heeft van hartkloppingen. Bij zijn ontslag uit het ziekenhuis heeft hij een hele lijst met leefregels meegekregen: stoppen met roken was er een van.

Daarnaast moest hij minderen met alcohol, minder gaan werken en meer bewegen. 'Naar buiten, vaker de frisse lucht in, neem een hond,' heeft Van der Loo gezegd. Camiel vertelde het me hoofdschuddend, en hij trok er een gezicht bij alsof de cardioloog niet goed bij zijn hoofd was. 'Kom op, Lynn, als ik een pakje per jaar rook, is het veel. Daar kan het echt niet aan liggen. En ik beweeg meer dan genoeg in de keuken. Het is gewoon stress, of een virusje of zo. Die artsen weten ook niet alles.'

Ik sprak hem niet tegen, allang opgelucht dat hij aan me had toegegeven dát hij rookte. Maar een pakje per jaar? Een pakje per week zal hij bedoelen. Camiel heeft zich aan geen enkele leefregel gehouden en de werkdruk wordt er niet minder op nu De Luwte in 't Land al over zeven weken van start gaat. We zijn aan het aftellen. En hoe dichterbij de grote dag komt, hoe meer ik me afvraag wat we ons in hemelsnaam op de hals hebben gehaald met het plan om tien filialen tegelijkertijd te willen openen. Het zag er op papier veel minder ingrijpend uit dan we nu in de realiteit ervaren.

'Niet zo beteuterd, Lynn, het is feest.' Camiel pakt mijn kin vast en drukt een zoen op mijn mond. Ik voel zijn tong fluweelzacht over mijn lippen gaan, het volgende moment glijdt zijn hand langs de binnenkant van mijn dijbeen naar boven en trekt hij de stof van het jurkje omhoog. 'Heerlijk outfitje. Weet je wat? Ik stuur Kaspar even weg.' Hij grinnikt, kust me nog eens, gretiger. 'Het is tenslotte mijn verjaardag.'

juli 2006

Ik kijk uit over de uiterwaarden, waar Canadese, grauwe en brandganzen zijn neergestreken; soorten die ik heb leren herkennen omdat ik hier veel tijd doorbreng. 'Ik word later net als jij,' zeg ik tegen tante Ingrid, die gehurkt onkruid uit het grind trekt.

Ze kijkt op. 'O ja?'

Ik knik vol overtuiging. 'Ja, ik wil ook in zo'n huis wonen, aan een dijk, en ik ga nooit trouwen. Echt nooit.'

'Je bent pas zeventien. Neem vooral je tijd.'

Ik schud mijn hoofd. 'Nee, hoor. Later neem ik kippen, zijdehoentjes. Geen man.'

'Ach, je hebt gelijk ook.' Ze blaast vinnig een weerbarstig plukje haar uit haar gezicht. 'Je mist er ook niets aan, aan die kerels.'

40

Gestommel op het dek. Een vrouwenstem.

'Shit, ze zijn er al!' Ik gris mijn bikinibroekje van de grond en schik mijn topje. Camiel knoopt zijn broek dicht.

Gelach, meer stemmen – ontspannen, vrolijk. De voetstappen klinken recht boven onze hoofden.

'Da's Christine,' zegt Camiel.

Ik stap gauw in mijn jurkje en haast me naar het badkamertje. De spelden in mijn kapsel zitten niet meer waar ik ze vanochtend zorgvuldig had vastgepind. Ik zet er een paar beter vast en besluit dat de *just out of bed*-look prima past bij een lome zomermiddag op het water.

We haasten ons bovendeks; lacherig, als twee betrapte pubers, proberen we ons gezicht in de plooi te houden.

Christine, Sara, Yentl en Benjamin staan met Kaspar te praten. Guy en zijn vriend zijn er ook al; Gerard houdt twee goudkleurige heliumballonnen vast, een 5 en een 4, die glinsteren en dansen in het zonlicht. Ik schik mijn bikini nog eens onder mijn jurkje en probeer het gezelschap zo normaal mogelijk tegemoet te treden. Omdat niemand mij feliciteert, feliciteer ik de kinderen met hun vader en laat het daarbij. Ik voel een immense opluchting als ik Daniel met zijn vrouw Tessa over de vlonder aan zie komen lopen.

Camiel helpt Tessa galant aan dek, onze huisarchitect springt er redelijk soepel achteraan.

'Hé, Lynn, leuk dat ik je weer eens zie.' Tessa is vrij klein en heeft een goedgevormd postuur en een open uitstraling. Ze omhelst me kort. 'Mooie jurk.'

'Mensen van het goede leven!' hoor ik iemand roepen.

Een kwartier later is het gezelschap compleet. Ik blijf maar glimlachen en complimentjes uitdelen. Mijn glimlach voelt nu al aan als een rubberen masker dat aan mijn gezichtshuid trekt. Ik heb als een berg opgezien tegen deze dag: zeven uur non-stop ronddobberen in de brandende zon, samen met de restanten van Camiels gezinsleven en een handjevol van zijn beste vrienden, die allemaal succesvol ondernemer zijn en verwende vrouwen aan hun arm meetronen.

Camiel heeft het aan mij overgelaten of ik mijn zus hierbij wilde hebben, maar ik heb Michelle niet eens wat laten weten. Ze zou met haar gezin een te grote stempel drukken op het gezelschap. Bovendien moet ik haar niet voorzien van nog meer munitie; mijn afhankelijkheid van Camiel Storm wordt nergens duidelijker dan hier, vandaag op deze boot.

Toch voel ik me beter dan ik had verwacht. Camiel vrat me zojuist zo'n beetje op. De vonken spatten ervan af, zoals in het begin. En ik zag liefde in zijn ogen, lust, bewondering, alles waarnaar ik hunker. Dat Kaspar en de koks mogelijk iets van onze vrijpartij hebben meegekregen, begint nu pas een beetje bij me in te dalen.

De kok, Dennis, een dertiger met een zwarte *man bun*, doet in elk geval alsof hij er niets van heeft gemerkt. Hij schenkt champagne in onze glazen en wijst op een schaal oesters, waar iedereen op aanvalt. Ik pak er ook een. Vroeger moest ik kokhalzen van de naar zeewater smakende schaaldiertjes, maar na twee jaar met Camiel heb ik ze leren waarderen, zoals dat dan heet.

Iemand start een playlist met loungemuziek, de stagairs gaan eindelijk van boord en Kaspar zet zijn kapiteinspet op. Hij kruipt achter het roer en loodst Zomergast 1 de haven uit.

'Heerlijk!' roept Tessa naast me. '*Living the life!*'

Wat een ordinaire vertoning weer. Ze ziet eruit als een hoer in dat jurkje, dat doorschijnt en aan haar dijen plakt. Wat dacht ze wel niet? Goedkoop tasje, schoenen van de markt, helemaal prima zo? En maar draaien met die kont, lachen tot je kaakkramp krijgt. Lachen en zuigen, op je knieën, op je rug, hoe hij het maar wil. Je laten nemen tot het ongemakkelijk wordt, tot het zeer doet, en iedereen in de haven je hoort kreunen, en dan tóch doorgaan. Stoer hoor.

Wees maar zuinig op die assets, girl, want dat lekkere lijf van je is de enige reden waarom Camiel zoveel van je pikt. Verder heb je weinig in te brengen, toch? Die doorsnee plannetjes van je voer je uit met zijn centen, en alle deuren zwaaien open omdat je zijn naam gebruikt. Dat maakt het bijzonder. Niet jij. Je hebt waarschijnlijk niet eens door dat die mensen je alleen maar tolereren omdat je zijn vrouw bent. Zonder hem was je nog steeds een random blondje dat in loondienst op een reclamebureau werkt en zich af en toe laat nemen door de baas. Blondjes waarvan het wemelt.

Maar jij, jij hebt jezelf omhoog geneukt. Je bent een wandelend cliché. Wat haat ik het, wat haat ik jou.

Wat zou het mooi zijn als je hier ter plekke overboord zou slaan. Iedereen kijkt toe hoe dat sletterige lijf van je door de schroef vermalen wordt, je goedkope vlees aan stukken wordt gehakt, het Maaswater rood kleurt van je ordinaire bloed. De wereld is beter af zonder vrouwen zoals jij, Lynn Fleer. Véél beter.

Maar ik gun je die snelle dood niet.

Ik heb iets ergers voor je bedacht; voor jou, en voor Camiel.

41

Speciaal voor de lunch gingen we hier voor anker, in een zijarm van de rivier die we delen met roodbonte koeien en verder met niemand. De beesten staan tot hun knieën in het water naar ons te kijken, de oren gespitst, hun staarten zwiepen losjes langs de flanken. Het is inmiddels over vieren en de koks zijn bezig het servies in kratten te stapelen.

Ik voel me rozig van de muziek, het zachte schommelen van de boot en het glinsterende water. En misschien ook wel van de alcohol: ik sta op het achterdek aan mijn vierde glas champagne te nippen. Waarschijnlijk zou ik er beter aan doen om tussendoor water te drinken, maar de roes is te prettig. Na maandenlang hard werken ervaar ik Camiels onzalige 'Ibiza-achtige verjaardag' onverwacht als de ultieme vakantiedag. En ik ben niet de enige, als ik zo om me heen kijk.

Kaspar en Daniel maken selfies met hun arm om Camiels schouder. Tessa staat in haar eentje te heupwiegen op Dua Lipa's 'Love Again' – Sara heeft de playlist overgenomen, het volume opgeschroefd, en is toen samen met Guys vriend Gerard in de rivier gesprongen. Ze slaken gilletjes als er wier langs hun benen strijkt, spatten water naar el-kaar.

Ik zou me graag bij die twee voegen, maar in de loop van de dag heb ik iets te veel steelse blikken opgevangen van de hetero's aan boord; zelfs van Daniel, die ik niet eerder op een verkeerde blik heb kunnen betrappen. Dit jurkje was duidelijk de verkeerde keus, en die minuscule zilverkleurige bikini maakt het alleen maar erger. We zijn niet op Ibiza, dit is Roermond, en ik ben nu eenmaal de nieuwe vrouw van Camiel, die qua leeftijd dichter bij zijn kinderen staat dan bij hemzelf. Dus blijf ik aan dek, drink champagne, en probeer van de gelegenheid gebruik te maken om Camiels kinderen beter te leren kennen – ik zie ze al zo weinig.

Ik kom er al snel achter dat mijn beeld van Yentl te negatief is geweest. Dat komt door haar uiterlijk; Camiels jongste dochter lijkt sprekend op haar moeder, zelfs hun kledingstijl komt overeen. Maar nu ze me vol passie vertelt over haar studie Hotelmanagement merk ik dat ze haar karakter, en vooral haar sociale vaardigheden, van haar vader heeft. 'Ik hoop dat papa me op een dag de leiding over De Luwte toevertrouwt,' zegt ze, en ze glimlacht er verontschuldigend bij. 'Als Guy er niet meer is. Hij heeft natuurlijk de eerste rechten.'

Net als ik wil vragen hoe dat zit, komt Tessa bij ons staan. 'Heb jij nog steeds geen Chanel, Lynn?'

'Chanel?'

Ze klopt op haar leren tasje.

'O, dat? Nee, tassen moeten voor mij gewoon functioneel zijn.'

'Het loont anders om ze te hamsteren. Gratis tip. Een betere belegging bestaat er niet.'

Ik knik alsof het me interesseert. Yentl maakt zich uit de voeten.

'Ze gooien elk jaar 10 procent op de consumentenprijs,' gaat Tessa door. Ze laat haar vingertoppen langs het glanzende draagkoord gaan. 'Deze kostte vijf toen ik hem van Daniel kreeg, nu is hij bijna negen waard.'

Ik kan het niet laten te reageren. 'Negenhonderd euro voor een tás?'

'Jemig nee, Lynn... negendúizend. Mag je best van me weten: ik heb er een apart kamertje voor. Ik kan er uren naar kijken, ik aai ze, ruik eraan.' Ze knipoogt. 'En als je huwelijk spaak loopt, heb je meer aan zo'n verzameling dan aan de alimentatie. Die mannen hebben geen idee, die denken dat tasjes net zo hard afschrijven als hun auto's.'

Er stijgt een lachsalvo op uit de hoek waar de mannen zich hebben verzameld. Benjamin staat bij de vrouwen; wat moet zo'n jongen ook met dat ons-kent-onsgroepje dat luidruchtig herinneringen staat op te halen aan een tijd waarin hij niet eens was geboren – en laten we wel wezen: ik net zo goed niet.

I PAUSED MY GAME TO BE HERE staat er op zijn T-shirt. Van Camiel begreep ik dat hij aan de TU in Eindhoven studeert.

Ik maak me los van Tessa en loop op hem af. 'Hoe gaat het op de uni?'

Hij kijkt op, half verrast, half in gedachten verzonken. Camiels jongste kind steekt bleekjes af bij zijn zussen, maar zijn beenderstructuur is mooi symmetrisch en in zijn heldere, blauwe ogen zie je ontegenzeglijk die van zijn vader weerspiegeld. Pas negentien is hij, maar dit wordt een mooie man.

'M'n studies staan on hold.' Zijn stem, bijna accentloos, klinkt zacht.

'Tussenjaar?'

Even kijkt hij van me weg, alsof ik hem met mijn vraag in verlegenheid heb gebracht.

Christine springt bij. 'Benjamin volgde twee studies, maar we hebben besloten om het even rustig aan te doen, hè?' Ze knikt hem nadrukkelijk toe. 'Er is meer in het leven dan je halfdood werken.' Dat was een sneer naar Camiel, die druk gebarend een sterk verhaal staat te vertellen aan de mannen.

Ik voel me opgelaten. Waarom vertelt Camiel mij nooit iets? Als ik hem vraag naar zijn kinderen, krijg ik standaard te horen dat alles goed gaat, en wanneer ik doorvraag stuit ik op weerstand. Camiel vat mijn interesse op als bemoeizucht.

Ik haal een fles champagne uit de koeler en wil Christine aanbieden om haar glas bij te schenken, maar Camiel is bij haar gaan staan. Zijn hand ligt op haar schouder, die hij streelt alsof hij haar geruststelt, haar masseert bijna; zijn aanrakingen doen me te intiem aan. Ik draai me met de champagnefles om naar Benjamin en zie dan pas dat hij cola drinkt. Om mezelf een houding te geven, schenk ik mijn eigen glas, dat voor driekwart gevuld is, nog voller. De fles komt met een zachte bonk terug in de koeler terecht en ik neem een flinke slok. De bubbels bruisen tegen mijn verhemelte.

Vanuit het water roept Sara iets naar Benjamin. Hij lacht naar haar – een mooie, heldere lach, rollend, als die van zijn vader. Christine knipoogt naar Camiel. De muziek – 'Blijven slapen' van Maan en Snelle – staat hard. Te hard. Bij elke noot voel ik me verder krimpen, lijk ik er minder toe te doen.

'Hallo?'

Ik kijk naast me. Sara heeft een handdoek omgeslagen en knijpt in haar lange donkerbruine haar, waar het Maaswater uit druipt. Druppels vallen op het teakhout. 'Ik hoorde van papa dat je kippen hebt.'

'Ja, zijdehoentjes,' zeg ik snel, blij met de afleiding.

'Ik mocht dat nooit van hem.' Ze zet een stemmetje op: 'Kippen zijn om te eten, niet om te aaien.'

'Dat zegt hij tegen mij ook steeds, hoor,' zeg ik.

'Wij mochten ook geen konijnen. Die durfden we niet eens mee naar huis te nemen.'

Benjamin knikt, nauwelijks zichtbaar.

'Niet?'

Sara kijkt me kort aan. Perfect getekende wenkbrauwen, goudkleurige sproeten. 'Je weet bij hem nooit of hij een grapje maakt. Maar ik zie hem ertoe in staat.'

'Om het konijn van zijn kinderen te slachten? Nee toch?'

'Vroeger heeft zijn vader dat met zijn konijn gedaan,' zegt Sara. Ze haalt haar schouders op.

Benjamin reikt achter zich en neemt een overgebleven oester van het ijs. Geconcentreerd knijpt hij er een partje citroen over uit.

'Opa Bram bedoel je?' vraag ik. Camiels ouders ken ik alleen van foto's en verhalen.

'Ja, opa Bram. Harteloosheid zit in de familie,' antwoordt Benjamin, en hij laat de oester in zijn keel glijden.

42

Een taxi zet ons af bij de Bramanshoeve. Ik zwaai het portier open om uit te stappen, maar verlies mijn evenwicht en grijp mis. Er is geen redden aan. Als in slow motion zak ik uit de taxi en kom languit op het asfalt terecht. Even ben ik alle gevoel voor richting kwijt.

'Lynn, godver!' roept Camiel.

Ik werk mezelf op mijn knieën en probeer te gaan staan. Mijn jurkje is tot aan mijn heupen opgekropen.

Camiel trekt me omhoog en ondersteunt me. 'Als je niet tegen drank kunt, moet je niet zo zuipen,' snauwt hij. 'Hoeveel heb je wel niet op?'

Hoewel ik ergens wel snap dat hij geen antwoord verwacht, begin ik toch te tellen. 'D-drie sjampies bij de lunch. Daarna nog drie. Of vier...'

Het rommelt in de verte. Een loodgrijze hemel steekt donker af tegen de rieten kap. Ik voel druppels.

'...en aperooh spritz.'

Camiel heeft moeite me rechtop te houden. Hij staat zelf ook niet helemaal vast op zijn benen, en we zwalken via de carport naar het terras en de achterdeur.

De eerste donderslag rolt door de hemel. Ik voel de grond dreunen. 'Whoo, heftig,' fluister ik. 'Hoor je dat?'

Camiel opent de deur en schakelt het alarm uit, helpt me naar binnen. Op eigen kracht loop ik de keuken in en plof neer op een stoel.

Camiel geeft me een glas water. 'Drink op.'

Ik neem een paar slokken en wil het glas terugzetten, maar het valt om en het water verspreidt zich over de tafel, bereikt een stapeltje post.

Camiel grist het weg en maakt vloekend met een doekje de tafel droog. 'Kijk me aan!'

Ik doe wat hij vraagt.

'Waar slaat dit op?'

'Waar slaat wát op?'

'Dat ordinaire gezuip van je! Als ik met een sloerie had willen trouwen, dan had ik dat wel gedaan.'

'Je had er vanochtend anders geen moeite mee,' kaats ik terug.

'Vrouw, waar is je trots?'

Ik heb moeite met focussen. Is hij nou echt boos? Op *mij*? Hoe durft-ie. De hele middag heeft hij aan zijn ex staan plukken en zijn vrienden stoere verhalen verteld, mij heeft hij al die tijd genegeerd, alsof ik een of ander inwisselbaar vrouwtje ben, en nou heb ík het ineens gedaan? 'Je hebt wel lef, Camiel Storm.'

'Ik?' Hij wijst kwaad naar zijn borst. 'Kotsen op de boot, kotsen over de reling. En die jongens maar poetsen. De halve haven heeft het meegekregen. Chic! Echt héél chic!'

'Ik werd gewoon ziek, dat kan toch?'

Hij trekt een afkeurend gezicht. 'Je hebt gewoon veel te veel gezopen, je zuipt sowieso te veel. Je moet eens maat leren houden.'

'Dan had je misschien bij je keurige Christinetje moeten blijven!' schreeuw ik. 'Daar heb je het toch altijd zo goed mee gehad?' Ik wrijf met trillende vingers door mijn haar en probeer tevergeefs een huilbui te onderdrukken. Mijn schouders schokken, tranen wellen op en ik haal hortend en stotend adem.

'Hé, hé,' hoor ik Camiel ineens zeggen. 'Rustig maar, rustig.'

'Zo... zo gemeen.' snik ik.

Hij pakt mijn kin vast. 'Je kent me toch? Niet huilen, meisje. Ik meen het niet zo.'

'Maar waarom...'

Hij neemt me in zijn armen, wiegt me. 'Sorry, schat,' fluistert hij. 'Ik liet me gaan. Elke avond knallen achter die potten en pannen, we steken onze nek uit, ik word gek van de bank en van al het gezeik. Het werd me gewoon even te veel.'

Ik haal mijn neus op, veeg de nattigheid weg met de rug van mijn hand. Mijn lijf trilt onbedaarlijk.

'Maar eh...' Hij knijpt zijn ogen tot spleetjes. 'Je trekt het toch nog wel, hè? Zo niet, dan moet je het zeggen.'

'Ik kan alles aan. Alleen niet als je zo tegen me tekeergaat.'

'Oké,' zegt hij, weifelend. 'Want anders...'

'Anders wat?' Ik voel me nuchterder worden.

Hij laat mijn kin los en kijkt van me weg. 'Dan moeten we het pr-gebeuren misschien toch bij je oude baas onderbrengen. En ik zou voor de coördinatie Christine kunnen vragen. Zij kent alle ins en outs, en –'

'Christine?!' Ik spring op en duw zo hard tegen zijn borst dat hij achteruit wankelt. 'De pr is míjn terrein, daar heeft Christine niets mee te maken! Neem dit niet van me af, Camiel. Ik heb het allemaal bedacht! Álles.'

Hij trekt me tegen zich aan. 'Hé, rustig. Ik neem niets van je af, kom op. Wat een emoties.'

'Als je me dat flikt, dan... dan...' zeg ik schor.

'Ik flik je niets. We zijn een team, jij en ik. Het komt goed.' Zijn sterke handen wrijven over mijn rug.

Het voelt fijn om tegen hem aan te leunen, zijn adem langs mijn gezicht te voelen gaan.

'Kom, drink nog wat water.' Hij schenkt een nieuw glas in.

Ik neem een paar slokken. Haal diep adem. 'Je zat aan Christine. De hele tijd. Met je hand op haar schouder.'

'O, echt? Geen erg in gehad. Macht der gewoonte.'

'Ik voelde me afgedankt.' *Goedkoop, een profiteur.*

'Hoeft niet. Zo hoef je je nooit te voelen. Echt niet. Ik heb met Christine te doen, Lynn. Het is voor haar niet makkelijk.'

Ik zoek zijn blik. Hij is bloedserieus.

'Ik heb oprecht medelijden met haar,' gaat hij verder. 'Jij en ik staan aan het begin van iets moois, iets nieuws, en zij blijft achter in het verleden. Christine is de moeder van mijn kinderen, ze heeft altijd haar best gedaan. En ze weet dat ze dit gaat verliezen. Dus als ik haar een beetje meer aandacht geef dan normaal...' Hij trekt me tegen zich aan, drukt een zoen op mijn voorhoofd. '...vat dat dan niet persoonlijk op.'

43

Camiel blijft rustig slapen terwijl ik uit bed glip. Ik zie nauwelijks waar ik loop; mijn ogen hebben zich gevuld met tranen en de slaapkamer wordt alleen verlicht door het stand-bylampje van de tv. Ik loop de gang op en ga naar beneden. Er klinkt gerommel en er schiet een lichtflits door het trappenhuis.

In de hal knip ik het licht aan en kijk naar de portretten van Sara, Yentl en Benjamin, die krachtig worden uitgelicht met richtspots. Minutieus uitgewerkte gezichten met grote ogen waaruit ernst spreekt, hun kleding en de achtergrond vager, met minder aandacht en in heldere streken weergegeven. Ze zijn nog jong daar, de zusjes twaalf en tien, schat ik, hun broertje een jaar of acht.

Toen Camiel me in het begin van onze relatie toevertrouwde dat hij geen kinderen meer wilde, was ik opgelucht. Maar die opluchting is verdrongen door een diep gevoel van leegte. Camiel schoof een ring om mijn vinger, ik mag in zijn huis wonen en de pr van De Luwte doen, maar een kind wil hij me niet geven. Christine gaf hij er drie. Een heel nest Storm-nazaten heeft ze op de wereld gezet. Zij wel. Geen wonder dat ze nog steeds met opgeheven hoofd rondloopt.

Benjamin woont fulltime bij zijn moeder, en als de meiden in het weekend thuiskomen, is dat in háár huis, nooit eens hier.

Mensen die de hele situatie van buitenaf bekijken zien in Christine misschien een afgedankte oudere vrouw die haar mooiste jaren aan Camiel Storm heeft gegeven en dapper standhoudt in een voor haar ingewikkelde, pijnlijke situatie. Ik zie iemand anders. Ik zie iemand die nooit alleen is en nooit alleen zal zijn. Christine is tot haar laatste snik verzekerd van gezelschap en liefde van de clan die uit haar eigen schoot is ontsproten.

En Lynn is de jonge vrouw. Niemand is op haar hand, want ze is mooier en fitter, een profiteuse die manden vol vruchten plukt van de bomen die Camiel en Christine samen hebben geplant. Iemand die zelf nog onvoldoende meters heeft gemaakt.

Tessa begon niet zomaar over haar Chanel-tassenverzameling: ze tipte me, als golddiggers onder elkaar. Daarom betekent De Luwte in 't Land zoveel voor me.

Het moet slagen, denk ik met een laatste blik op de schilderijen. Ik moet iedereen laten zien dat ik iemand bén, al is dat het laatste wat ik doe.

SEPTEMBER

44

In de weken die volgen op Camiels verjaardag begraaf ik me in mijn werk. Camiel doet hetzelfde. Hij voelt zich redelijk goed en weet naast zijn reguliere werkzaamheden nog de creativiteit op te brengen om producten te bedenken voor De Luwte in 't Land. Iedereen is enthousiast over de met gekonfijte vijg omwikkelde lolly's van eendenpaté, gevuld met speculaas. Ze blijven gekoeld en vacuüm getrokken langer dan een week goed – dit wordt geheid onze *signature*-bestseller. De keuken is nog bezig met het verfijnen van een kleurrijke groentecarpaccio met vegan mayo die in de smaak valt bij het team van Voltage. Er zijn ook bonbons ontwikkeld die exclusief in de filialen verkocht gaan worden.

De pr loopt lekker. Camiel en ik hebben de fotoshoot en het grote interview voor *Anna!* achter de rug en geaccordeerd, en nu het half september is en de redacties terug zijn van vakantie, kan ik eindelijk gerichte afspraken maken met televisie- en radioprogramma's.

Het personeel voor de filialen vormt nog wel een bron van zorg. Het blijkt lastiger dan we dachten om ervaren krachten te vinden. Guy is uitgeweken naar uitzendbureaus en gaat daarnaast gemotiveerde mensen zonder horeca-ervaring aantrekken. Ze volgen binnenkort een interne opleiding bij ons in Roermond.

Volgende maand is de grote lancering. Ik hoop dat ik er tegen die tijd nog een beetje van kan genieten. De toenemende stress over de financiële consequenties, alle ballen die ik in de lucht moet houden, de lange, veeleisende werkdagen en het gedoe met Laurens, Christine en Camiel beginnen alles bij elkaar hun tol te eisen. Ik merk het aan kleine dingen. Mijn geheugen laat me in de steek. Ik stel twee keer dezelfde vraag, stuur een mail naar de verkeerde persoon. Laat mappen uit mijn handen vallen. En als ik er niet op let, klinkt mijn stem hoog en gejaagd.

Ik zou meer rust moeten nemen. En misschien ook wat medicatie.

In plaats daarvan zet ik een paar tandjes bij.

*

Tegen zevenen ga ik met een bord opgewarmde pasta op het terras zitten. Het is een mooie nazomeravond; de vogels zingen om het hardst en in de verte hoor ik een grasmaaier. Mees en Muis scharrelen tevreden rond in hun ren. Ze zijn inmiddels ook gewend aan hun nieuwe nachthok, dat is voorzien van een schuifdeurtje dat 's ochtends automatisch opent en kort na zonsondergang hermetisch sluit. Het dikke gaas van de buitenren loopt helemaal onder de grond door, zodat de vossen er niet bij kunnen, en de bovenkant van de ren is afgesloten met een dak tegen roofvogels en katten.

Er komt een appje binnen.

michelle   blijf je zaterdag slapen?

Ik voel een steek in mijn maag. De verjaardagen van mijn neefjes en nichtjes kan ik afdoen met het sturen van een cadeaukaart, maar die van mijn zus niet. Ze zal er bovendien geen genoegen mee nemen als ik alleen even mijn neus laat zien. Het ligt te gevoelig.

lynnstorm   ja, tuurlijk, gezellig!
lynnstorm   zin in! ☺

'Je bent een hypocriet, Lynn Storm,' fluister ik voor me uit, en ik vecht tegen de neiging om mijn telefoon op de tafelrand kapot te meppen. In een impuls gooi ik hem van me af. Hij maakt een ergerlijk zachte landing in het gras.

Als ik opsta om hem op te rapen, zie ik vanuit mijn ooghoeken iets bewegen. Een manshoge schim aan de rand van mijn blikveld, die vanuit het dieper gelegen deel van de tuin voorbijflitst. Van boom naar boom.

Geschrokken blijf ik staan. Ik tuur ingespannen naar de plek waar ik de schaduw dacht te zien, maar de enige beweging is die van de bladeren, die zachtjes ritselen in de wind.

januari 2007

Mama's mondhoeken zijn gaan hangen. In haar voorhoofd zijn rimpels verschenen die ze vorig jaar nog niet had. Ze wordt ook steeds stiller. Alleen als Michelle thuis is, zie ik haar nog wel eens lachen, maar de vrolijkheid komt dan gemaakt over. Ongemakkelijk.

Ik heb het er niet met haar over. We praten bijna nooit meer over dingen die er werkelijk toe doen. Het heeft ook totaal geen zin.

Mama zit vast. In dit leven, in haar hoofd.

En ik kan daar niets aan veranderen.

Het enige wat ik kan doen, is proberen om er voor haar te zijn.

45

'Ik ga nú het ziekenhuis bellen.'

'Nee, dat doe je niet.' Camiels stem klinkt als schuurpapier en zijn rug is nat van het zweet.

We zijn rond middernacht lepeltje-lepeltje in slaap gevallen – voor het eerst in weken sliepen we weer eens samen in zijn bed –, maar toen ik zojuist wakker werd, was het matras naast me leeg.

Ik trof Camiel hier in de badkamer aan, hurkend bij de toiletpot, zwetend, in zijn boxer.

'Kom op, je bent hartstikke ziek.'

Hij staat op en vindt steun bij de wastafel. 'Het gaat alweer. Het is niet zo erg als anders.'

Ik voel aan zijn voorhoofd. Geen koorts, het voelt eerder klam. 'Het ging de laatste tijd zo goed.'

'Ik eh... ik was vooral misselijk. En opgefokt, gejaagd.' Hij wrijft met zijn vlakke hand ter hoogte van zijn hart.

'Ben je duizelig?'

'Beetje.'

'Zal ik je naar bed helpen?'

Hij knikt gedwee – ik schrik er bijna van: Camiel die

zich vrijwillig door me laat ondersteunen? Dat mag op Facebook.

Ik leid hem naar bed en stop hem in. 'Zal ik een glaasje water voor je halen?'

'Een hoog glas, met citroen.'

Zo ken ik hem weer.

In de keuken snijd ik een citroen in schijfjes en vul een glas met koud kraanwater. Omdat ik niet weet hoe hij het precies wil hebben, leg ik de schijfjes in een apart schaaltje en leg er een cocktailstamper bij.

Eenmaal terug in de slaapkamer is het stil.

Ik buig me over hem heen. 'Camiel?'

Hij slaapt.

46

Guys vingertoppen rusten op mijn bureaublad. 'Alwéér? Ik heb een hele waslijst die ik met hem moet doornemen.' Hij kijkt me doordringend aan, verwijtend bijna, alsof ik er persoonlijk schuldig aan ben dat Camiel niet op zijn werk is verschenen.

'Ik denk dat hij later vandaag nog wel naar de zaak komt.'

'Moeten we ons zorgen maken?' Guys bruine ogen zijn zo donker dat je nauwelijks de pupillen kunt onderscheiden.

'Nee, hoor.'

'Even eerlijk, Lynn, onder ons, wat is er aan de hand met

hem? Zijn hart? Het was dus geen loos alarm, laatst? Moet je hem niet beter in de gaten houden?'

Ik schud resoluut mijn hoofd. 'Camiel wordt gewoon een dagje ouder. Hij kan geen honderd uur per week meer knallen. Het is een beetje veel allemaal. Voor jou, voor mij, maar voor hem net zo goed. Geloof me, verder is hij topfit.'

Guy heeft nauwelijks zijn hielen gelicht als Christine mijn kantoordeur openzwaait. Het stoort me mateloos dat ik bij Slapen bij De Luwte zo'n beetje op audiëntie moet, terwijl zij de vrijheid voelt om hier te pas en te onpas binnen te vallen.

'Ik heb zo een afspraak,' zeg ik afgemeten.

'Camiel neemt zijn telefoon niet op. Ik hoor dat hij weer ziek is.'

Even overweeg ik haar in het ongewisse te laten, om haar een beetje te pesten, maar we hebben haar nog nodig. Vier weken tot de aftrap lijkt ineens een eeuwigheid.

'Toen ik vanochtend wegging zat hij in zijn badjas voor de tv. Hij zal wel even zijn gaan liggen,' zeg ik.

Christine loopt naar het raam en weer terug. Dan draait ze zich naar me toe. 'Hij werd ziek in zijn slaap?'

Ik knik. 'Als het misgaat is het meestal 's avonds laat of 's nachts. Momenten van ontspanning.'

'Óntspanning...' Ze kijkt me recht aan. 'Of bedoel je... ínspanning?'

Ik frons. '...als in?'

'Dat begrijp je heus wel.'

Wat is dit voor gesprek? Voor de tweede keer in een halfuur krijg ik in mijn eigen kantoor een verwijt voor de voeten geworpen. *Nou je het zegt, misschien was dat derde orgasme iets te veel van het goede,* zou ik willen zeggen. Alleen al bij de gedachte aan Christines reactie op zo'n opmerking moet ik glimlachen.

'Je vindt het grappig?' snauwt ze.

Het lukt me nauwelijks mijn gezicht in de plooi te houden. 'Zeker niet.'

Ze kijkt me zwijgend aan, lichtelijk op haar hoede, en dan ineens verandert haar hele houding, alsof ze een besluit heeft genomen.

Zonder verder nog iets te zeggen draait ze zich om en beent mijn kantoor uit.

47

Tegen vijven pak ik mijn spullen bij elkaar. Camiel is niet meer bij De Luwte komen opdagen, maar hij heeft me verzekerd dat hij vanavond als vanouds aan de slag gaat. Misschien zie ik hem nog even als ik thuiskom, misschien kruisen we elkaar.

Ik pak mijn laptoptas, gris mijn sleutels van mijn bureau, en dan gaat mijn telefoon.

Michelle.

Ik haal een keer diep adem en neem op.

'Jij drinkt witte wijn, hè?' Mijn zus maakt er steeds meer een gewoonte van om met de deur in huis te vallen. Zonder haar naam te noemen, zonder te vragen hoe het met me gaat.

'Ik drink alles. Je hoeft voor mij niets speciaal in huis te halen.'

'Dat doe ik graag, hoor. Je bed is opgemaakt, iedereen verheugt zich op je komst.' Dan ratelt ze door over de partytent die in de tuin is opgezet omdat er regen wordt verwacht, en ze vertelt dat de barbecue en bar zullen worden bestierd door de oudere broers en zussen van vrienden van de tweeling. 'Dan hebben Jonas en ik onze handen vrij.' Ze blijft kletsen, zonder punt of komma, over de hapjes en de genodigden. Gejaagd, nerveus. Mijn zus is niet echt een volbloed feestbeest of organisatietalent, maar de horecagenen van pa heeft zij net zo goed geërfd als ik, en dit klinkt niet zoals ik mijn zus ken.

'Knijp je hem een beetje vanwege de weersvoorspelling?' vraag ik.

Ze is even stil.

'Michelle? Wat is er?'

'Eh... Hoe laat was je van plan hierheen te komen?'

Hoe later, hoe beter. 'Zeven uur, zoiets?'

'Hmm... We verwachten de eerste gasten al rond vijven en...' Haar stem stokt.

'En wat?'

'Ik eh... wil je iets laten zien. Maar Jonas zegt dat ik beter kan wachten tot –'

Ik hoor mijn zwager op de achtergrond.

'Ja... ja,' zegt ze, afwezig, en dan, plotseling gedecideerd: 'Oké, prima, Lynn, we zien je dan tegen zevenen wel verschijnen.'

'Wat wil je me laten zien?'

Gestommel, gedempt overleg. Dan ineens klinkt haar stem helder: 'Weet je nog, die blikken die vroeger bij ons thuis op de kast stonden?'

'Tuurlijk weet ik dat.' Mama's verzameling koek- en cacaoblikken uit de jaren vijftig en zestig heeft zolang ik me kan heugen uitgestald gestaan op de buffetkast in de woonkamer.

'Ik heb ze meegenomen, toen,' zegt Michelle. 'Ik dacht dat ze leeg waren, maar in één ervan heb ik een schrift gevonden. Een soort dagboekje van toen mama nog jong was. Ik... ik kon er niet in lezen zo vers na haar dood, en jij... Nou ja, ik heb het teruggelegd en het blik onder het bed in de logeerkamer gezet. Komt wel, dacht ik. Ooit wilde ik het samen met jou lezen.'

De temperatuur in mijn kantoor lijkt met vijf graden te dalen. 'Mama heeft een dagboek bijgehouden?'

'Eh... zoiets. Ik kwam het vanochtend weer tegen toen ik de logeerkamer in orde aan het maken was, en toen heb ik het opengeslagen.'

'Vertel je me nou dat je dertien jaar lang een dagboek van mama hebt bewaard en dat gewoon bent vergeten? Waarom heb je me daar nooit iets over verteld?'

'Zie je? Daar ga je al,' hoor ik Jonas op de achtergrond snauwen. 'Had dat nou niet een paar dagen kunnen wachten, Mies?'

48

Camiel zit aan de keukentafel te bellen en heft zijn kin bij wijze van groet. Zijn badjas heeft plaatsgemaakt voor jeans en een polo en zijn haar zit in model; hij is klaar om naar De Luwte te gaan. 'In Arnhem, zei je? Ja... prima, als jij en Jan meedoen.'

Het lijkt erop dat hij een collega aan de lijn heeft. Het wereldje van de Nederlandse chef-koks met twee of drie Michelinsterren is bijzonder klein, iedereen kent elkaar.

Ik gooi mijn autosleutels in de schaal, leg mijn laptop op tafel en schop mijn sandaaltjes uit. De tegelvloer voelt koel onder mijn blote voeten.

Ik merk dat ik nog steeds geagiteerd ben; in de twintig minuten dat het me heeft gekost om naar huis te rijden ben ik nauwelijks bijgekomen van het gesprek met Michelle. Hoe kan ze dertien jaar lang een dagboek van mama in huis hebben gehad zonder dat tegen mij te vertellen? Het was geen bewuste keuze, verzekerde ze me: 'Ik heb het misschien ook voor mezelf verstopt.' Maar dan nog.

'Oké, zet mijn naam er dan maar bij. Mazzel, pik.' Camiel drukt de verbinding weg en begint over zijn schermpje te scrollen.

Ik pak hem van achteren bij de schouders en kus hem op zijn wang. 'Waar ging dat over?'

'Benefiet, om geld op te halen voor...' Hij steekt een hand op, lacht. 'Reuma, geloof ik. Jan, Johnny en ik.'

'We hebben nu niet echt tijd voor dat soort dingen, hè?'

'Adel verplicht. En het is pas in december.'

Ik kan daar veel op zeggen, maar besluit het niet te doen. 'Je gaat zo weer naar de zaak?'

'Hm-hm.'

Ik buig nog eens voorover om aan zijn haar te ruiken. 'Heb je nou gerookt?'

'Nee,' snauwt hij.

'O, oké... Zal ik je brengen?'

'Ben je gek. Ik voel me kiplekker.'

Ik trek de koelkast open. 'Had je al wat gegeten, of moet ik snel iets voor je maken?'

'Hoeft niet. Christine was hier vanmiddag, ze had zalm-lasagne meegenomen.'

Ik verstijf. Op een van de plateaus in de koelkast staat een glazen ovenschaal die niet van ons is, afgedekt met aluminiumfolie.

'Er is nog over,' hoor ik Camiel achter me zeggen. 'Eet jij dat maar op, ik heb genoeg gehad.'

Zalmlasagne. Camiels favoriete avondmaal; het liefst met gerookte zalm en flink zompig van de ricotta.

'Was er iets dringends, dat ze hierheen kwam?' vraag ik zo normaal als het lukt.

'Nee hoor, ze kwam op ziekenbezoek.'

Ik draai me met een ruk om. 'Begrijp ik dat nou goed? Christine komt op ziekenbezoek en neemt eten voor je mee? Wie denkt ze dat ze is, je moeder?'

Hij grinnikt. 'Ze maakte zich zorgen.'

'Ik vind het echt niet oké dat ze dat doet. En ik vind het misschien nog wel erger dat jij het je blijkbaar laat aanleunen.'

'Wat had ik dan moeten doen? Haar voor de deur laten staan?'

Vuil kreng. Dit was haar kleine wraakneming voor mijn binnenpretje van vanmiddag.

'Dat had je kunnen doen, inderdaad. Ze is je ex. Ik ben je vrouw. Ik woon hier, zij niet meer.'

'Ach...' Hij glimlacht ontwapenend. 'Bij ons loopt dat toch een beetje door elkaar heen, hè?'

'Wat bedoel je daarmee?'

Camiel trekt zijn wenkbrauwen op. 'Ben je nou jaloers? Maak er niet zo'n drama van, je weet toch hoe ik erin sta? We hebben gewoon gezellig gekletst.'

'Waarover?'

'De kinderen, de zaak. Wat nou? Wat kijk je nou?'

Ik ram de deur van de koelkast dicht – ik hoor de flessen rinkelen – en loop de keuken uit. 'Ik ga de kippen voeren.'

Ik haal een schep legkorrel en een bekertje schelpengrit uit de voerkist en loop het terras op. Vogelgezang, ruisende boomkruinen, verkeersgeluiden in de verte.

Geen getok. Mees en Muis verdringen zich niet achter het gaas.

Het hok is superveilig, prent ik mezelf in, dus ze zijn vast broeds geworden en zitten daarbinnen gezusterlijk op hun legnesten. Het is al september, eigenlijk te laat om nog te broeden, maar het is vaker voorgekomen. Zijdehoentjes zijn de broedovens onder de kippenrassen.

Als ik dichterbij kom, zie ik dat de grendel van de buitenren omhoog staat. Ik laat alles uit mijn handen vallen en duw tegen het deurtje. Het zwaait meteen open. In een paar passen ben ik bij het nachthok en open het. Er ligt een crèmekleurig eitje in een van de nesten. Voor de rest is het hok leeg. Ik voel aan het ei, aan het stro eromheen: koud. Dit ei is van vanochtend. Ik hurk en tuur onder het hok. Kijk paniekerig om me heen.

Kippen zijn primitieve wezens: leg een doek over hun kop en ze staan subiet stil. Ze sluiten hun ogen en gaan slapen, omdat ze denken dat het nacht is. Haal je de doek weg, dan komt er weer beweging in. Ze schudden hun veren uit, gaan tokken en scharrelen. Dit kun je eindeloos blijven herhalen: kipje aan, kipje uit, kipje aan, kipje uit. Als machines.

Maar ik heb geen hekel aan ze. Ze zijn best leuk om naar te kijken, zeker deze twee tot leven gekomen tekenfilmfiguurtjes. Pech voor ze dat ze bij háár horen. Dat zij er zo gek mee is, en Camiel gek op haar. Dat nieuwe hok moet wat gekost hebben. Die slet hoeft maar te piepen en ze krijgt het.

Om van te kotsen.

Ik zit gehurkt in de ren en kijk naar het huis. Camiel is daarbinnen, op de bank voor de tv.

Ik kan hier gewoon mijn gang gaan.

De kippen pikken aan het brood dat ik in mijn hand houd. Ze zijn zo tam als wat, klimmen zo onderhand op mijn schoot. Met een snelle beweging werp ik een handdoek over ze heen. De uitknop werkt feilloos; ze zakken meteen door hun poten. Ik wikkel ze in de doek en loop naar de vijver, maak me klein achter de oeverbegroeiing. Terwijl ik het huis scherp in de gaten houd, laat ik de bundel in het water tussen het riet zakken. Ze stuiptrekken een beetje, laten het verder gedwee toe.

Beesten hoeven niet te lijden onder hun eigenaren, vind ik, alleen wonen in dit geval de grootste beesten niet in het hok, maar daar binnen, in de Bramanshoeve.

49

'Waar zijn Mees en Muis?'

Camiel staat bij het aanrecht te bellen. Hij duwt zijn uit-
gestoken hand zo'n beetje in mijn gezicht en kletst verder.

'Mijn kippen! Waar zijn ze? Wáár?'

Hij houdt zijn duim op de microfoon. 'Wát?'

Ik wijs naar de tuin. 'De ren staat open!'

'Dan moet je niet bij mij zijn.' Hij keert me de rug toe.
'Ja... Jan? Daar ben ik weer. Als jij die avond zorgt voor –'

'Camiel!' Ik trek aan zijn arm.

Niet bedacht op een fysieke aanval verliest hij een moment zijn evenwicht. 'Ik bel je zo terug.' Hij verbreekt de
verbinding en gooit zijn iPhone op tafel. 'Mens, ben je nou
helemaal van de pot gerukt?'

'Mees, Muis!' Ik geloof dat ik gil, hysterisch gil, maar
het maakt me niet uit. 'Waar zijn ze? Ben eerlijk. Is ze in de
tuin geweest?'

'In de tuin? Wie?'

'Christine!'

'Wat is dat nou voor vraag?'

'Geef gewoon antwoord! Is Christine in de tuin geweest?'

Camiel kijkt verward, alsof ik hem overval met deze vraag. 'Weet ik niet.'

'Dat wéét je niet?'

'Ik was er niet de hele tijd bij.'

'Jij laat Christine zonder toezicht door ons huis en de tuin lopen? Dit is ook míjn huis, míjn privé!'

'Doe nou eens effe rustig.'

Ik kijk om me heen. Naar de wijnkast, het rvs-werkblad, de hoge kranen. Dit huis, het was nooit mijn plek. Alles hier ademt Camiel, zijn ouders, zijn kinderen.

Zijn ex.

Die hier gewoon naar binnen wandelt. Die mijn man zijn lievelingsgerecht komt brengen. Hier op haar gemak een beetje rond kan lopen, naar believen, in het huis, in de tuin. Waar ben ík in dit plaatje? Heb ik nog iets te zeggen over de plaats waar ik me veilig hoor te voelen?

'Ik denk dat ze het kippenhok heeft opengezet,' zeg ik.

'Doe niet zo raar.'

'Hoe kan de ren dan openstaan?'

'Weet ik veel, ik kom daar nooit, die kutbeesten boeien me niet. Je zult het zelf wel niet goed hebben dichtgedaan.'

'Echt wel! Je weet wat ze voor me betekenen!'

'Zórg er dan beter voor.'

'Dat doe ik!' In mijn geschreeuw klinkt een rauwe angst die door alle vezels van mijn lijf trekt, een voorgevoel dat ik al langer had: Mees en Muis zijn weggehaald. Ik ben mijn dieren kwijt.

Ze zijn vermoord.

Even flitst de mogelijkheid door me heen dat Camiel het

zelf heeft gedaan, maar dat is niet logisch. Hij heeft niet voor niets een nieuw hok gekocht.

Christine heeft wel een motief. Ze wil me treiteren, me raken waar het zeer doet. En het belangrijkste: ze is in de gelegenheid geweest.

Dan herinner ik me de schim die ik eerder deze week in de tuin dacht te zien.

Stel dat het Laurens was? Dat zijn 'afscheidstekst' niet als afscheid is bedoeld?

Camiel kijkt me zwijgend aan, in zijn blik ligt een ongemakkelijke combinatie van bezorgdheid en ergernis.

En dan besef ik dat de kippen er misschien nog ergens zijn, daar buiten. De vijver!

augustus 2007

'Je moet voor jezelf kiezen, Lynn.' Michelle smeert zonne-brandcrème uit over haar schouders en armen. 'Is mijn neus rood?'

'Een beetje.'

Ik neem de flacon van haar over en smeer voorzichtig haar neus, voorhoofd en wangen in. Michelle heeft mama's huid, die reageert niet goed op felle zon.

Er heerst een hittegolf en het hele land zoekt verkoeling op of bij het water. De stranden liggen vol. Maar Michelle en ik hebben hier ons privéstrandje, waar je alleen kunt komen via de wei achter tante Ingrids dijkhuisje. Soms komt er een koe drinken of pootjebaden, omgeven door een wolk zieden-de steekvliegen.

'Je kunt toch niet eeuwig bij papa en mama blijven wo-nen?' Michelle stopt de zonnebrandcrème weg en gaat lang-uit op haar badhanddoek liggen. 'Ik snap sowieso niet hoe jij het uithoudt in die graftombe. Papa kwaad, mama triest, gezellig...'

Ik richt mijn blik op een speedbootje dat met hoge snelheid over het water scheert. Er zitten jongens in die mama 'oudere jongens' zou noemen. Hun opgewonden stemmen dragen ver.

'Je mist alles als je elke avond naar huis gaat,' zegt Michelle. 'Sociaal is dat een ramp.'

'Ik weet het.'

Ze draait haar gezicht naar me toe, haar groene ogen omringd door zwarte kohl, die een beetje is uitgelopen door de hitte. Haar stem klinkt zachter, minder verwijtend nu. 'Hun huwelijk is niet onze verantwoordelijkheid, het zijn volwassen mensen.'

Ik knik. Ze heeft vast gelijk. Maar het voelt niet zo.

50

'Dit soort beestjes zien we niet vaak op de praktijk.' De dierenarts, een stevig gebouwde vrouw van in de veertig, beluistert met haar stethoscoop Mees' hartje en longen.

Mijn kipje ziet er meer dood dan levend uit, met opgetrokken vleugeltjes en halfgesloten ogen van de stress. De anders zo fluffy, witte pompon ligt als een vuile, platte pet over haar kopje en haar donkerblauwe vel schemert door haar natte verenpakje heen.

'Het is nauwelijks nog herkenbaar als een kip,' merkt een van de assistentes op – er staan er drie om ons heen. 'Nooit zoiets gezien.'

'Ze zijn van een zeldzaam ras, mijn tante fokte ze,' zeg ik. 'Deze zijn kleinkinderen van mijn lievelingskip van vroeger.'

De halve tuin heb ik doorzocht voordat ik ze vond; ze zaten in elkaar gedoken tegen een boomstam onder de boomhut. Apathisch en door- en doornat. Ondanks de temperatuur – het is achttien graden vandaag – leken ze onderkoeld. Het kan niet anders of ze hebben in de vijver gelegen. Ik trof daar tussen de stengels een natte handdoek uit Camiels badkamer aan, het is me een raadsel hoe die daar terecht is gekomen.

De dierenarts legt haar stethoscoop af en loopt naar de computer. Begint te typen. 'We kunnen röntgenfoto's maken van de dames om botbreuken uit te sluiten, maar ik denk dat het niet nodig is.' Ze kijkt op. 'Hou ze vannacht in elk geval binnen. Heb je een hogere doos dan deze? Ik leen je een warmtelamp, die kun je erboven hangen, zodat ze goed opdrogen en op temperatuur blijven. Geef ze vannacht suikerwater en krachtvoer, en controleer of ze eten en drinken. Als ze morgenvroeg normaal reageren, kunnen ze wat mij betreft weer hun hok in.'

'Dank je.' Ik zet Mees bij Muis in de doos.

Bij de balie trekt Camiel zijn portemonnee. 'Het moet verdomme niet gekker worden,' bromt hij. 'Tweeënvijftig euro. Dure eieren.'

*

'Dankjewel,' zeg ik, als we de doorgaande weg op draaien. Ik leg mijn hand op Camiels dijbeen. 'Lief dat je bent meegereden. Op een vrijdag nog wel.'

'Je was behoorlijk overstuur, ik durfde je niet alleen te laten gaan.'

'Sorry dat er weer paniek was, maar die kippen zijn voor mij –'

'Dat weet ik toch.' Hij knijpt zachtjes in mijn hand. 'Je

217

had ze al toen we elkaar leerden kennen. Ik dacht: die griet is knettergestoord. Acht kippen op een balkonnetje in een woonwijk. En nog een haan erbij.' Hij grinnikt. 'Totaal van de pot gerukt.'

Ik haal verontschuldigend mijn schouders op. 'Het was niet ideaal.'

Ongeveer drie jaar geleden ging tante Ingrids gezondheid in korte tijd achteruit. Mentaal bleek er ook het een en ander mis. Elke keer als ik haar bezocht leek ze verwarder, en ze begon zichzelf en haar dieren te verwaarlozen. Toen het me uiteindelijk was gelukt om haar te laten opnemen in een instelling, kon ik het niet over mijn hart verkrijgen om haar kippen op Marktplaats te zetten. Waarschijnlijk waren ze sowieso onverkoopbaar: sommige waren al acht, negen jaar oud. Ik besloot ze zelf te houden en huisvestte ze in zo ruim mogelijke hokken op mijn balkon, in de hoop dat de buren er niet bij de huisbaas over zouden gaan klagen.

'We gaan hier geen gewoonte van maken, hè,' zegt Camiel naast me. 'Als ze op De Luwte te weten komen dat ik met een kip naar de dierenarts ben geweest, heb ik geen leven meer in de keuken.'

Ondanks de situatie moet ik grinniken. Deze anekdote zou de keukenbrigade voor jaren van munitie voorzien om hem te plagen. Ik zie Thomas ervoor aan om een bout omhoog te houden en te roepen: 'Hé, Camiel, ouwe kippenboer! Zal ik hem in de oven schuiven, of wil je er eerst nog mee langs de dierenarts?'

51

We vinden een stevige doos waar ik een stapel oude kranten en een laag stro in leg. Camiel zet hem in de bijkeuken en hangt de warmtelamp erboven. Nauwelijks aan hun ziekenboeg gewend beginnen Mees en Muis gulzig te drinken van het water waarin ik kristalsuiker heb opgelost.

'Zie je, het komt wel goed.' Camiel slaat een arm om me heen.

Het verbaast me dat hij geen aanstalten maakt om weg te gaan; hij had een paar uur geleden al in de keuken moeten zijn. 'Ga je niet naar De Luwte?'

'Jawel.'

'Waarom ben je hier dan nog?'

Hij kijkt van me weg, nadenkend, zijn blauwe ogen gericht op de kippen, dan weer op de achterdeur. 'Kom eens mee.'

Ik volg hem keuken in. Camiel leunt tegen het aanrechtblad, met zijn armen over elkaar. 'Nou je weer een beetje bedaard bent, Lynn... Ik zou toch graag van je willen weten hoe je erbij komt om Christine te verdenken. Ik vind het nogal wat.'

'Dat snap ik. Maar ze is bezig met machtsspelletjes.'

'Klinkt niet als Christine.'

'Omdat jullie dat niet in de gaten hebben.'

'Jullie als in...?'

'...jullie als in mannen.'

'Ah.' Hij knikt instemmend, maar ik merk aan alles

dat hij me niet serieus neemt, overtuigd als hij is van zijn eigen mensenkennis. Even blijft hij zwijgen, dan zegt hij: 'Ik heb bijna vijfentwintig jaar met die vrouw onder één dak gewoond en in hetzelfde nest geslapen. We hebben samen De Luwte opgestart, daarna Slapen bij De Luwte, we hebben de kinderen samen grootgebracht. Ze was erbij toen Bram stierf en hield Ans haar hand vast toen ze hem achternaging...' Zijn stem stokt even. '...en ik dat niet kon opbrengen.'

Ik staar hem aan. Gaat hij me nu werkelijk vervelen met een liefdesverklaring aan zijn ex?

'Ik wil gezegd hebben: ik ken Christine. Stiekem kippen uit hun hok vangen en ze halfbakken verzuipen in de vijver, alleen om jou te treiteren... Sorry, Lynn. Dat is niets voor haar. Ze is soms een heks, maar ze is niet gestoord.'

Ik reageer niet. Wat kan ik hiertegen inbrengen?

Camiel is behoorlijk zeker van zijn zaak. Ik zal de optie moeten openhouden dat het Laurens is geweest. Hij heeft zich een poos op de achtergrond gehouden, maar nu hij – mogelijk – de draad weer heeft opgepakt, kan ik het niet meer negeren. Was hij het, die ik heb zien wegvluchten? Waartoe is hij nog meer in staat? *Als hij wil, kan hij alles kapotmaken waar je om geeft. Je huwelijk, je bedrijf, je reputatie.*

En je kunt er niets tegen doen.

'Heb je het niet zelf gedaan?'

Als door een wesp gestoken hef ik mijn kin.

Camiel ontwijkt mijn blik. 'Ik heb geen zin in ruzie, schat, maar je hebt je de laatste tijd wel vaker vergist. Het is geen verwijt, hè? Misschien is het goed om weer eens een afspraak te maken met je –'

'Ik hoef met niemand een afspraak.'

'Sorry, Lynn, maar dit gaat niet alleen over jou. Zelfs niet alleen over ons.' Hij trommelt met zijn vingers op zijn bovenarm, nadenkend, zegt dan, zachter: 'Je hebt behoorlijk veel verantwoordelijkheden naar je toe getrokken. Guy heeft dertig nieuwe mensen aangenomen, er zijn tien panden gehuurd. Over vier weken is de aftrap. Ik wil alleen maar zeggen: in dit stadium kunnen we ons geen fouten meer veroorloven.'

'Heb je het daar met Christine over gehad?'

'Tuurlijk niet.'

'Weet je dat zeker?'

'Ja, natuurlijk. Denk je dat ik daarover lieg?'

'Nou, ik snap niet hoe jij het in je hoofd kunt halen dat ik mijn kippen uit hun hok zou laten.' Mijn stem slaat over. 'Waarom zou ik dat doen? Dat is toch totaal krankzinnig? Hoe kóm je daar op?'

'Hé, hé, rustig maar, ik zei dat ik geen ruzie wilde, ik geef alleen maar aan dat –'

'Het is gewoon druk, oké? Ik ben verder goed.'

52

Aan de straatkant ziet het huis van Michelle en Jonas eruit als elke andere twee-onder-een-kap in een Vinex-wijk: baksteen, witte kozijnen en een grijs pannendak. Maar achter het huis komt de grote verrassing, in de vorm van een enorm houten terras op palen, met een bruggetje over een sloot naar de diepe tuin, met leilindes en fruitbomen, een trampoline en een opzetzwembad.

Er hangen slingers met ledlampions tussen de bomen en er is een partytent opgezet met een biertap, waar Jonas en de mannen zich omheen hebben verzameld. De vrouwen staan bij de partybox wat onwennig te bewegen op een nummer van Rihanna.

Ik heb een hekel aan dit huis en aan deze plek, want hier heeft Jonas mijn zus mee naartoe gesleept na hun afstuderen, hier is Michelle fulltimemoeder geworden, waarna ze niets meer heeft gedaan met haar studie en zich nauwelijks nog heeft bekommerd om mij. Maar ik zie ook dat het hier wemelt van de vrienden, collega's, buren en familieleden, die hebben geholpen met de tent, de hapjes, de slingers, met alles, terwijl Camiel en ik daar personeel voor moeten inschakelen, en onze genodigden toch vooral zakenrelaties zijn.

Te midden van de vrolijkheid, met mijn vierde glas AH-huiswijn in mijn rechterhand en een bitterbal in mijn linker-, begin ik te begrijpen wat Michelle bedoelt met een basisstation, met familiestructuur. En voel ik een lichte steek van jaloezie.

Heeft zij het juiste gedaan door het ouderlijk huis te ontvluchten, nog ruim voordat die smeulende vulkaan tot een desastreuze uitbarsting kwam? En heb ik van ons tweeën aan het kortste eind getrokken door mijn verantwoordelijkheid te nemen? *Wie goeddoet, goed ontmoet...* Wat een onverteerbare onzin.

'Jij bent vast het zusje van Michelle.' Een kalende veertiger in een gebloemd overhemd komt bij me staan. Zijn adem ruikt naar bier. 'Ik meen dezelfde trekken te herkennen, maar jullie zien er wel anders uit.' Bij het woord 'anders' trekt hij goedkeurend een wenkbrauw op.

'Ánders?'

Hij maakt een vage beweging met zijn hand naast zijn hoofd. 'Je haar en zo, en je...'

'En jij bent?'

'Collega van Jonas.' Hij heft zijn bier. 'Steven, van Arbeidsrecht, aangenaam.'

'Van Arbeidsrecht, die naam hoor je niet vaak,' kan ik niet laten te zeggen.

Zijn gezicht betrekt, maar voor hij een tegenzet heeft bedacht, heb ik me al uit de voeten gemaakt.

In de keuken giet ik de rest van mijn glas in mijn keelgat. Ik geniet een moment van de werking van de alcohol, die mijn aderen laat tintelen en de avond draaglijker maakt. Het aanrecht is een chaos van lege verpakkingen en vuile vaat, en dieper in het huis wordt een toilet doorgetrokken.

'Hallo, tante Lynn.' Merel, Michelles middelste dochter, komt samen met een vriendinnetje de keuken in. Ze dragen allebei een beugel met elastiekjes. Ik forceer een glimlach en kijk de meisjes na terwijl ze kletsend naar de tuin verdwijnen.

Dan is het stil.

'We gaan het morgenvroeg samen lezen, goed?' zei Michelle toen ik haar eerder vanavond vroeg om mama's dagboek. 'Het is vandaag feest, en je wordt er niet vrolijk van, van wat ze allemaal heeft geschreven.' Ze was duidelijk door Jonas geïnstrueerd. Ook daaraan ergerde ik me; waar bemoeit hij zich mee? Dit gaat om onze moeder, hij heeft haar nauwelijks gekend.

Ik kijk in de richting van het feest, dat grotendeels aan het oog is onttrokken door de struiken. Hoor de opgewonden stemmen, het gelach, de harde muziek, en loop dan de koele hal in. Witte tegelvloer, praktische lambrisering, een vakkenkast vol schoenen. Langs de open, eikenhouten trap hangen foto's van vakanties en mijlpalen uit het leven van dit gelukkige gezin. Mijlpalen waar ik niet bij ben geweest.

Ik loop de trap op.

53

'Hier ben je.' Michelle sluit de logeerkamerdeur achter zich.

Ik zit op mijn knieën met een vintage koekblik naast me waar een lachend meisje op staat en de tekst: VERKADE BISCUITS. Voor me op het laminaat ligt mama's schriftje. Het is sober, met een stugge, olijfgroene kaft en een grijze rug. Mama heeft het volgeschreven met vulpen, sommige bladzijden met potlood. Ik herken haar handschrift, al is het hier en daar onvast. Er staan ook tekeningetjes in, en boven elk stukje heeft ze een datum geschreven. Het eerste is van mei 1961, het laatste van juli 1964; mama was elf toen ze het eerste verhaaltje schreef, op haar veertiende schreef ze het laatste.

Ik veeg de nattigheid van mijn wangen. 'Dit gaat over haar.'

Michelle komt bij me zitten. 'Eerst dacht ik dat het verzonnen verhaaltjes waren, maar die zieke details...' Toen ben ik gaan googelen.' Haar gezicht betrekt. 'Ik had geen idee, Lynn. Artikelen, boeken, rechtszaken... tienduizenden vrouwen zijn als meisje mishandeld door nonnen. Onvoorstelbaar.' Ze aait over de rand van het schrift. 'En ze heeft er nooit iets over gezegd.'

Buiten klinkt een lachsalvo.

'Onze moeder heeft een afschuwelijke jeugd gehad,' concludeer ik, en ik moet denken aan wat tante Ingrid ooit zei: *Je moeder is een van de sterkste mensen die ik ken. Opgevoed door de nonnen, dan leer je wel incasseren.*

Ik wist dat mama een poos in een internaat heeft gezeten, dat is nooit een geheim geweest. Haar moeder, mijn oma, was kort na de bevalling overleden, en mijn opa, die voor zijn werk constant van huis was, had de verzorging van zijn dochtertje overgelaten aan zijn eigen moeder. Toen die ziek werd, heeft hij mama naar de nonnen gebracht. 'Dat was toen normaal. Je moet dat soort dingen in de context van de tijdsgeest zien,' zei ze daar ooit over. 'Hij kon natuurlijk ook niet weten dat het zo lang zou gaan duren.'

Mama kon pas weer naar huis toen haar oma was opgeknapt, bijna vier jaar later.

Michelle legt het schrift open. Ik vang een vleug op van

haar parfum – citrus, hout; ze draagt nog steeds dezelfde geur als vroeger. 'Heb je dit gelezen?'

Ik buig me over de tekst, maar moet na een paar regels stoppen. 'Ik trek dit nu niet,' fluister ik. 'Het is gewoon...'

'Ziek.'

Ik knik. Sla het schriftje dicht en aai de kaft.

Vanuit de tuin klinkt 'Jij krijgt die lach niet van mijn gezicht' door de partyspeaker, de gasten lallen mee.

'We moeten terug naar het feest,' zegt Michelle. 'Het eh... het was beter geweest als we dit morgenvroeg hadden gedaan. We hebben nou allebei gedronken, en –'

'Waarom heb je me dit nooit verteld?'

Michelles gezicht verstrakt. 'Ik weet het niet, ik... ik heb het gewoon weggestopt.'

'Dertien jaar?'

Ze slaat haar ogen neer.

'Je hebt er deze week niet voor het eerst in gelezen, hè? Je wist het al veel langer.' *Je bent naast tante Ingrid het enige familielid dat ik nog heb, en je liegt tegen me.*

'Sorry. Ik wilde wachten tot je weer stabiel was,' zegt ze zacht.

'En dat ben ik volgens jou nú pas?'

'Nee, nee... al veel eerder natuurlijk.'

'Maar toen we de sterfdatum van papa en mama hebben herdacht en bij Duinzicht hebben geluncht, was het nog te vroeg volgens jou?' Ik kijk haar strak aan. 'Nou?'

Ze kijkt naar een punt in de verte. 'Ik bedoelde het goed.'

'Vast wel.' Ik pak het schrift en sta op.

'Wat doe je?'

'Ik ga het thuis op mijn gemak lezen.'

'O, weet je wat? Ik vraag Jonas of hij het op de zaak wil laten scannen. Dan mail ik het je maandag.'

'Hoeft niet.' Ik zet mijn weekendtas op bed en leg mama's dagboek erin. Misschien komt het doordat ik ben opgestaan, maar ik voel de wijn opnieuw naar mijn hoofd stijgen. Alleen is er weinig over van de warme tintelingen van daarnet.

'Het is misschien wel goed om het digitaal te hebben, voor mij ook.' Ze staat op en knikt naar mijn tas. 'Er kan altijd iets mee gebeuren, toch, met een schriftje? En dan hebben we niets meer.'

'Vertrouw je me niet?'

Michelle perst haar lippen op elkaar.

'Ik stelde je een vraag.'

'Wil je het eerlijk weten?' Ze grist het dagboek uit mijn weekendtas en drukt het tegen haar buik. 'Voor mij ben je nooit meer de oude geweest. Je bent mama geworden, die met papa is getrouwd, en je hebt het zelf niet eens door. Er is iets misgegaan in je hoofd, Lynn, toen. En als jij zo wilt leven, prima. Maar hou je commentaar op mijn leven voor je.'

'Ik commentaar op jouw leven? Het is juist andersom!'

'Denk je dat ik gek ben? Dat ik niet snap waarom je nooit langskomt, waarom we elkaar zo weinig zien? Waarom je of all places helemaal in Brabant bent gaan wonen? En dat was blijkbaar nog niet ver genoeg de rimboe in.' Ze rolt met haar ogen en doet een Limburgs accent na dat nergens op lijkt: 'Roerrr-mooond.'

'Roermond is een prachtstad, je zou ervan opknappen om er eens wat vaker naartoe te komen. O, wacht, dat gaat natuurlijk niet, want je zit vast in dit godvergeten gehucht, en aan al die nazaten van je, en aan Jonas met zijn saaie klotebaan. Je staat de hele dag boterhammen te smeren en te wassen en te strijken, en je komt nooit verder dan de Lidl, de judoclub en bijles. Wie van ons twee heeft er geen leven?'

'Zegt de vrouw van wie haar hele bestaan draait om het imago van het restaurant van haar man. Kijk eens naar jezelf. Je woont in zíjn huis, je werkt in zíjn bedrijf, alles draait om zíjn carrière, om zíjn vrienden, om zíjn leven!'

Er is meer dan jij weet, wil ik schreeuwen: over een maand lanceer ik De Luwte in 't Land en dan moet jij eens zien wat ik voor mezelf heb opgebouwd, terwijl jij hier in het washok dezelfde kleur sokken bij elkaar stond te zoeken. Bijna flap ik het eruit.

Onze gejaagde ademhaling vult de logeerkamer. Michelle staat op een armlengte bij me vandaan. In haar blik zie ik een glimp van de Michelle van vroeger, de grote zus die me te eten gaf als mama geen tijd had en me hielp met mijn huiswerk. De Michelle op wie ik altijd kon bouwen. Totdat ze ging studeren en alles in elkaar stortte.

'Je was er niet,' zeg ik schor. 'Je ging ervandoor zodra het kon, en liet mij bij papa en mama achter. Je had gewoon schijt aan mij, schijt aan ons.'

'Nee, ik was er niet.' Ze pookt vinnig met haar wijsvinger naar me. 'Maar jíj was er wel! En je had het moeten voorkomen!'

'Wát zeg je!?'

Stemmen, er klinken voetstappen in de hal. 'Hallo? Joe-hoe?'

Ik trek het schriftje uit haar handen, pak mijn weekend-tas van het bed en trek de deur open.

'Lynn, niet doen. Kom terug!'

Mijn voeten bonken al op de trap, ik vlieg bijna naar be-neden. 'Val dood, Mies, ik meen het. Egoïstisch kutkreng. Ik wil je nooit meer zien!'

Ik wring me tussen een paar verschrikte gasten door, ram de voordeur open en ren naar mijn auto.

54

Mijn oren fluiten alsof ik zojuist van een hardrockconcert ben weggelopen. Een driftige piep, steeds veranderend van toon. Ik klem mijn handen om het stuur en blijf angstvallig op de rechterbaan rijden, richt me op de vrachtwagen voor me, een baken van licht in een donkere zee. Vier glazen wijn, meer was het niet, maar het was te veel. Ik heb ook nauwelijks gegeten, bedenk ik nu. En het waren ook wel grote glazen. Die kinderen goten ze tot aan de rand toe vol. Dus eigenlijk waren het er zeven. Of acht.

Blauw flitslicht.

Verschrikt kijk ik in de achteruitkijkspiegel. 'Alsjeblieft, nee,' fluister ik.

Dit kost me sowieso mijn rijbewijs, en als het uitkomt, als dit de pers haalt, dan heeft dat gevolgen voor het imago van De Luwte, De Luwte in 't Land, voor mij en Camiel, en voor al die mensen die zo hard gewerkt hebben. Ik zie de krantenkoppen al voor me. 'Niet nu, niet nu, niet nu,' mompel ik.

De zwaailichten zijn vlakbij. Het blauwe licht flitst aan en uit, aan en uit, verblindt me.

Als een robot blijf ik in de baan van de vrachtwagen voor me rijden. Wat kan ik tegen die agenten zeggen, wat heb ik voor excuus? Er is geen excuus.

Camiel zal ziedend zijn, en daar heeft hij alle recht toe. Michelle zal zich gesterkt voelen in haar overtuiging dat haar zus niet voor vol kan worden aangezien.

Ik strek mijn vingers en klem ze weer om het stuur, zet me schrap, en dan zoeft de politieauto voorbij zonder snelheid te minderen.

55

Ik ben al een beetje ontnuchterd als ik tegen tienen thuiskom. Camiel is er niet; op zaterdag wordt het altijd nachtwerk.

Ik zet mijn weekendtas op de keukentafel, schop mijn sandaaltjes uit en open Camiels wijnkast. Lukraak pak ik er een paar flessen uit en scan de etiketten met mijn wijnapp. Of je nou dronken bent, woedend, of alleen maar van slag: zomaar een fles opentrekken gaat niet op de Bramanshoeve. Voor je het weet heb je een of andere gekoesterde zeldzaamheid te pakken die honderden euro's waard is – of meer. Gemiddelde prijs 15 euro, lees ik op het schermpje. Nou, da's te doen.

Bij het afsluiten van de app zie ik dat ik oproepen gemist heb. Twee van Michelle en vier van Jonas. Het doet me goed, en maakt tegelijkertijd dat ik me nog triester voel. Ik stel me voor hoe de familie en vrienden zich om mijn zus en haar man heen hebben verzameld. Michelle die snikt, niets zegt, het feest dóór wil laten gaan, koste wat kost. Jonas die haar toebijt: 'Ik had je toch gezegd dat je ermee moest wachten? Heb je nou je zin?' Ik hang de vlag uit op de dag dat niets van wat Michelle zegt me nog raakt. Ik ga haar niet terugbellen. Niet vanavond, niet morgen. Gewoon nooit meer.

Ik zet mijn telefoon uit, ontkurk de fles, giet een groot glas vol en ga ermee voor de tv zitten. De wijn smaakt me niet meer, maar de alcohol is welkom.

56

mei 1962

Zuster Alida gaat naast Hanna zitten. Ze mept tegen haar achterhoofd.

— Ondankbaar wicht! Eet je bord leeg!

Hanna prikt het spek aan haar vork. Het is grijs en glibberig. Ze kauwt en kauwt, maar het varkens-

vet lijkt wel rubber. Het ruikt naar oud zweet, naar de kookwas van de vuile habijten. Ze kan het niet opeten. Het glibbert tussen haar lippen door weer naar buiten.

— Dan moet je het zelf maar weten!

Zuster Alida schraapt de prak van de tafel. Ze haalt de klodders van Hanna's kin en schortje en duwt alles op een lepel. Dan knijpt ze Hanna's neus dicht. Als Hanna wil ademhalen, propt ze alles in haar mond.

— Slikken, of stikken!

Ik sla het schrift dicht. Mama's gitzwarte anekdotes, opgetekend als verhaaltjes over de tienjarige Hanna, getuigen van dagelijkse pesterijen en mishandelingen door volwassen vrouwen. Nonnen nog wel. De eenzaamheid en angst druipen van de pagina's, waar in een keurig handschrift de data boven zijn geschreven.

Ik wil het schrift van me af gooien, elk vel papier versnipperen en tot as verbranden, maar het zal geen verschil meer maken voor het meisje dat dit heeft moeten ondergaan, en ook niet voor de vrouw die ze is geworden en die er nu niet meer is.

Ik heb pas een paar verhaaltjes gelezen, maar het verklaart nu al zoveel. Waarom mama zo mager was en niets lustte, behalve luxe puddinkjes en taartjes. Waarom ze nooit voor zichzelf opkwam. Mama leefde niet, ze was bezig met overleven. Mijn moeder was een diep getraumatiseerde vrouw die de beste psychologische hulp denkbaar nodig had, en die nooit heeft gekregen. In plaats daarvan was ze getrouwd met een narcist die haar kleineerde en mishandelde. Het mag een wonder heten dat ze ons liefdevol heeft weten op te voeden, dat ze voor de klas heeft kunnen staan. Zo veel leerlingen die dol op haar waren... Ongelooflijk hoe ze dat voor elkaar heeft gekregen.

Je moeder is een sterke vrouw. Een van de sterkste mensen die ik ken.

En of ze sterk was.

'Je trouwde nota bene met een kok,' fluister ik voor me uit, en dan bedenk ik dat ze van alle soorten boeken die ze met haar talent en toewijding had kunnen schrijven, koos voor een encyclopedisch naslagwerk over voeding. Was het een poging om zichzelf te helen? Of te pijnigen? Wat ging er in haar hoofd om?

Tante Ingrid wist blijkbaar wat mama had meegemaakt. Wist papa het ook? Dat zou de diepe minachting die ik voor die man voel alleen maar vergroten.

Rond halftwee schrik ik wakker van een dichtslaande deur.

Camiel loopt de woonkamer in. 'Hé, je bleef toch in Boskoop slapen?'

Ik wrijf over mijn armen en ga rechtop zitten, probeer woorden te vinden om te vertellen wat er is gebeurd, maar ik weet niet waar ik moet beginnen.

Camiel gaat naar de keuken. Ik hoor hem rommelen in de lades. Even later komt hij terug met een whisky in zijn ene hand en een bak ijs in zijn andere. Die man heeft echt rare gewoontes.

'Was het niet leuk bij je zus?' Er hangt een geur van frituurvet om hem heen, van kruiden en wijn. De misselijkheid komt weer opzetten.

Ik spring op, wankel, weet mezelf op de been te houden, en haast me naar de wc. Net op tijd.

Camiel is snel bij me. Hij houdt mijn haar uit mijn gezicht en maakt sussende geluiden. 'Jezus, Lynn, ben je ziek naar huis gegaan?'

Nee, stomdronken. En bij thuiskomst heb ik nog een fles rioja achterovergeslagen.

'Ik ben gewoon van slag,' zeg ik.

Nadat ik mezelf heb opgefrist ga ik in mijn badjas bij hem op de bank zitten. Ik doe mijn best om uit te leggen wat er is gebeurd zonder te veel in detail te treden. En terwijl ik dat doe, besef ik dat mijn moeder misschien ook niet helemaal eerlijk is geweest tegen haar man. Uit schaamte. Of omdat ze het liever vergat, want zolang je de dingen niet benoemt, hoef je er niets mee. Dan blijft de geest in de fles.

Camiel troost me en voert me hapjes ijs, waardoor de misselijkheid weer terugkomt. En ik begin mijn hoofd te voelen, een naar gebeuk achter mijn oogkassen.

'Mag ik?' vraagt hij, en hij pakt het schrift.

'Tuurlijk.'

Hij slaat het open en begint te lezen. 'Verdomme...' Hij kijkt op. 'Ze heeft jullie hier nooit wat over verteld?'

'Nooit. Ik denk dat ze het heeft weggedrukt.'

We gaan samen naar bed, lepeltje-lepeltje, zijn hand omvat mijn borst. Binnen de kortste keren slaapt hij.

Ik niet. Ik staar naar de muur, waar lange schaduwen op bewegen. Ik voel me niet goed, mijn hart gaat tekeer. Er klinkt orgelmuziek en er draait een waanzinnige carrousel rond in mijn hoofd, sneller en sneller, kleurrijk, grotesk, met bellen, spiegels en lichten. Mijn moeder probeert haar evenwicht te bewaren op de draaiende schijf en zwaait naar me met haar dagboek. Christine hangt hysterisch lachend aan een van de palen. Laurens zit op een steigerend houten paard en laat zijn tong langs zijn lippen gaan terwijl hij zijn broek openknoopt. Een schim beweegt zich tussen de toestellen door, en vanaf de kant staan tientallen nonnen te scanderen: 'Eet, eet, eet!' Ik kijk naar boven, naar het plafond, waar tussen de bontgekleurde schilderingen en gouden ornamenten kippen zijn opgehangen, ondersteboven, hun vleugeltjes wijd, hun oogjes gesloten. Uit hun snaveltjes druppelt vocht.

Mijn maag trekt samen. Ik stap uit bed en bivakkeer de rest van de nacht in de badkamer, op mijn knieën voor de wc.

OKTOBER

57

'Sorry als ik je stoor.' Christine sluit de deur van mijn kantoor achter zich. 'Ik denk, ik kom het vervelende nieuws zelf vertellen, dat is wel zo persoonlijk.'

Ik kijk op van mijn laptop.

Christine draagt een jurk met panterprint en glanzende laarzen eronder, ze vouwt een beige cape over haar arm. 'Ik vind het ongelooflijk vervelend dat dit heeft kunnen gebeuren, maar ik kan jullie helaas niet volledig uit de brand helpen.'

Uit de brand helpen? We betalen de volle mep voor de kamers! 'Hoezo?'

'Het blijkt dat er voor maandag al vier kamers gereserveerd waren, in plaats van één.' Ze werpt een blik naar buiten. De regen slaat tegen de hoge ramen – de herfst is abrupt ingetreden na een warme nazomer. 'Zelfde familienamen, daarom ging het mis. Het spijt me.'

Uit haar houding blijkt geen spijt. Integendeel. Hoe dichter we bij de lancering komen, hoe meer ik bij Christine op weerstand stuit. Getrouwtrek over het ontbijt, over wel of geen champagne op de kamers, over de pendeldienst tussen Slapen bij De Luwte en het restaurant. Eigenlijk overal over.

'Vier dagen voor de lancering kom je hiermee?' Tot mijn ergernis klinkt mijn stem trillerig en hoog.

'Nogmaals, sorry. Dat nieuwe meisje had de boeking aangenomen, een zwak excuus, maar ik kan die gasten niet weigeren.'

'Je kunt het toch proberen? Ze een ander arrangement aanbieden? We hebben elkaar nodig, Christine.'

Ze trekt een wenkbrauw op alsof ze wil zeggen: elkáár? Nou, nee hoor. 'Misschien kun je jouw gasten onderbrengen bij Van der Valk. Of bij een van de collega's.'

Met collega's bedoelt ze hotels die verbonden zijn aan een sterrenrestaurant. Dat gaan we natuurlijk niet doen. Het verblijf moet van begin tot eind een onvergetelijke De Luwte-ervaring zijn.

'Goed,' zeg ik duizendmaal kalmer dan ik me voel. 'Ik laat je vanmiddag weten welke drie namen je kunt schrappen. Verder nog iets?'

'Dit was het wel.' Met een minzaam glimlachje loopt ze mijn kantoor uit.

Ik steek mijn middelvinger op naar de dichtgetrokken deur en druk dan mijn vuist tegen mijn mond.

Nog maar vier dagen te gaan, en er moet nog zoveel gebeuren dat het me duizelt. De meeste filialen lopen goed op schema, die gaan het redden om dinsdag hun deuren te openen. Maar in Rotterdam is vannacht ingebroken, in Almere is de leidinggevende ziek en Nijmegen kampt met

een lekkage. Guy rijdt al dagen het land door om iedereen te instrueren en allerhande brandjes te blussen. Hij is
zichtbaar afgevallen en niet te genieten, en met mij gaat het
al niet veel beter. Als ik in de spiegel kijk, zie ik een bleek
gezicht met holle ogen van het slaapgebrek.

58

Het is al halfnegen als Guy zijn hoofd om de deur steekt.
'Wat zie ik nou, Domino's?'

Ik trommel met mijn vingers op de lege pizzadoos naast
mijn laptop. 'De koerier had een topdag, kan ik je vertellen,
die ging stuk. Heb jij al wat gegeten?'

'KFC.' Hij ploft tegenover me op de stoel en maakt het
bovenste knoopje van zijn overhemd los. 'Man, o man, wat
een avontuur... Is er nog nieuws?'

'Begin jij maar.'

We nemen in telegramstijl de stand van zaken door.
Tijdens onze tweede mok koffie leg ik hem uit dat ik van-
daag een halfuur heb verloren met het probleem waarmee
Christine me heeft opgezadeld.

Guy snapt het meteen. 'Je kunt mensen niet ineens in
een ander hotel plaatsen. Dan voelen ze zich afgeserveerd.'

'Precies. Maar het is geregeld.'

'Goed zo.' Guy kijkt over zijn schouder naar de klok.
'Call it a day, sweetie. Ik ga een wijntje regelen.' Hij loopt
de gang op en komt terug met een geopende fles chablis en
twee glazen.

'Ik zou er eigenlijk van af moeten blijven,' zeg ik. 'De laatste tijd drink ik te veel.'

'Ach, wat geeft het.' Hij schenkt onze glazen in. 'We hebben het allemaal wel een keer nodig, stoom afblazen. Zeker nu.' Hij reikt me mijn glas aan en heft het zijne. 'Santé. Op de goede afloop.'

Ik neem een slok, meteen gevolgd door een tweede. In stilte spreek ik met mezelf af om het bij één glas te houden, max anderhalf. Camiel heeft er een gloeiende hekel aan als ik te veel drink, en al helemaal als ik dat bij De Luwte doe. Want hoe close Guy en Camiel voor de buitenwacht ook lijken, volgens Camiel is en blijft hij personeel. Camiel is dikker met zijn souschef Thomas, met wie hij lange dagen in de keuken maakt.

'Je zou bijna vergeten dat het een leuk avontuur moet zijn.' Guy houdt zijn glas met gestrekte arm voor zich uit en kijkt peinzend naar de wijn.

'Wijn drinken, bedoel je?'

Hij grinnikt. 'Die megalomane plannen van je, sweetie. Ik heb vandaag zeshonderd kilometer gereden.'

'Red je het nog?'

Hij nipt van zijn glas. 'Ben je gek, ik vind het geweldig.' Zijn ogen worden groter. 'Maar... het is véél.'

'En dan te bedenken dat we dit over onszelf hebben afgeroepen.'

'Ik volg alleen de orders, mevrouw,' zegt hij grappend. 'Maar na bijna twintig jaar dienstverband ben ik wel wat gewend.'

'Een hele tijd.'

'Zeker. Ik kwam vers van de hotelschool toen Camiel en Christine in het centrum met hun eerste restaurant begonnen. Het klikte meteen.'

'Jij moet boekdelen kunnen schrijven over wat je hebt meegemaakt.'

Hij knipoogt. 'Misschien doe ik dat nog wel eens.'

'Nee toch?'

'Túúrlijk niet, meid, waar zie je me voor aan?' Hij pakt de fles.

Ik houd mijn vlakke hand boven mijn glas. 'Ik moet helder blijven. Er is zoveel te doen.'

'Er is altijd wel wat te doen.'

'Da's waar,' zeg ik, en ik schuif hem mijn glas toe. 'Nog eentje kan geen kwaad.'

59

'Was Christine altijd al zo venijnig?' vraag ik.

We zijn in de zithoek neergestreken. Ik heb mijn schoenen uitgeschopt en het mezelf gemakkelijk gemaakt in de fluwelen fauteuil. Guy heeft zijn mouwen opgerold tot aan zijn ellebogen. Gebruinde, pezige armen, zwarte haartjes op zijn polsen. Naast hem ligt een lege chablisfles op het Perzische kleed en op de salontafel staat een rioja die nu ook al bijna op is.

'Venijnig is het woord niet,' zegt hij. 'Ze heeft wel altijd geweten wat ze wilde. Toen de kinderen nog klein waren ging dat natuurlijk niet, Camiel was op volle stoom. Maar ze sloeg geen event over, dan stónd ze er.' Zijn ogen glanzen bij de herinnering. 'Showpony hoor, die vrouw. Je zag aan alles dat ze haar kans afwachtte. Toen ze meer ruimte kreeg, heeft ze meteen haar stempel op de tent gedrukt.' Hij maakt een weids gebaar. 'Dit pand, die schaalvergroting en het hotel, het komt grotendeels uit haar koker. Zonder haar was De Luwte nu nog die pijpenla in het centrum geweest, durf ik wel te stellen.'

'Toch is het misgegaan.'

Guy tuit zijn lippen, walst de rode wijn rond in zijn glas. 'Bij Camiel gaat het altijd over Camiel. Er is geen ruimte voor een ander. Iedereen en alles moet zich voegen.'

'En zij trok dat niet meer?'

'Knallende ruzies, soms waar het personeel bij was.' Hij buigt vertrouwelijk voorover en houdt een vlakke hand bij zijn mond, alsof we afgeluisterd kunnen worden. 'Uiteindelijk heeft hij háár buitengezet, dat verbaasde me nog. Ik had het andersom verwacht.'

'Echt?'

'Ja.' Hij neemt een slok. 'Zij wilde hem niet kwijt, hoor. Nog steeds niet. Haar hele levensinvulling hangt ze aan hem op.'

'Ze moet mij wel haten. En hem ook.'

Guy kijkt een beetje glazig voor zich uit, alsof hij me niet hoort. 'Weet je wat het gekke is? In dat jaar voordat jij hier kwam, zag ik het somber in met Camiel. Totaal verloren was hij. Dat is zijn donkerste jaar geweest, als je het mij vraagt.' Hij knikt alsof hij het helemaal met zichzelf eens is. 'Die man heeft een goede vrouw naast zich nodig. Iemand die hem ondersteunt, iemand voor wie hij naar huis wil. Anders werkt, vreet en zuipt hij zich dood.'

'Is hij depressief geweest?'

Guy knikt langzaam. 'O ja. Zeker weten...' Geschrokken slaat hij een hand voor zijn mond. 'Jee, Lynn, wat zit ik hier toch allemaal uit de school te klappen! Het is je mán, hij hoort jou dat zélf te vertellen.'

Ik giet het restje wijn uit mijn glas in mijn keel. 'Ach, hij weet ook niet alles over mij.'

Guy schenkt me bij. 'Nog eentje,' zegt hij grinnikend. 'En dan houden we ermee op, hoor.'

'Zomaar aan de zuip op een doordeweekse dag.' Ik hef lachend mijn glas.

Guy tikt het zijne tegen dat van mij en werpt me een lieve blik toe. Zijn altijd zo zorgvuldig gestylede coupe is een beetje ingezakt; een pluk bungelt als een donkere haak langs zijn wangen. 'Dus jij hebt ook een mindere periode doorgemaakt, begrijp ik dat goed?'

'O ja. En of.'

'Relatieproblemen?' Zijn ogen vernauwen zich. 'Och... ik zie dat het je raakt. Wil je erover praten? Of zit het te hoog?'

'Nee, dat is het niet, alleen... Mijn ouders hadden een slecht huwelijk. Of eigenlijk was mijn vader gewoon een ongevoelige, egocentrische zak hooi met een kwaaie dronk. En mijn moeder kon daar niet tegenop. Ze was in haar jeugd getraumatiseerd. Ze had denk ik PTSS. Dat weten mijn zus en ik pas sinds kort.'

Ik voel Guys hand op de mijne. Hij is naast me komen zitten en kijkt me vol medeleven aan. 'Wat erg voor je.'

245

24 oktober 2008

*Ik heb twee verschillende levens: het ene speelt zich af in
Leiden, waar ik een opleiding commerciële economie volg,
het andere is thuis in Laren, waar ik elke nacht nog in mijn
eigen bed slaap en in het weekend ga stappen met mensen
van mijn oude school. In Leiden denken ze dat ik niet op
kamers durf en noemen ze me een moederskindje. Ik laat
het maar zo.*

*Michelle woont tegenwoordig in Boskoop, in een huis met
een terras aan het water. Jonas heeft dat gekocht met hulp
van zijn familie. Hun gezinnetje is sinds de zomer compleet,
want Michelle is bevallen van een tweeling: Jayden en Finn.
En nu spreken we elkaar bijna nooit meer. Ze is alleen maar
bezig met die baby's en met moeder zijn, en ze vindt dat ik
niet moet zeuren omdat het mijn eigen keuze was om thuis
te blijven wonen. Met mama heeft ze al helemaal geen medelijden, die had volgens haar allang een scheiding moeten
aanvragen.*

Dus ik heb haar niet verteld dat de ruzies erger worden.

Dat komt ook door mij, denk ik, want ik zeg regelmatig tegen mama dat het niet normaal is dat zij papa's gebully over
zich heen laat komen. Laatst gooide ze tijdens het avond-
eten een aardappel naar zijn hoofd, zo, hóp, vanaf de lepel
over de eettafel heen. Hij kon hem nog net ontwijken. Ze
schreeuwde: 'Ik wou dat je dood was!'

Zelf schrok ze daar nog het hardste van. Ze trok wit weg
en rende naar boven om zich op te sluiten. Ik kon papa tegenhouden, maar het leverde me wel flinke beurse plekken
op mijn bovenarmen op, die je een week later nog kon zien.

60

'Gaat het wel?' De stem lijkt van ver te komen, de woorden wervelen door de ruimte en weerkaatsen tussen de muren. 'Lynn?'

Het is een warme stem, vriendelijk en oprecht. Een bekende stem. De caleidoscoop van vage contouren en kleuren – grijs, goud, rood – begint geleidelijk vastere vorm aan te nemen.

Ik ben in mijn kantoor.

Guy kijkt me bezorgd aan. 'Gaat het?'

Het is alsof ik wakker schrik uit een heftige droom. Ik voel mijn lijf weer, de zwaartekracht. Mijn blote voeten op het tapijt, ik ruik keukengeuren. Mijn handen knijp ik tot vuisten, ontspan ze weer. 'Ja ja, het gaat. Ik heb even geslapen, geloof ik.'

'Het leek wel of je niet thuis was of zo, je zat te staren. Ik kon je niet bereiken.'

'Echt?'

'Ik riep je naam, maar je reageerde niet. Ik kon geen contact met je krijgen.'

Jezus, nee toch?

Ik zeg niets.

Het is eeuwen geleden dat ik over mijn ouders heb gesproken met een buitenstaander. De ruzie met Michelle en mama's dagboek hebben veel opgerakeld. Dat allemaal boven op de stress rondom De Luwte in 't Land. Triggers. Te veel triggers.

Heb ik dat echt gedaan? Heb ik Guy het verhaal van mijn vader en moeder verteld?

Zijn verontruste houding spreekt boekdelen.

'Het gaat al, hoor.' Ik probeer te glimlachen. 'Op een of andere manier kan ik de laatste tijd niet meer zo goed tegen drank.'

Hij kijkt peinzend naar de fles rioja, waar nog een bodempje in zit. 'We hebben hem dan ook stevig geraakt samen. Geen wijn meer voor jou.'

'Nee,' zeg ik zwak. Ik voel mijn maag draaien. En ik voel iets anders, iets wat me meer dwarszit: schaamte.

'Ik heb na de dood van mijn ouders een poos in de lappenmand gezeten,' zeg ik. 'Dat kwam weer even voorbij. Het was... niet makkelijk.'

'Dat begrijp ik. Jee, je liet me schrikken. Hoe zijn ze gestorven?'

Ik hef mijn kin. Hij weet het niet. *Je hebt het hem niet verteld.*

'Ik eh...' Ik sta op. De ruimte zwiept om me heen. 'Ik denk dat ik maar beter naar huis kan gaan.'

'Ga zitten, ik bel een taxi voor je.'

61

De chauffeur kijkt steeds in zijn achteruitkijkspiegel. Ik doe alsof ik het niet merk. Het was ook wel een beetje gênant, hoe Guy me naar de taxi moest begeleiden. Hij heeft me achterin gezet en de chauffeur contant betaald.

'Zie je morgen, sweetie, slaap lekker! Byebye!'

Ik stak mijn hand naar hem op. Het leek allemaal grappig. Hilarisch.

Nu ben ik misselijk.

Daarom kijkt die chauffeur natuurlijk zo naar me, hij is vast bang dat ik zijn auto onderkots. Mijn hand glijdt over het zachte, gladde leer.

Wat een geluk dat Camiel me niet heeft zien vertrekken. We hebben een sterrenrestaurant, geen bruin café. *Adel verplicht.* Hoe dichter we bij huis komen, hoe schuldiger ik me voel. Ik moet mijn drankgebruik leren beheersen. Maar het was ook zo gezellig. En ik heb Guy vanavond echt in mijn hart gesloten, wat een lieverd is hij toch. Empathisch, geïnteresseerd.

'We zijn er.'

De taxi stopt voor de poort. De met grondspots aangelichte witte gevel van de Bramanshoeve ligt deels verscholen achter de struiken. Hier is het donker.

De chauffeur maakt het portier open en helpt me uit de auto. Ik geloof dat ik zwaar op hem leun. 'Zal ik je naar binnen brengen? Het is zo te zien nog een heel stuk lopen.'

Ik kijk hem aan. Een gedrongen man van mijn leeftijd, stevige armen, korte nek. Hij zei 'je', niet 'u' en hij heeft me nog steeds vast. Zijn donkere blik doet me denken aan die van Laurens, en dan vonkt er iets in mijn brein. Taxichauffeur of niet, dit is een man. En ik ben een dronken vrouw die nauwelijks op haar benen kan staan.

'Nee, dank je,' prevel ik. 'Ze zitten daar binnen op me te wachten. Komt goed.' Onvast loop ik op de poort af. De juiste code intikken gaat mis. Bij de derde poging zwaait hij zacht piepend open. De taxi wacht nog even, dan hoor ik hem doorrijden.

Ik sla een hand voor mijn mond en begin onbedaarlijk te lachen. Halverwege de oprit worden mijn benen slap en zak ik op mijn hurken. Het voelt meer dan prima om een korte pauze te nemen. Ik moet weer lachen. Ergens in mijn brein dringt het besef door dat het in dit tempo nog weken zal duren voor ik in bed lig. Camiel is straks nog eerder thuis dan ik.

Bij de gedachte aan mijn man kom ik overeind. Ik concentreer me op de oprit, zet mijn ene voet voor de andere, alsof ik op een slap koord balanceer. 'We lopen weer!' grap ik. Dan herinner ik me flitsen van het gesprek met Guy. Het was een van de beste gesprekken die ik in jaren heb gehad. Maar ik weet dat Camiel het me niet in dank zal afnemen dat ik zo open ben geweest tegenover zijn personeel. Het ergste is dat ik Guy dingen heb verteld die Camiel niet eens weet. Nu ik erover nadenk, komt dat toch vooral doordat Guy bleef doorvragen, interesse in me toonde. *Bij Camiel gaat het altijd over Camiel...* Klotezooi. Ik zuip te veel. Ik klets te veel. Guy en Christine kennen elkaar al eeuwen en ze hebben dagelijks contact.

Dit was gewoon niet slim.

Face it, *je bent eenzaam. Je hebt je verhaal al te lang bij niemand kwijt gekund.*

Als ik dichter bij het huis ben valt me een vreemde, harde schaduw op, pal naast de voordeur. Ik schrik en blijf staan, probeer te focussen, totdat ik doorheb dat de schaduw niet beweegt. Het is niet eens een schaduw. Het zijn dikke, donkere, onregelmatig gevormde blokletters, elk minstens zo lang als mijn arm.

Ik sla mijn handen voor mijn mond als ik lees wat er op de gevel is gekalkt.

HOER

Omzichtig loop ik erop af en veeg dan met mijn vingertoppen over de donkere substantie. Het is zacht en brokkelt af. Ik ruik eraan, wrijf mijn vingers over elkaar. Aarde, klei, mest? Iemand heeft dit spul tegen de gevel aan gesmeerd, en vervolgens zijn de letters opgedroogd. De regen heeft er nauwelijks vat op gehad, omdat de rieten kap hier oversteekt.

Mijn hart klopt hoog in mijn borst.

Wanneer is dit gebeurd?

Vanochtend ben ik tegen elven naar De Luwte gereden. Camiel was toen al weg; de dader heeft de hele dag vrij spel gehad.

Dit moet schoon zijn voor Camiel thuiskomt.

Ik loop naar het schuurtje achter de carport, bedenk me

halverwege, en verander van richting. Onvast, mezelf af en toe staande houdend tegen een paal of muurtje, zoek ik bij het schijnsel van mijn telefoon de kippenren. De grendel zit erop. Als ik naar binnen stap en in het nachthok schijn, zie ik Mees en Muis tegen elkaar aan geschurkt op stok zitten. Ze knorren zachtjes, knipperen verstoord met hun ogen.

Opgelucht loop ik hetzelfde pad weer af naar het schuurtje. Ik kom daar zelden; Jan-Willem, de tuinman, bewaart er zijn gereedschap en de zitmaaier staat er. Maar er staan ook emmers en schoonmaakmiddel, en er is een keukenblokje met een wasbak. De deur gaat krakend open, ik knip het licht aan.

Het is hier een ravage. Zakken met zwarte potaarde, gedroogde paardenmest, en allerlei kleinere pakken en zakken waarvan ik geen idee heb wat erin zit, of heeft gezeten; ze liggen kriskras door elkaar heen, gescheurd en opengesneden. Er staan emmers bij, gevuld met water en modder. Er zitten spetters tegen de muur bij het keukenblokje, in de bak en op het werkblad. Iemand heeft met vieze handen aan de kraan gezeten; het chroom is besmeurd.

Dit is niet het werk van Christine, met haar keurige kleding en haar Cartier-horloge. Zij is wel de laatste die zoiets zou verzinnen.

'Klootzak!' roep ik, en ik schop tegen een van de zakken aan, die tot mijn ergernis nauwelijks meegeeft. 'Achterlijke gék!'

Het grindpad dat aan de voorkant langs het huis loopt is een waterballet geworden door de hectoliters die ik heb gebruikt om de viezigheid van de gevel te spuiten. Mijn schoenen zijn doorweekt en de uitgebloeide hortensia's dobberen zo'n beetje de border uit. Ik leg de borstel en de tuinslang neer en beschijn het slagveld met mijn telefoon. De vlekken die op de witte ondergrond zijn blijven zitten, lijken op algaanslag en schimmel. Alleen als je weet dat er iets op de muur heeft gestaan, kun je het er misschien nog uit halen.

Ik sleur de tuinslang terug naar de zijkant van het huis, draai hem op de haspel, werp de borstel in de richting van het houthok en haast me naar binnen.

In de bijkeuken trek ik mijn schoenen uit, om tot de conclusie te komen dat ook mijn kleding nat en vuil is geworden. Ik haast me op blote voeten de trap op en gooi alles in de was. In de badkamer kijk ik argwanend naar de spiegel boven de waskom. Omzichtig, alsof het ding elk moment op me af kan springen, breng ik mijn gezicht dichter bij het glas en adem langzaam uit. Geen letters, geen boodschap.

Ik klem me met trillende handen vast aan de rand van de waskom. Staar naar mezelf, een verwilderd ogende vrouw met een uitgezakt kapsel. Mijn ogen puilen bijna uit mijn kassen. Ik voel mijn maag samentrekken. De wc haal ik niet meer.

Tegen enen hoor ik Camiel thuiskomen. Zijn auto, de achterdeur, de ijskast, de vriezer, de tv. Een halfuur later zijn voetstappen op de trap. Er bestaat geen groter gewoontedier dan mijn man. Hij loopt langs mijn slaapkamer, aarzelt, en opent dan mijn deur. 'Slaap je al?'

Ik houd me muisstil.

Hij bromt iets wat ik niet versta, sluit de deur achter zich en loopt door naar zijn eigen kamer.

Klaarwakker tuur ik naar het plafond terwijl de minuten doortikken. De misselijkheid is weggetrokken, maar ik ben nog steeds behoorlijk aangeschoten. Ik dacht dat Guy en ik samen twee flessen wijn soldaat hadden gemaakt, maar nu ik erover nadenk zouden het er wel eens drie geweest kunnen zijn, waarvan de twee laatste rioja. Spaanse rode wijn op een bodem van stress, te weinig slaap en een kleine pizza was misschien niet de handigste actie.

Bijna kwart voor twee. Ik glip uit bed en loop zachtjes de gang op. Het is niet nodig om bij Camiels slaapkamerdeur te luisteren of hij al slaapt: ik hoor zijn gesnurk hier. Gauw pak ik mijn tas, gris mijn spijkerjack en een sjaal van de stoel en sluip naar buiten.

Ik loop de poort uit, sla links af en blijf lopen, midden op de stille weg, langs de donkere opritten, gesloten poorten en inktzwarte, zacht fluisterende struiken en bosperceeltjes, tot ik op het kruispunt ben aanbeland waar meerdere huizen bij elkaar staan en de lantaarns de hele nacht branden.

De taxi is er tien minuten na mijn telefoontje. Ik neem achterin plaats en geef de chauffeur het adres.

5 juni 2009

Ik heb mijn jas tot bovenaan dichtgeritst; het is koud voor de tijd van het jaar. In het kwartier dat het me kost om van het station naar huis te fietsen zie ik achter de ramen van de huizen gezinnen rond de eettafel en voor de tv zitten.

Bij ons zijn de gordijnen gesloten. Ik stap af en loods mijn fiets langs de auto's. In de garage plaats ik hem keurig recht, parallel met de muur. Papa's racefiets hangt aan de haken. Dat betekent dat mama hem naar zijn werk heeft gebracht. En ook dat ze er vannacht uit moet om hem op te halen – alles om te voorkomen dat hij dronken achter het stuur kruipt.

Die man heeft ons perfect afgericht. Al die ingesleten gewoontes. De vaat meteen in de vaatwasser en het schone servies nog dampend van het hete spoelwater terug in de kast. Jas aan de kapstok in de gang, ieder zijn eigen plek. Maar ook: fluisteren als papa slaapt, en op kousenvoeten door het huis lopen.

In dit huis is geen ruimte voor ons, voor wat wij willen en wat wij nodig hebben. Voor wie wij zijn. Er is ook geen liefde meer. Steeds vaker wens ik mijn vader dood, zodat wij kunnen gaan leven.

Ik ben verdorie twintig. Vriendenweekenden, op kamers gaan, dingen die vanzelfsprekend horen te zijn – ze worden me door de hele verrotte situatie onmogelijk gemaakt.

Ik doe mijn schoenen uit en zet ze op het rekje. 'Mam?'

Er hangt een vreemde stilte. Geen pannen op het vuur.

In de woonkamer ligt mams leesbril op de salontafel, een lege theemok staat ernaast; het zakje uitgeknepen op een schoteltje.

Terug in de hal kijk ik langs de trap omhoog. 'Mam? Ik ben thuis!'

Stilte.

'Pap?' roep ik, voor de zekerheid.

Ik loop de trap op; de deur van de logeerkamer staat open. Dan hoor ik het geluid dat ik zo goed heb leren kennen, en waaraan ik nooit gewend zal raken: mijn moeders zware ademhaling, gedempt door het eikenhout van de kastdeur.

'Ik ben thuis, mam.'

Haar adem stokt even, gaat dan weer verder in een sneller tempo. Ze klinkt als een aangeschoten hert, ademt lichtjes raspend, oppervlakkig.

Ik loop naar beneden en trek mijn jas en schoenen weer aan.

De dichtstbijzijnde McDonald's is tien minuutjes fietsen. Rond deze tijd zitten er meestal wel mensen die ik ken.

64

'Stop hier maar,' zeg ik tegen de taxichauffeur. 'Ik ben binnen een kwartiertje terug.'

Ik geef hem alvast een paar tientjes en stap uit. Het is donderdagnacht, er is niemand op straat. Ik loop op het appartementsgebouw af en laat mijn blik over de verdiepingen gaan. Er brandt weinig licht in het gebouw, achter zijn ramen is het donker.

– Zou hij slapen?
– Natuurlijk slaapt hij, zijn werkdag begint om halfzeven.
– Dat heeft hem er niet van weerhouden om 's nachts bij je in te breken.

Zijn werkbus staat op het parkeerterreintje, de witte lak glanst in het licht van de straatlantaarns.

– Hij verdient dit.

Uit mijn tas haal ik een spuitbus die ik in het schuurtje heb gevonden. Ik schud hem stevig, hoor het kogeltje in de metalen behuizing tikken. Dan haal ik de dop eraf, hurk bij het achterspatbord, en na een korte aarzeling druk ik op de ventieldop. Onder luid gesis verschijnt er een dikke, neonroze klodder. De verf glanst als vers bloed. Ik druk nog eens, langer nu, en probeer snel te bewegen, met grote, soepele halen. Ik doe een paar passen opzij, hurk opnieuw. Als ik klaar ben, neem ik afstand. Makkelijk leesbaar is het niet, maar een goed verstaander heeft aan een half woord genoeg. Ik loop om de bus heen, begin nu bij het voorspatbord en neem de zijspiegel mee, de handgreep van het portier, werk over de belettering van het bedrijf heen naar achteren en eindig in een lange, nijdige krul over de achterbumper. Ik voel mijn hart in mijn keel bonzen, mijn mond is droog van de spanning. Er zit nog verf in de spuit-bus.

Ik kijk omhoog, naar de deur en het raam van nummer 73; het nummer dat ik tegenkwam op de facturen die Laurens naar De Luwte heeft gestuurd.

Soms voel ik een immense aandrang om dingen stuk te maken. Mijn nagels over de tere zijde van een Hermès-sjaal te trekken, een dienblad met antiek servies om te kiepen. *Een bom te leggen onder mijn droomverbintenis met Camiel door een affaire te beginnen met de elektricien.*

Zulke verontrustende gedachten had ik vroeger al. Dan moest er iets kapot, iets van waarde, liefst van degene die me pijn had gedaan.

Ik heb me vaak genoeg afgevraagd of er meer mensen rondlopen met zulke neigingen, maar ik heb er nooit over gesproken. Ik schaam me ervoor.

Maar als ik eraan toegaf, luchtte het enorm op.

En dat is nog steeds zo, merk ik. Mijn ademhaling wordt rustiger, dieper, en mijn opwinding maakt plaats voor een warm gevoel van voldoening. Ik heb Laurens' zieke stalkeracties niet willoos over me heen laten komen. Ik heb mijn angst niet de boventoon laten voeren. Ik ben niet weggedoken, ik heb hem mijn tanden laten zien.

Maar je hebt nu je punt gemaakt, Lynn, fluistert een stem me in.

Het is genoeg zo.

'Hier stopt het, Laurens,' fluister ik naar de werkbus. Ik glimlach bij het woord dat in neonroze aan allebei de kanten te lezen is.

HOERENLOPER

65

'Lynn?' Camiel zit op de rand van mijn bed, de vouwen van zijn hoofdkussen nog in zijn wang gedrukt en zijn Versace-badjas losjes om zijn schouders geslagen. We hebben het theatrale ding ooit als grapje gekocht, maar ik vermoed dat hij hem serieus mooi is gaan vinden.

Hij wrijft over mijn bovenarm. 'Gaat het wel?'

'Ja, tuurlijk. Prima.' Ik rek me uit, draai mijn gezicht naar het raam. Achter de dichtgetrokken gordijnen schijnt de zon. 'Shit, nee.' Ik schiet rechtop en grijp mijn telefoon. Halfnegen.

'Heb je afspraken?'

'Om halftien de eerste. Ik heb me verslapen.' Ik wurm me langs hem heen uit bed. 'En mijn auto staat nog bij De Luwte.'

Snel poets ik mijn tanden. Mijn handpalm en vingers zijn gevoelig. Nog half in slaap bekijk ik eerst de ene hand en daarna de andere. Krasjes, schaafwondjes, een paar blaren. *Kak.* Ik was mijn handen, smeer ze in met BB Cream om het kleurverschil enigszins te maskeren, en plak een pleister over een open blaar.

Camiel verschijnt in de deuropening.

'Ik breng je zo wel even,' zegt hij. 'Ik moet toch Yentl ophalen bij Christine.'

*

Camiel laveert zijn Jaguar door het drukke verkeer. 'Gisteravond stevig aan de boemel geweest, begreep ik?'

'Guy en ik hebben nog een wijntje gedronken.'

'Dat vertelde hij. Goed dat hij een taxi heeft gebeld.'

'Hij kon er zelf ook wel een gebruiken.'

Camiel knikt, trekt op voor groen. Mijn man heeft de gewoonte om in de auto geen muziek te draaien. Geen podcasts, geen radio; hij luistert naar het geluid van de motor en de banden. De stilte voelde nooit ongemakkelijk, nu is ze geladen met afkeuring.

'Ik eh... weet hoe je daarover denkt,' zeg ik. 'Maar het gebeurde gewoon. De komende dagen ga ik trouwens niet drinken, ik wil helder blijven.'

Zwijgend rijden we het oude centrum in. Christine woont hier in een appartement dat is ingericht met fluwelen banken, moderne schilderijen en ebbenhouten kastenwanden – dat weet ik uit de media, want ik ben er nooit binnen geweest.

Camiel stopt voor de deur van het voorname pand, met twee banden op de stoep. Hij zet zijn alarmlichten aan. 'Ik weet dat dit niet het moment is, maar... wat is er met jou aan de hand?'

Even vrees ik dat Camiel me doorziet. Dat hij alles weet; van Laurens, van vannacht. Dan flikkert er ergens in mijn mistige brein een lampje op en zeg ik: 'Hetzelfde wat er met jou aan de hand is, en met Guy, met ons allemaal. We zijn moe en gespannen. Misschien mag ik concluderen dat we te licht hebben gedacht over het hele avontuur. En nu je het toch vraagt: Christine maakt het me extra moeilijk.'

'Hoezo?'

Ik vertel hem van de hotelkamers.

'Een nieuwe meid heeft die reservering aangenomen, zeg je?'

'Volgens haar wel.'

'Kan toch gebeuren?'

'Ik geloof haar niet, ze deed het erom. Ze traineert de boel waar ze kan.'

Hij kijkt even voor zich, knikt, alsof hij een beslissing heeft genomen. 'Goed. Dan rijden we zo meteen door naar Slapen om het uit te praten.'

'Beter van niet.'

'Dit soort dingen moet je niet laten dooretteren.'

'Nee!'

Hij kijkt me verbaasd aan.

'Dit is een vrouwending,' zeg ik, zachter. 'Je drijft er de boel alleen maar mee op de spits. Uitpraten prima, graag, maar ná maandag.'

'Christine is te professioneel om jouw gasten slecht te behandelen. Dat is haar eer te na.'

Ik wrijf over zijn bovenbeen. 'Wacht gewoon, oké? Beloof het me. Ik heb al spijt dat ik erover ben begonnen.'

Hij blijft me aankijken. 'Maar het is niet het enige, toch?'

'Ik... ik weet niet goed wat je bedoelt.'

Nadenkend tuit hij zijn lippen, alsof hij twijfelt, en dan zie ik verderop in de straat Benjamin aan komen lopen. Hij laat een zwarte labrador uit. Een enorm beest dat flink aan de lijn trekt en met zijn dikke, stompe staart heen en weer zwaait. Het kan bijna niet anders of Benjamin heeft de auto van zijn vader zien staan, maar hij verdwijnt zonder op of om te kijken met de hond door een poortje in de oude stadsmuur. Tegelijkertijd gaat de donkerrood gelakte voordeur open.

Yentl komt naar buiten, een linnen tasje over haar schouder. Ze zwaait al vanaf het bordes naar ons, haast zich naar de auto en schuift op de achterbank. 'Hoi pap, hallo Lynn.' Ze knijpt haar vader in zijn schouder, hij legt zijn hand even op de hare.

Terwijl we de stad uit rijden en Yentl haar vader bijpraat over haar stageproject, krab ik een neonroze verfspetter van mijn pols.

5 juni 2009

Ik bestel een aardbeienmilkshake en schuif aan bij een groepje oud-klasgenoten. Een van de meiden zit te zeuren over haar ouders. Die hebben haar betrapt op roken en vertikken het nu om haar rijbewijs te betalen. 'Wat een klootzakken,' zegt iemand.

Ik observeer in stilte hun verontwaardigde gezichten, luister naar hun gescheld.

'Weet je wat pas écht kut is?' zou ik willen zeggen. 'Als je moeder zich de hele dag in de kast opsluit omdat ze door je vader wordt mishandeld.'

Ik probeer me voor te stellen hoe ze daarop zouden reageren. Papa en mama zijn zo geliefd, zo populair, dat ik betwijfel of dit groepje me wel zal geloven. Mijn ouders hebben hun zieke dubbelleven tot een kunst verheven. Kosten noch moeite zijn gespaard om de façade van een perfect gezin overeind te houden.

En Michelle en ik hebben daar constant aan meegewerkt. We zijn er net zo schuldig aan.

Het lukt me niet om mijn aandacht bij het onnozele geklaag te houden. Mijn oren suizen lichtjes en het lijkt alsof er een glazen stolp over me heen is geplaatst; geluid komt gedempt bij me binnen.

Na een uurtje wend ik buikpijn voor en fiets ik terug naar huis. Het is nog steeds koud, veel kouder dan je mag verwachten in juni. De wind prikt op mijn gezicht, maar het helpt niet om scherper te worden.

Thuis zet ik mijn fiets in de garage en ga naar binnen. Mama's leesbril ligt onaangeroerd op de salontafel in de woonkamer.

Vanuit mijn half verdoofde toestand voel ik ergernis opstijgen, niet voor het eerst. Het stoort me meer dan ik kan uiten hoezeer papa en mama alles verknallen. Voor henzelf, maar vooral voor mij.

Terwijl ik de trap op loop wordt het steeds stiller in mijn hoofd. Eenmaal boven hoor ik het suizen in mijn oren niet eens meer.

66

De ochtend gaat als in een waas aan me voorbij. Mijn natuurlijke scherpte laat me regelmatig in de steek en ik haal namen, prijzen en tijden door elkaar. Voor de lunch instrueer ik een team van het evenementenbureau; zij bouwen het podium in de pilotstore op en verzorgen licht en geluid. De bloemist belt: kunnen de bloemstukken al op zondag worden gebracht? Ik lunch met een caesarsalade achter mijn bureau, beantwoord een stortvloed aan e-mails en bel daarna Humberto Tan. Hij is maandag onze dagvoorzitter.

Na de lunch worden de speciaal voor het event gemaakte goodiebags afgeleverd – de stagiaire is er ruim een uur zoet mee om de folders, een exemplaar van *Anna!* en de bestellijsten erin te stoppen; maandagochtend worden ze in de keuken verder afgevuld.

Ik weet niet hoe ik het voor elkaar heb gekregen, maar halverwege de middag heb ik het finale draaiboek en de callsheet tot in detail uitgewerkt. Ik mail de pdf naar iedereen die morgen tijdens de generale en op de dag van de lancering zelf een taak heeft, hoe klein die ook is.

Ik zou nu een moord doen voor een uurtje slaap, gewoon hier, met mijn hoofd op het bureau, maar de receptioniste belt: Rashmi zit in de centrale hal op me te wachten. Zij is de cameravrouw die de officiële registratie van de dag zal maken.

'Ik kom naar beneden,' zeg ik.

Ik sluit mijn kantoor af en haast me naar de trap. Zonder mijn pas in te houden zoek ik in mijn tas naar lippenstift en compact poeder. De snelle voetstappen achter me merk ik te laat op.

Iemand grijpt me bij mijn schouders, sleurt me de wc-ruimte in en slingert me tegen de deur van een van de hokjes aan, die prompt openklapt. Ik val achterover en kom ruggelings tussen de wc-pot en de wand terecht. Mijn belager verliest ook zijn evenwicht, valt voorover en schampt met zijn slaap de metalen afvalbak.

Meteen veert hij op, schuift de wc-deur op slot en trekt me met één hand omhoog. 'Kijk me aan! Heb jij mijn fucking bus verneukt?' Laurens' donkere blik glijdt koortsachtig over mijn gezicht. Er druppelt bloed uit een wond op zijn slaap. 'Nou?'

Ik probeer me los te rukken, maar het is alsof ik een rots probeer te verschuiven.

Hoe kon je nou denken dat je ermee weg zou komen, Lynn? Je kent hem toch?

Er komt een vreemd soort rust over me heen, een rust die misplaatst lijkt, en dan voel ik de woede opkomen die daaronder ligt. 'Jíj bent begonnen, mafkees!'

'Waarmee?'

Ik trek mijn arm los, prik met mijn wijsvinger in zijn gezicht. 'Door in koeienletters "hóer" op m'n huis te kalken, achterlijke gek.'

'Wát zeg je?'

'Hoer!' herhaal ik.

Het bloed sijpelt over zijn jukbeen naar zijn wang. Hij lijkt het niet op te merken. 'Fuck, nee.' Hij schudt zijn hoofd. 'Kom op. Dat heb je gedroomd.'

'Niet doen, Laurens. Niet liegen,' zeg ik, maar de kracht is uit mijn stem verdwenen. Want zijn reactie voelt echt.

Hij blijft me vasthouden, kijkt naar me alsof ik niet goed wijs ben.

'Je doet me zeer,' zeg ik.

'Wat is er bij jullie thuis aan de hand, Lynn? Ik heb –'

Gekraak van de deur. Schuifelende voetstappen. Iemand loopt de toiletruimte in en gaat op de wc in het hokje naast ons zitten.

Ik probeer geluidloos te ademen, mijn mond hangt een stukje open. Laurens ademt snuivend door zijn neus, snel en hoorbaar. Ik frons, leg mijn vinger tegen mijn lippen om hem tot stilte te manen, maar hij lijkt het nauwelijks te merken. Zijn ogen flitsen over mijn gezicht, verward, ongelovig.

Zijn blik treft me: die is open, oprecht.

Laurens heeft geen idee waarover ik het heb.

67

Zaterdagavond halfnegen. Met zacht suizende oren en ledematen die honderd kilo per stuk wegen zink ik weg in mijn matras. Ik trek het dekbed over me heen en krul me op. Staar een poosje naar het lege wijnglas op mijn nachtkastje en de fles die ernaast staat. De afgelopen dagen heb ik op adrenaline geleefd; elke minuut is benut en ik heb gedaan wat ik kon doen. Iedereen die maandag een taak heeft, kan elkaar bereiken en weet wat er van hem of haar wordt verwacht. Ik heb de belangrijkste genodigden persoonlijk een berichtje gestuurd om hun te laten weten dat we uitkijken naar hun komst. Tientallen redacties hebben vandaag foto's ontvangen van de *signature dishes*, en van Camiel alleen, samen met mij of met Thomas en Guy, vrolijk lachend, genomen in de splinternieuwe pilotstore, met het logo van De Luwte in 't Land goed zichtbaar op de achtergrond. De fotograaf heeft onze foto's bewerkt en vakkundig onze wallen weggepoetst.

Kon ik dat in het echt ook maar laten doen.

Morgen is de generale repetitie, morgen zullen we zien of er nog losse eindjes zijn. Nu moet ik slapen.

Tegen twaalven schrik ik wakker van Camiel die thuiskomt. Hij heeft vanavond gewoon in De Luwte achter zijn fornuis gestaan. Het arbeidsethos van die man grenst aan het krankzinnige, maar hij heeft het in elk geval niet te laat gemaakt. Met een glimlach luister ik naar zijn gerommel beneden, en naar de gesprekken en de muziek afkomstig van het praatprogramma waarop hij heeft afgestemd.

Als ik opnieuw wakker schrik, ga ik ervan uit dat het Camiel is die ik beneden in de hal hoor lopen, maar de tijd klopt niet: het is halfvier. De tv-geluiden zijn verstomd.

Ik ga rechtop zitten en staar naar de deur, een zwarte rechthoek in de donkergrijze kamer. Ja. Ik hoor echt voetstappen beneden, er kraakt een deur.

Is Camiel weer ziek?

Zijn hart.

Ik sla een badjas om, laat mijn telefoon in mijn zak glijden en haast me de trap af.

Ik knip het licht in de hal aan en stap de woonkamer in. Daar brandt geen licht. In de keuken ook niet.

'Camiel?' Ik doe alle lichten aan en loop door naar de bijkeuken, probeer de achterdeur: op slot. Uit gewoonte check ik het alarm: dat is ingeschakeld.

Sinds ik Laurens donderdagmiddag in totale verbijstering in de toiletten heb achtergelaten, ben ik ervan overtuigd dat hij niet degene is geweest die ons heeft lastiggevallen. Er is een andere, al even verontrustende gedachte voor in de plaats gekomen: zou er achter Christines keurige, chique masker een jaloers, wraakzuchtig alter ego schuilen dat 's nachts rondsluipt in het huis dat ze zo goed kent? Stoken in ons huwelijk. Macht uitoefenen. Ze lijkt me niet de persoon om met paardenmest teksten op huizen te smeren, maar de weg naar de hel is geplaveid met moordenaars en verkrachters die door hun naasten werden beschouwd als goedaardige sullen.

Ik kijk in de richting van de kelder en weer terug naar de keuken. Christine kan zich overal schuilhouden. Dit huis is zo krankzinnig groot dat een voltallige kleuterklas er verstoppertje in kan spelen.

Ik zou de politie moeten bellen, dát zal haar leren. Wat let me om eenvoudigweg 112 in te toetsen en te zeggen: 'We hebben een insluiper,' en die mensen hun werk te laten doen? Wat me daar tot nu toe van heeft weerhouden is de gedachte dat de politie op Laurens kon stuiten.

Nu is er iets anders wat me tegenhoudt.

Ik moet eerlijk tegen mezelf zijn: het gaat niet zo goed met me. Al weken niet. Voor klussen die ik normaal gesproken met mijn ogen dicht kan doen, heb ik nu al mijn aandacht nodig. En wat griezeliger is: ik heb last van black-outs. Ze zijn steeds kort, maar ze zijn er.

Ik kan en mag niet uitsluiten dat ik me dingen inbeeld. Dat de voetstappen en krakende deuren alleen in mijn hoofd bestaan, even invasief en levensecht als de sirenes, het gehamer en de fluittonen in het hoofd van tinnituspatiënten – en al even ongrijpbaar. Kan ik de politie laten komen voor hersenspinsels?

Zo dicht op de lancering hebben Camiel en ik alle rust nodig die we kunnen pakken. We kunnen het ons niet veroorloven dat politiemensen de buurt komen uitkammen en ons urenlang ondervragen.

Maar met een hart dat ratelt als een mitrailleur gaat het me nooit lukken om nog in slaap te komen. En een slaappil houdt me tot morgen in de vroege middag suf.

Ik pak een chablis uit de koelkast en neem een paar flinke slokken rechtstreeks uit de fles. Dat lijkt niet echt effect te hebben. In de vriezer ligt nog ouzo. Ik pluk de fles uit de la, giet een longdrinkglas halfvol en drink het met gulzige slokken leeg. Deze keer voel ik wel wat. De scherpe anijssmaak en de 40 procent alcohol exploderen in mijn mond en branden in mijn slokdarm. Ik leg de fles terug en ga weer naar boven.

De komende dagen zijn het belangrijkst: de grote lancering in Roermond, de interviews voor radio en tv, de officiele opening van de filialen in het land. Zodra dat allemaal achter de rug is, ga ik er werk van maken.

Ik ga praten met Christine, meer tijd voor mezelf nemen, verborgen camera's ophangen. Ik ga er alles aan doen wat nodig is om de waarheid boven water te krijgen. Hoe ongemakkelijk die misschien ook zal zijn.

5 juni 2009

Het ruikt vreemd hier boven.

'Mam?'

Aarzelend loop ik de logeerkamer in. De vreemde, vieze geur lijkt hier dikker, de kastdeur is nog steeds dicht. Ik blijf staan, staar naar het gelakte eikenhout waarachter mama zich heeft verschanst. Er klinkt geen enkel geluid. Geen ademhaling.

Tussen de deur en de plint van de kast zie ik iets glinsteren, een donkere substantie.

'Mam, geef antwoord!'

Geen respons.

Die stank... Ik knip het licht aan.

Dat glinsterende spul is donkerrood, bruin bijna, en het is onder de massieve deur van de kast door naar buiten gesijpeld.

Ik trek de kastdeur open.

68

Camiel smeert met nijdige bewegingen roomboter op een broodje. 'Je telefoon? Hoe kun je die nou kwijt zijn? Dat ding zit vastgenaaid aan je hand.'

'Ik snap het ook niet, ik heb alles afgezocht.'

'Heb je Find My iPhone al geprobeerd?'

'Eh... die staat uit.'

'Uit?' Hij kijkt me recht aan. 'Waarom?'

Omdat ik wilde voorkomen dat jij in een helder moment de iPad zou pakken en zou zien dat mijn telefoon zich ophield in een of ander spotgoedkoop hotel in Nergensland, Camiel. Daarom.

'Ik was iets aan het testen en ben toen waarschijnlijk vergeten het weer te activeren.'

'Je kont zou je verdomme nog vergeten als die niet vastzat!' snauwt hij. 'Wanneer heb je hem voor het laatst in je handen gehad? Hier binnen?'

Ik knik.

Vannacht, denk ik, hier in de keuken. Ik kan me niet herinneren of ik hem mee naar boven heb genomen. Maar ik heb de diepvrieslade al uitgeruimd, de koelkast, het bovenkastje waarin de limonadeglazen staan. Ik heb in de afwasmachine gekeken, onder het bed, achter mijn nachtkastje, in de badkamer.

'Het lijkt wel of hij is gestolen,' zeg ik zacht.

'Wanneer dan? Vannacht?'

Ik schokschouder. 'Wanneer anders?'

Camiel laat zijn blik lang op me rusten. 'Snap je zelf hoe idioot dit klinkt?'

Ik reageer niet.

'Kom op, Lynn. Iemand breekt in, laat mijn horloges en de laptops links liggen... maar neemt wél jouw telefoon mee. O ja, en het alarm gaat ook niet af. Er is maar één conclusie mogelijk.' Hij heft zijn kin, pauzeert.

'Wat dan?'

'Er is vannacht een geniale meesterdief helemaal naar Herkenbosch afgereisd voor de diefstal van jouw twee jaar oude telefoontje.' Hij snuift. 'Echt, Lynn, soms denk ik wel eens dat je niet helemaal spoort.'

Niet zo slim, je telefoon in de keuken laten slingeren. Vlak voor de Grote Dag nog wel. Een inkoppertje; ik kon het niet laten om hem kwijt te maken.

Het wordt vast een ongemakkelijke generale vandaag, zonder de telefoonnummers van mensen die je zo hard nodig hebt, en zonder je groepsapp 'LIHL-launch'. Ik verheug me nu al op de rode vlekken in je nek, de rollende ogen van het personeel en de beledigingen die Camiel publiekelijk naar je hoofd gaat slingeren – want zo'n lul is hij wel. Hij heeft je nooit gespaard en jij hebt hem er steeds mee weg laten komen. Jij voedde dat monster, Lynn, je klopte het goedkeurend op de flank terwijl het om zich heen brulde.

Je bent gewoon niet capabel voor welke functie, baan of taak dan ook die méér inhoudt dan met je kont draaien, jezelf inlikken en slikken, slikken, slikken.

Maar morgen komt daar een einde aan. Want morgen is het mijn dag. De testfase zit erop. Ik weet precies wat hij kan hebben, en, niet schrikken, ik weet ook wat jij al die tijd verborgen hebt gehouden.

Je hebt je eigen graf gegraven met die geheimen van je.

69

Leermoment aller leermomenten: het is niet slim om alle belangrijke gegevens in een en hetzelfde apparaatje te bewaren. Een stagiair is de goedkoopste Oppo voor me gaan kopen, puur als noodtoestel, want ergens heb ik nog hoop dat ik mijn telefoon zal terugvinden. In de loop van de ochtend stroomt hij vol met telefoonnummers, afspraken en aantekeningen die ik overal vandaan heb moeten halen.

De generale gaat wonderwel goed. Camiel heeft zijn eigen speech geschreven, en dat merk je: hij doet ongedwongen aan. De speech is ook kort genoeg om ieders aandacht erbij te houden. En mocht een televisieprogramma besluiten om er iets van uit te zenden, dan kunnen ze kiezen uit een waaier aan aansprekende, catchy oneliners. Camiels charisma doet de rest.

Ik ben tevreden.

Rond vijven rijden we samen terug naar de Bramanshoeve, vroeger dan ik van plan was. Camiel voelt zich niet helemaal fit en het is fantastisch weer, daar kunnen we maar beter van genieten, vindt hij, dan zijn we morgen beter uitgerust.

Eenmaal thuis blijkt het met die vermoeidheid van hem best mee te vallen. In de keuken slaat hij me tegen mijn bil. 'Ik ga douchen. Smeer jij wat van die eendenrillette op een toastje? Ik heb honger gekregen van dat geouwehoer.'

Mijn handen gaan aan de slag. Ik besmeer toastjes met een dikke laag rillette en top het geurige patéachtige spul af met een toefje vijgenjam. In de koeling ligt oude kaas, die ik in blokjes snijd, ik open een blik olijven en kies een bourgogne uit de wijnkast. Routinematig wil ik het etiket scannen, om erachter te komen dat ik de wijnapp nog niet op mijn noodtelefoon heb geïnstalleerd. Snel voer ik het wijnhuis en het jaartal in op mijn laptop; deze fles kost rond de twintig euro.

Terwijl ik mijn glas inschenk, moet ik aan mijn vader denken. Wij mochten nooit aan zijn wijn komen, mama kocht voor ons huiswijn van de supermarkt. Dat werd vooral ongemakkelijk zichtbaar op verjaardagen, wanneer hij steevast een fles saint-émilion voor zichzelf claimde – die zette hij dan achteloos naast zijn fauteuil op de grond, buiten het bereik van de gasten.

Toen ik eenmaal op mezelf ging wonen heb ik de eerste jaren geen druppel alcohol gedronken, en wijn stond me nog het meeste tegen. Het heeft lang geduurd eer ik de geur ervan niet meer associeerde met de spanningen thuis, met mijn vaders misdragingen en mijn moeders verdriet. Daarna kocht ik flessen van vier, vijf euro, nooit duurder – de huiswijnen die ik gewend was te drinken, en die me aan mijn moeder deden denken.

'Goed bezig,' hoor ik Camiel zeggen. Hij draagt een boxer-short met korte pijpjes, een T-shirt met v-hals en daarover-heen zijn witte badjas met barokke gouden stiksels. Zijn nog vochtige, naar achteren gekamde haar maakt de foute-manlook helemaal af.

'Je zou niet misstaan in een maffiafilm.'

Quasiboos wijst hij naar zijn borst. *'Are you talking to me?'*

Grinnikend pak ik twee waterglazen en zet ze op een serveerplank.

Camiel stopt een toastje in zijn mond. 'Lekker, man,' mompelt hij, en terwijl ik zijn kaken het koekje tot krui-mels hoor vermalen, legt hij zijn handen op mijn billen. Hij wrijft erover met een intensiteit en precisie alsof het kost-bare hammen zijn die hij bij de importeur uitzoekt, streelt de rondingen. 'Jij ook. Verdomme. Perfecte kont. Altijd al gehad.'

Ik duw mijn billen naar achteren en geniet van Camiels plotselinge opwinding, van de onverdeelde aandacht. In het begin van onze relatie deden we het minstens vier keer per week. Midden in de nacht op de werktafels in zijn keu-ken en op de banken in de lobby, of in zijn auto na een tv-optreden, als hij nog vol adrenaline zat. Ik merk nu hoe-zeer ik die rauwe mannelijkheid waarmee hij mijn lichaam voor zich wist te winnen heb gemist.

Camiel knoopt mijn broek los, trekt hem over mijn billen en heupen naar beneden, en dan voel ik zijn hand van achteren tussen mijn benen glijden. Ik reageer met een gilletje, dat hem verder aanspoort.

Of het door de plotselinge, onverwachte gretigheid komt of door zijn dominantie, ik weet het niet: van het ene op het andere moment ervaar ik Camiel niet meer. Ik ruik hem niet meer, ik voel hem niet meer. Het gebeurt onwillekeurig en ik druk de beelden die zich aan me opdringen met kracht weg, ik probeer me wanhopig op de werkelijkheid te concentreren, op het hier en nu. Hoe harder ik dat probeer, hoe meer Laurens naar voren treedt. Ik voel zijn vingers die me bewerken, zijn handen op mijn heupen, zijn erectie die eerst plagend tegen me aan beweegt en me uiteindelijk moeiteloos opvult.

Ik trek een holle rug, laat hem dieper komen en beweeg mijn heupen in kleine achtjes. Binnensmonds vloekend pakt hij me beet in mijn nek en duwt me voorover. Mijn wang drukt op het glad gelakte tafelblad, mijn hele lijf schokt mee in zijn tempo.

Er staat iemand voor het raam.

Ik verstar, sper mijn ogen open. Nee, dit gebeurt niet echt, het moet een hallucinatie zijn. Ik knipper met mijn ogen, maar de man staat er nog steeds en hij wendt zich niet af. Hij blijft kijken.

'Nee,' fluister ik. 'Stop.'

'Even nog, even nog,' hijgt Camiel, die zich sneller en sneller beweegt, zich niet bewust van de toeschouwer die getuige is van ons meest intieme, meest intense moment sinds lange tijd.

Niet zomaar een toeschouwer, maar Laurens, gekleed in zijn werktenue met opgerolde mouwen, een werkkoffer in zijn vuist. Hij staat onbeweeglijk met een donkere blik naar ons te kijken, alsof niet hij, maar *ik* me zou moeten schamen.

Mijn ontlading snelt vooruit, is die van Camiel voor, en mijn lichaam kromt zich, siddert, schokt. Camiel stoot een rauwe kreet uit. 'Tering, lekker! Jézus,' roept hij, en hij trekt zich uit me terug. Stralen warm vocht komen neer op mijn rug en billen. 'Lynn, godallejezus.'

Indringend gerinkel vult de hal.

'Shit, vergeten.'

'Wat?' Ik duw mezelf omhoog, mijn benen voelen zwak en wiebelig. Bij het raam staat niemand meer.

Was het Laurens wel?

Camiel wast zich bij de keukenkraan, het water spat alle kanten op. Hij pakt er een theedoek bij, droogt zich af en werpt de doek dan naar mij. 'Da's de elektricien, hoe heet die jongen... Ik sprak hem vanochtend. Toen ik vertelde dat we gezeik hebben gehad met de aardlekschakelaar bood hij uit zichzelf aan om ernaar te komen kijken. Gouden gast.'

70

Ik hoor Camiel en Laurens lachen en praten. Door de deur van het toilet heen versta ik alles wat ze zeggen. Laurens heeft blijkbaar niet de juiste spullen bij zich en moet nog een keer terugkomen. Volgens mij kletst hij uit zijn nek, maar Camiel heeft dat niet door.

Het duurt me allemaal te lang, waarom stuurt Camiel hem niet gewoon weg? Zodra ik het toilet uit stap moet ik de twee onder ogen kom, en het gaat me niet lukken om Laurens te benaderen alsof hij gewoon een werknemer is. Ik kan het filmpje niet uitwissen dat zich nu al in mijn geheugen heeft gebrand; het filmpje dat Laurens door het raam gezien moet hebben. Ik schaam me, ik ben ziedend, ik ben in de war.

Waarom heb ik me hier opgesloten, ben ik niet creatiever geweest? Toen ik me in blinde paniek uit de voeten maakte, had ik beter via de achterdeur naar buiten kunnen vluchten.

De stemmen komen dichterbij.

'Is je vrouw er niet?'

'Ze is door de pot gezakt, denk ik.' Camiel klopt op de deur. 'Ben je daar nog?' Gegniffel.

'Ja,' piep ik.

'Alles goed?'

Really...?

Ze lopen door. Ik hoor hen praten in de keuken, in de hal, en vervolgens slaat de voordeur dicht.

Ik loop meteen naar de keuken. Door het raam zie ik Laurens over het grind naar de poort slenteren, de gereedschapskoffer in zijn vuist.

'Wat is er met jou aan de hand? Die jongen bijt niet.' Camiel komt grinnikend de keuken in. 'Wel timinkje, zeg.'

'Wat er met míj aan de hand is? Je wist dat er iemand langs zou komen, en toch doe je dít?' Ik wijs naar de keukentafel, en dan naar het raam. 'Hij heeft ons misschien wel bezig gezien.'

'Nee joh, dat zie je echt niet als je gewoon voorbijloopt.'

'Ik vind het niet oké, Camiel.'

'Hé, ik kon toch ook niet weten dat die jongen er zo vroeg al zou zijn? Zeur niet zo.' Hij trekt de diepvrieslade open, fronst. 'Wel verdomd.'

Ik loop op hem af en kijk met hem mee de diepvriesla in. 'Hoe kan dat nou?' fluister ik.

'Hoe kan dat nou, hoe kan dat nou? Waar zit jij met je hoofd?' snauwt Camiel. En hij zegt nog meer, geërgerd, mopperend, maar ik luister niet meer.

Mijn iPhone ligt te glanzen boven op Camiels bakjes met ijs, de fles ouzo ligt ernaast.

Aarzelend pak ik het toestel op. Vanochtend vroeg heb ik alle lades doorzocht. Ik heb ze zelfs leeggeruimd, wanhopig als ik was. Als mijn telefoon erin had gelegen, zou ik hem gevonden hebben.

Wat is er aan de hand?

Ik draai me om, kijk door het raam naar de oprit. Met zijn onthutste reactie op mijn beschuldigingen had Laurens me overtuigd van zijn onschuld. Nu is de verwarring weer in volle hevigheid terug.

Die camera's moeten er snel komen.

Ik hoor dat Camiel tegen me praat. Wat hij zegt dringt maar half tot me door.

'...de laatste tijd te vaak ervanaf, Lynn, je moet...'

Ik pak mijn telefoon op alsof ik hem voor het eerst zie en zet hem aan. Wonder boven wonder lijkt alles het nog te doen. Hij begint meteen te zoemen.

Tientallen appjes. De laatste drie van Laurens.

elektricien	nou ik weet weer genoeg ☹
elektricien	en ondertussen zit ik met me bus

Er zit een foto bij van zijn werkbus. Veel van de roze verf is van de flanken verdwenen – hij is flink aan het poetsen geweest –, maar er is nog steeds een roze waas zichtbaar en hier en daar vlekken.

elektricien	net aangifte gedaan van vandalisme
	geen zin om hier zelf voor op te moeten draaien
	hij moet overgespoten worden

Camiel zet met nijdige bewegingen het bordje met de rillette en de kommetjes met olijven op een serveerplank, grist een glas wijn van de tafel en beent ermee de keuken uit.

'Kijk maar wat je doet,' hoor ik hem zeggen. Hij klinkt kwaad.

Ik blijf alleen achter, starend naar mijn iPhone.

71

'Ik voel me beroerd, Lynn. Verdomme. Echt klote.'

'Zo zie je er ook uit.'

Het heeft geen zin het te ontkennen: Camiel ziet bleek, zijn ogen zijn een beetje ingevallen. Zojuist stond hij besluiteloos voor zijn kast en twijfelde tussen zijn nieuwe pak en zijn vertrouwde zwarte overhemd. Het werd het linnen pak omdat dat beter matcht met mijn witte jumpsuit; zijn overhemd heb ik als back-up achter in de auto gehangen.

'Zenuwen?'

'Ik denk het.' Hij trekt de la van het badkamermeubel open, rommelt erin. 'Weet jij waar de paracetamol ligt?'

Ik haal een strip uit mijn tas en overhandig hem twee tabletten, die hij met een vies gezicht met water wegspoelt. De laatste maanden gaan ze erdoorheen als snoepjes.

Ik werp een vluchtige blik op de wekker: het is al over negenen. We moeten nu echt gaan, want ik wil alles nog een keer zelf gecontroleerd hebben voor de genodigden er zijn. Klokslag twaalf uur wordt Camiel op het podium verwacht, aansluitend zal hij worden geïnterviewd door allerlei radio- en tv-programma's. *Shownieuws*, RTL *Boulevard* en L1, ze hebben allemaal toegezegd te komen. De komende uren is zijn stralende, charismatische aanwezigheid onmisbaar, daarna mag hij opgekruld in bed gaan liggen.

Maar zijn ziekenhuisopname zit nog vers in mijn geheugen. 'Kun je niet beter nog een paar uurtjes gaan liggen, dat ik je tegen halftwaalf ophaal? Dan hoef je niet de hele tijd aan te staan.'

'Nee joh, ben je gek.'

Ik pak mijn tas van het bed en schiet in mijn Valentino-sandaaltjes. 'Ik maak vast wat yoghurt voor je, frambozen erbij?'

Hij schudt zijn hoofd. 'Ik eet straks wel wat op De Luwte.'

5 juni 2009

Er ligt een pop in de kast, slap tegen de wand, tussen de jassen en laarzen. De pop is zo groot als een volwassen mens en heeft een blauw met wit gestreepte broek aan, zo'n wijd model met een trekkoordje in de taille, precies dezelfde als mama heeft – ze noemt dat haar Indiabroek. Daarboven draagt de pop een wit t-shirt met een wijde hals. Mama heeft ook zo'n shirt, met precies hetzelfde stiksel. De pop heeft halfgesloten ogen en de mond hangt een beetje open. De huid is grijzig, de tint van oude vitrage. De lippen hebben een blauwpaarse gloed en het haar ligt in warrige plukken over het voorhoofd; langere slierten plakken tegen de kastwand. Ik bestudeer de ogen. Ze glanzen niet, ze zijn dof en een beetje ingevallen, weggedraaid in hun kassen. De pop ziet eruit als een wassen beeld uit een horrorfilm, en ik snap daarom ook niet goed waarom mama zoiets in de kast zou bewaren. Hij is ook vies. Ik rook de geur halverwege de trap al en die is alleen maar sterker geworden. Hij komt van het bloed waarmee de kleding besmeurd is. Spatten, vegen,

plassen bruinrood vocht dat in het katoen is getrokken. Het
zit aan mijn vingertoppen, die kleven als ik ze op elkaar
druk en weer van elkaar afhaal.

De geur van het bloed is niet de ergste stank die hier
hangt. Die komt van de viezigheid om de pop heen, op de
bodem van de kast. Bruine vlekken, gele vlekken, het is echt
te smerig voor woorden.

Ik druk mijn hand tegen mijn mond, maar het is te laat.
De aardbeienshake komt omhoog en ik leeg in golven mijn
maag op het tapijt.

72

Geur is belangrijk. Die draagt voor een belangrijk deel bij aan de totaalbeleving en kan mensen op allerlei manieren beïnvloeden. Ik heb vroeger bij het reclamebureau veel geleerd van geurmarketeers over het effect dat prikkeling van de zintuigen kan hebben op ons gemoed en gedrag. 'Applausje voor jezelf,' mompel ik, terwijl ik door de pilotstore loop. Het ruikt subtiel naar verse kruiden, bergamot en mandarijn – helemaal goed. Met dank aan Voltage was de ruimte al prachtig geworden, met de ruige industriële muren in combinatie met zwarte meubels en fluwelen stoffen, maar vandaag is ze toverachtig mooi. De bloemstukken knallen eruit, de roze verlichting geeft een mysterieuze gloed en de manshoge schermen waarop non-stop de commercial voor De Luwte in 't Land wordt getoond, maken het helemaal af. Dit is de beleving die een A-merk past.

Halverwege de entree en het grote podium is een kleiner podium. Daar staat een dj-duo deephouse te draaien met een air alsof het hier de Cotton Beach Club op Ibiza is. Ik heb nog getwijfeld over een gitarist of een jazzband, dus ik ben opgelucht te zien hoe goed dit uitpakt: de loungy muziek brengt een mellow, sexy sfeer.

De genodigden druppelen binnen. Ze worden geïnterviewd en gefotografeerd door de pers die zich langs de loper heeft opgesteld. Geen rode loper, maar een zwarte, met goudkleurige paaltjes. Ik zie Yentl staan in een cocktailjurkje met gouden lovertjes, met haar telefoon in haar hand; onder leiding van Rashmi filmt zij alles en regelt de livestream. Doris en Lies Volt van Voltage zijn al binnen, en ook Daniel en Tessa – zij is volledig in het roze, met een roze Chanel-tas –, collega's van Camiel, een hele stoet opgetogen BN'ers, onze prominente klanten en de burgemeester met twee wethouders in haar kielzog. Het personeel dat onze huischampagne en oesters uitserveert is constant in de weer.

Mijn telefoon zoemt.

humberto   bijna bij jullie!

Ik app twee duimpjes terug, met een opgeluchte smiley. Een uur geleden belde de presentator me op vanuit een verkeersopstopping; er was een ongeluk gebeurd op de A2 waardoor het verkeer uit het noorden vaststond. Lieve de Vree van *Anna!* was in dezelfde file terechtgekomen.

Er is ook nog een berichtje van Laurens. Ik heb het vanochtend met opzet niet gelezen, maar in een opwelling doe ik het nu toch.

elektricien   en bedankt nog hè ☺ rachel is naar haar moeder,
ze gelooft me niet

Rachel? O, wacht, dat zal zijn vriendin zijn. Ik ben wel heel
naïef geweest door er niet bij stil te staan dat Laurens in
Weert een sociaal leven heeft, vrienden en buren. Een be-
kladde auto is groot nieuws in een wijk; er zullen vast foto's
in WhatsApp-groepen zijn rondgestuurd, en de speculaties zullen niet van de lucht zijn geweest. Blijkbaar heeft
Laurens zijn vriendin niet weten te overtuigen.

Niet aan denken, niet vandaag.

Ik duw de zijdeur open die uitkomt in het trappenhuis
dat alleen door het personeel wordt gebruikt, en stap vanuit daar de lobby in. Er is niemand. Fijn. Ik heb zo onderhand kaakkramp van het glimlachen. Snel loop ik langs
de palmen en de leren banken en neem dan de metalen
trap naar boven. Ik haast me over de luchtbrug en ga nog
een trapje op. Guys kantoor ligt hoger dan het mijne en is
al net zo luxe ingericht, alleen kijken zijn ramen uit over
de lobby. Daardoor krijg je het idee dat je in een soort
viproom bent – of een wel heel comfortabele controle-
kamer.

Camiel hangt onderuit in een van de fauteuils, *dressed
to kill* in zijn lichte linnen pak en loafers. De maffia-associ-
atie dringt zich onwillekeurig weer aan me op.

'Is het al zo laat?' vraagt hij.

'Je hebt nog drie kwartier. Ik kom alleen even checken
hoe het gaat.'

'Een beetje beter wel.'

'Die kerel van je heeft gewoon de zenuwen,' zegt Guy van achter zijn bureau.

Op de punt van het bureau zit Benjamin met een doosje Celebrations op schoot. Vermoedelijk heeft Christine op hem ingepraat, want het gamer-t-shirt heeft plaatsgemaakt voor een overhemd en een geruite pantalon.

Sara staat bij de muur over haar telefoon gebogen. Ze ziet er *instagrammable* uit met haar gebloemde maxidress met decolleté. Plichtsgetrouw steekt ze haar hand op, maar ze kijkt me nauwelijks aan.

Je zult altijd een buitenstaander blijven in dit gezin.

'Ik zie je denken, Lynn,' zegt Benjamin, en dan propt hij een mini-Snickers in zijn mond en werpt het wikkeltje naast zich in de papierbak.

Ik weet niet goed wat ik moet zeggen, waar doelt hij op? 'Eh... je outfit? Staat je goed. Geen gamershirt.'

'Bijzondere gelegenheid.'

'Hoe is het beneden?' vraagt Camiel. Het doet me goed te zien dat hij weer wat kleur in zijn gezicht heeft. Al komt die vermoedelijk uit een potje van de visagiste die eerder vanochtend iedereen die wilde van een 'glamour-glow' heeft voorzien. Guy heeft er ook gebruik van gemaakt; zijn blik is intenser door subtiel aangebrachte kohl tussen zijn wimpers.

'De sfeer zit er goed in,' zeg ik. 'Zin om te knallen?'

Hij trekt een ongelukkig gezicht. 'Ik doe mijn best.'

'Heb je al iets gegeten?'

Hij schudt zijn hoofd.

'Hier.' Benjamin houdt hem de chocolaatjes voor. 'De laatste Bounty, pa. Het is je geluksdag.'

Camiel trekt een gezicht en wijst het af. 'Geen chocola.'

'Papa die een Bounty afslaat? Da's dan voor het eerst!' Sara staat op en wil een graai in het doosje doen.

Benjamin houdt het plagerig buiten haar bereik. 'Flikker op, je kont is al vet genoeg.'

'Doe niet zo flauw, je zit die hele doos leeg te vreten!'

'Koop het lekker zelf!'

Mijn telefoon begint te zoemen. Humberto.

Ik neem hem aan terwijl Camiels kinderen – negentien en drieëntwintig jaar oud – elkaar op de achtergrond voor rotte vis uitmaken alsof ze nog pubers zijn. 'Hier, dikzak,' roept Benjamin, en hij gooit een Marsje naar zijn zus.

'Lynn?' klinkt het door mijn telefoon. 'Welke ingang kan ik nemen?'

'De reguliere hoofdingang, niet de loper. Ik kom eraan,' zeg ik.

Mijn nervositeit neemt toe; het programma begint over een klein halfuur. Dit is het moment, hier hebben we al die tijd naartoe gewerkt. Ik probeer niet te denken aan hoeveel geld hier wel niet in zit. Aan de bank, de investeerders. Aan alle mensen die hiervan afhankelijk zijn. Aan de journalisten die beneden op ons staan te wachten, de camera's... *De hele wereld kijkt naar jouw project, Lynn!*

Mijn maag roert zich. *Er mag niets misgaan.* Als ik merk dat ik begin te trillen, roep ik mezelf tot de orde. Mindset is alles. Dat heb ik geleerd tijdens een training om meer

zelfvertrouwen te krijgen. Het belangrijkste dat ik heb onthouden: woorden doen ertoe. Gebruik zelfs in je gedachten geen woorden met een negatieve lading, en ook geen
ontkenningen. Ga altijd uit van wat je wenst, niet van wat
je vreest.

Het komt goed! Het wordt een perfecte lancering!

Een stemmetje in mijn hoofd sputtert tegen: beetje voorba-
rig, Lynn, je bent er nog lang niet. Er kan zoveel verkeerd
gaan.

We gaan knallen. Het wordt geweldig!

'Ik heb er zin in, jongens!' roep ik naar Camiel, Guy, Benjamin en Sara. 'Jullie ook? We gaan ze eens wat laten zien!'
   Vier paar ogen nemen me verbaasd op.

73

Zoals verwacht klikt het tussen Humberto en Camiel; Camiel was eerder te gast in een van zijn praatshows, toen hadden die twee ook al gespreksstof te over. Guy gaat rond met
een fles chablis, die door beide mannen wordt afgeslagen.
   'Eentje dan, tegen de bibbers,' zeg ik. Ik neem een glas
van hem aan en wend me dan tot Camiel. 'Je moet echt
wat eten nu, lieverd. De komende uren krijg je de kans niet
meer.'

Hij wrijft over zijn maag. 'Nou, iets hartigs dan.'

'Soepje?'

Hij trekt een gezicht. 'Doe anders maar een broodje zalmsalade of zo, die kunnen ze in de keuken zo pakken.'

Benjamin springt op, blij dat hij even weg kan. 'Ik ga wel.'

Guy maakt een espresso voor Humberto en schenkt een wijntje in voor Sara. Ze heft haar glas. 'Op papa.' Humberto heft glimlachend zijn kopje, Guy doet hetzelfde met zijn wijnglas.

'Op De Luwte in 't Land. Santé!' roep ik.

We nemen synchroon een slok van onze drankjes.

'Zeg... wel een beetje rustig aan vandaag, hè?' hoor ik Camiel zeggen. Ik ga ervan uit dat hij het tegen zijn dochter heeft; pas als onze blikken elkaar kruisen, begrijp ik dat zijn waarschuwing voor mij is bedoeld. Het steekt – ik ga me toch niet bezatten op een dag als deze? Ik vecht tegen de aandrang om het hele glas in één keer achterover te slaan.

Benjamin is terug. Hij stopt zijn vader een broodje toe met een servet eromheen. 'Het is feest hoor, in de pilot,' zegt hij. 'Die dj's gaan helemaal los.'

Ik kijk verschrikt op. 'Niet té, toch?'

'Wat een klein ding.' Camiel draait het broodje in zijn hand en kijkt er afkeurend naar. 'Heeft Thomas je dat gegeven?'

Benjamin kleurt een beetje. Hij mag dan wel de zoon van Camiel zijn, hij is ook de jongste van het stel, en met

Humberto Tan erbij en alle ego's in deze ruimte kan ik niet uitsluiten dat hij zich geïntimideerd voelt. 'Thomas was bezig, ik... ik heb het zelf gepakt.'

'Da's toch geen vreten, jongen, dit ding douw ik in m'n holle kies,' moppert Camiel, en hij neemt een hap. Dan trekt hij een gezicht.

'Is er iets?' vraag ik.

Hij haalt de helften van elkaar. 'Verdomme, veel te veel mayo.'

Camiel gedraagt zich als een verwend kind. Normaal zou ik er wat van zeggen, maar zo kort voordat hij op moet, houd ik wijselijk mijn mond.

Benjamin is stilgevallen.

We gaan knallen. Het wordt geweldig!

'Wat wil je dan?' vraag ik.

'Fatsoenlijk brood. En veel minder saus.' Met een chagrijnig gezicht neemt hij nog een flinke hap van het broodje en geeft de rest aan mij.

'Veel minder saus,' herhaal ik toonloos. 'Komt in orde,' en ik haast me naar de keuken.

5 juni 2009

Buiten klinken sirenes. Eerst ver weg, dan worden ze luider, komen ze dichterbij. Lichtflitsen: blauw, oranje.

Autoportieren. Stemmen.

Ik ga naar het raam en trek het gordijn een stukje opzij. Politieauto's, een ambulance, zwaailichten. De buren staan op straat, en nog meer mensen, mensen die ik niet ken. Het is hier nog nooit zo druk geweest.

Iemand maakt zich los uit de groep en loopt bij ons het pad naar de voordeur op.

Er wordt aangebeld. Tegelijkertijd rinkelt de telefoon op papa's nachtkastje. Ik kijk ernaar, knipper met mijn ogen. Zal ik opnemen?

'Lynn? Lynn Fleer?' Een mannenstem. 'Wil je de deur openmaken?'

Ik herinner het me weer.

Even maar. Dan is het weg.

74

In de pilotstore zit de sfeer er goed in. Iets te goed, misschien – de dj's stelen de show. Er heeft zich een dansend
groepje bij de dj-*booth* verzameld. Ik loop erheen om te
zeggen dat het wat rustiger moet, en vooral de helft zachter.
Yentl filmt het, en ik glimlach naar haar, knipoog en maak
een danspasje, in de wetenschap dat meer dan duizend
mensen de livestream volgen. Ik stel me voor dat Christine
een van hen is, hoe ze bewegingloos achter haar bureau zit,
haar koele blik gericht op het scherm van haar laptop, haar
mond zuinig samengeknepen. Zou mijn zus ook kijken?
Mijn zwager, mijn nichtjes?
Laurens?

In zijn inleidende praatje vertelt Humberto dat Camiel
'in de vorige eeuw' is begonnen in een smal pandje in het
centrum, waar hij al snel zijn eerste Michelinster te pakken had. Zes jaar later volgde de tweede ster, en nam zijn
landelijke bekendheid een vlucht vanwege zijn flair, zijn
durf om van de gebaande paden af te wijken, en natuurlijk
het populaire programma *Koken met Camiel.* De aankoop

van deze oude baksteenfabriek, die hij heeft laten ombouwen tot een hip culinair walhalla, is in geen enkel tv-programma onbesproken gebleven. Camiels imperium aan de Maas trekt inmiddels gasten van over de hele wereld, en als je vandaag zou bellen om te reserveren, dan kun je pas in februari terecht. 'En vandaag...' zo gaat Humberto verder, '...gaat deze icoon uit de wereld van de haute cuisine opnieuw geschiedenis schrijven.'

Ik ben tussen het publiek gaan staan om de reacties op te vangen. Het verhaal wordt geweldig gebracht, cameramensen verdringen zich voor het podium en om mij heen wordt instemmend geknikt. Dat er met geen woord wordt gerept over mijn inbreng steekt me niet. Zonder Camiel had ik hier nu eenmaal niet gestaan.

Humberto rondt af, de muziek zwelt aan. Camiel moet zo op, maar ik zie hem nergens: niet naast het podium en niet erachter. Guy, Sara en Benjamin zijn er ook niet. Ongerust wurm ik me door de mensenmassa heen en haast me via het trappenhuis naar het hoofdgebouw.

In de centrale hal kom ik Camiel tegen in het gezelschap van zijn kinderen en Guy. De zweetdruppels staan op zijn voorhoofd.

'Het werd net weer erger,' zegt hij zacht, verontschuldigend bijna.

Van alle zwarte scenario's die ik heb kunnen bedenken, is dit het ergste. 'Je moet nu op.'

'Dat weet ik. Het gaat me lukken, maar daarna ga ik even liggen. Die interviews moeten later.'

Ik wissel een korte blik van verstandhouding met Guy. Die trekt zijn wenkbrauwen op alsof hij wil zeggen: het is zijn keus.

'Jij kunt dit, pap,' zegt Sara.

Kortgeleden zat ze nog aan zijn ziekenhuisbed. Is ze dat vergeten? Kinderen hebben een grenzeloos vertrouwen in de veerkracht van hun ouders.

Benjamin staat er gespannen bij; misschien heeft zijn vaders ziekenhuisopname op hem meer indruk gemaakt dan op zijn zus.

'Weet je zeker dat je het redt, lieverd?' vraag ik.

Camiel knikt. In zijn ogen zie ik de koortsachtige schittering die bezit van hem neemt wanneer hij zijn zinnen ergens op heeft gezet. De focus van een bokser net voor hij de ring in stapt. Geen twijfel: Camiel gaat dit doen.

We haasten ons door het trappenhuis naar de pilotstore, waar Humberto de tijd vol staat te kletsen. Het publiek is rustig en verwachtingsvol, ik geloof niet dat iemand in de gaten heeft dat hij aan het improviseren is.

Sara en Benjamin escorteren hun vader naar de achterkant van het podium, waar een donker scherm is geplaatst. Halverwege maakt hij zich van hen los, kaarsrecht, met geheven kin, en stapt het podium op. Ik wring me tussen de genodigden door naar voren en vind een plaats vlak achter de televisiecamera's.

'Ha, *the man himself!*' roept Humberto, en ik hoor de opluchting in zijn stem. 'Laten we hem er eens bij halen.' Hij maakt een weids gebaar, alsof hij Camiels enorme lijf van onderaf wil opscheppen. 'Lieve mensen... *the one and only*... Camiel Storm!'

Onder enthousiast applaus loopt Camiel naar voren. Zijn ogen schitteren nog steeds, zijn glimlach is breed. Maar ik zie ook de donkere vlekken onder de oksels van zijn colbert.

Iemand van het geluid drukt Camiel een microfoon in de hand en rent dan gebukt van het podium af.

Camiel richt zich tot het publiek. 'Lieve vrienden, lieve collega's, gewaardeerde gasten. Het doet me meer dan ik kan zeggen dat jullie massaal hiernaartoe zijn gekomen, op deze prachtige, zonnige herfstdag. Ik heb dat altijd enorm gewaardeerd. Dat mensen uit het hele land, vanuit alle provincies, zelfs van de eilanden... de moeite nemen om helemaal naar hier, naar het mooie Limburg af te reizen...' De pauze die hij inlast en de intensiteit waarmee zijn blik over de aanwezigen gaat, zal door de meesten worden geïnterpreteerd als emotie, maar ik zie dat hij vecht tegen de misselijkheid en de rillingen. '...om een hapje te komen eten bij een gewone Limburgse jongen, die zijn droom heeft gevolgd... en...' Hij hijgt een beetje. '...die zijn...'

...zijn ideeën over goed eten, eerlijke producten, zijn vakmanschap... Nerveus beweeg ik mijn lippen, de woorden geluidloos uitsprekend, als een souffleur bij een toneelvoorstelling.

Maar Camiel kijkt niet naar mij; zijn blik meandert wezenloos door de ruimte en blijft nergens aan hangen. Hij lijkt plotseling verloren, verdwaasd. Een diepe frons, hij knijpt zijn ogen dicht. Zijn mond vormt een scheve O en hij

301

grijpt naar zijn borst. Zijn gezicht, dat glanst van het zweet, verkleurt razendsnel van rozig naar paars, violet, grauw. Het gebeurt te snel om te reageren. De microfoon valt en komt met een klap op het podium terecht, een droge, harde tik die weerkaatst tussen de fabrieksmuren. Een tergend hoge pieptoon vult de zaal. Mensen drukken hun handen tegen hun oren. Ik hoor iemand iets roepen, er klinkt een gilletje. Er gaat een golf van afschuw en ongeloof door het publiek heen.

Het volgende moment zakt Camiel op het podium in elkaar.

5 juni 2009

Ik zit op de bank in de woonkamer. Het tocht; de pagina's van de tv-gids die op de salontafel ligt, slaan uit zichzelf om. In de hal en op de trap klinken voetstappen, en ook boven mijn hoofd. Ze dreunen door de houten vloer heen. Gedempte stemmen.

Geen mens hangt zijn jas op of zet zijn schoenen weg.

Als papa dit ziet... Als hij dit zou weten...

Hij geeft mama hier straks de schuld van.

Er komt een vrouw naast me zitten. Ze heeft lieve ogen. Haar kan ik vertrouwen.

'Als iedereen weg is, moet ik alles poetsen,' zeg ik.

De vrouw fronst. 'Van wie?'

'Als hij thuiskomt, wordt hij heel kwaad.'

Ze kijkt naar iemand bij de deur. Een man, niet oud, niet jong. Best knap wel, mooie brede schouders, alsof hij veel traint. Papa vindt dat ordinair. 'Wij hoeven het daar niet van te hebben,' *zegt hij steeds.* 'Met je lichaam showen doe je alleen als er zaagsel in je kop zit.'

'Wie wordt er kwaad?' vraagt de vrouw.

Snapt ze dat nou niet? 'Papa.'

'Hoe heet je vader?'

'Mijn vader is sterrenkok Fleer. U kent hem vast wel, iedereen kent hem. Hij heeft een boek geschreven, of eigenlijk heeft m'n moeder dat geschreven, maar zijn naam staat erop, want dan verkoopt het beter.'

Er komt nog iemand bij me zitten, weer een vrouw. Kleine, diepliggende oogjes. 'Lynn, mag ik je iets vragen?'

'Ja, hoor.' Ik werk graag mee.

'Hoeveel vingers steek ik op?'

'Drie.'

'En wanneer ben je jarig?'

Ik geef haar mijn geboortedatum, maar als ze me vraagt welke dag het vandaag is, moet ik haar het antwoord schuldig blijven. En hoe laat het is, weet ik ook niet.

Ik lach, probeer het ijs te breken.

De vrouw lacht niet met me mee.

'Lynn, waar denk je dat je vader is?'

En dan flap ik het eruit: 'Ik hoop echt dat hij dood is.'

Ze knikt, kijkt me vol medeleven aan.

Ze snapt het. Iedereen snapt het.

Het was geen leven zo.

75

Camiel ligt op zijn zij op het podium, met halfopen mond en weggedraaide ogen. Er staan mensen om hem heen met bezorgde gezichten, iemand hurkt bij hem neer, voelt aan zijn hals, schreeuwt om een aed.

– *Helpers.*

Een pieptoon vult mijn oren, indringend en overheersend als het gefluit van een stoomlocomotief. Om me heen zijn genodigden opgewonden aan het telefoneren, ze roepen en mompelen, lopen door elkaar heen en botsen tegen elkaar op. Op het podium worden Benjamin en Sara bijna onder de voet gelopen door mensen die zich om Camiel bekommeren.

– *Zo fijn, dat ze dat doen. Ik ben er niet toe in staat.*

Dichterbij zie ik hetzelfde beeld in het klein, op het schermpje van een filmcamera die alles registreert wat er op het podium gebeurt. Dat beeld is me liever. Het is ingekaderd. Overzichtelijk.

– Fictie. Niet echt.
– Het is vast niet echt.

Of wel? Ik breng mijn gezicht dichter bij het schermpje en tuur ernaar met half dichtgeknepen ogen, terwijl ik over mijn bovenarmen wrijf. Er zitten fikse donkere vlekken in dat nieuwe linnen pak van Camiel. Een grote over het hele rugpand en ook onder zijn oksels. Zijn broek is vuil bij het kruis. Dat komt niet meer goed. Linnen is mooi, maar niet de makkelijkste textielsoort om schoon te krijgen.

– Wat maakt het uit als hij het toch nooit meer kan dragen?
– Precies. Da's een opluchting.

Wie zijn die mensen? Wat is er aan de hand? Wie is die man die nu gereanimeerd wordt en Camiels pak draagt? Die vlekken gaan er nooit meer uit. Dat zal Camiel niet fijn vinden. En hij was vandaag al niet te genieten.

Is het wel een man?

– Een pop.

Maar de kleur op dat gezicht herken ik. Die heb ik eerder gezien. Ik weet wat dat is. Grijsgrauw, met paarse oogleden; zulke kleuren zie je bij een lijk.

Lijkbleek.

Mama.

Mijn moeder had zo'n kleur.

Ik was het bijna vergeten.

Toen kwamen er ook mensen helpen. Het maakte geen verschil.

Dit ook niet. Dat zie je zo.

Ik heb dit eerder gezien, dezelfde situatie.

Maar het was niet mama.

Het maakt niet uit, het verandert niets.

Ik word opzijgeduwd.

'De ambulance!' roept iemand. Serieus.

– Dit is serieus.

76

Ik voel het gewicht van het bekertje dat ik in mijn handen houd en kijk ernaar. Thee. Heb ik die zelf ingeschonken? Heeft iemand het me gegeven? Ik kan het me niet herinneren. Ik neem een slok. Het is koud.

Ik kijk om me heen. Christine is er ook. En Sara, Yentl en Benjamin.

Niemand zegt iets.

De wanden van deze kamer hebben een blauwgrijze tint, met een subtiel werkje. Op de vloer ligt beige zeil en de stoelen waarop we zitten zijn zwart.

Nu herken ik het. Ik was hier pas nog: het Laurentius Ziekenhuis. Hoe ben ik hier terechtgekomen? Met de ambulance? Ben ik met iemand meegereden? *Heb ik zelf gereden?*

Camiels kinderen zitten op hun mobiel te kijken. Sara wiebelt ongedurig met haar voet. Christine staart naar de muur, met haar handen in haar schoot. *Wat doet zij hier?*

De deur zwaait open, er stapt een man naar binnen. Hij heeft een mondkapje in zijn vuist en propt het ding in de zak van zijn blauwe broek. Het duurt even voor ik begrijp dat hij een arts is.

'Christine,' zegt de man, en hij knikt haar toe – deze arts kent blijkbaar de familie. 'Yentl, Sara, Benjamin.' Hij kijkt me aan, knikt nog eens, met een spijtig gezicht, spreekt mijn naam niet uit.

'Hoe is het met hem?' vraagt Sara.

De arts perst zijn lippen op elkaar. Dat maakt een niet al te hoopgevende indruk. Ze zullen Camiel voorlopig nog wel moeten houden. Net als de vorige keer. Een nachtje. En dan moet hij echt stoppen met roken.

'Ik heb helaas slecht nieuws.' De arts verplaatst zijn blik van de een naar de ander. 'Camiel is overleden. We hebben hem niet kunnen redden. Het spijt me enorm.'

77

Alle journaals openen met Camiels dood. In RTL *Boulevard* worden beelden getoond van een nog springlevende Camiel Storm die in een prachtige ambiance de genodigden toespreekt, maar bij de eerste tekenen dat hij zich niet goed voelt, gaat het scherm discreet op zwart. Op Telegram en in WhatsApp-groepen worden die confronterende livestreambeelden juist wel volop gedeeld. Bij alle nieuwsberichten wordt de opening van De Luwte in 't Land expliciet genoemd, en er staan foto's bij die ik zelf heb rondgestuurd, van een trotse Camiel, Thomas naast hem, schuin achter hen het logo duidelijk zichtbaar.

Ik zit over mijn telefoon gebogen op de wc in de Bramanshoeve, met de deur op slot. In de woonkamer hoor ik de stemmen van Camiels kinderen en van Christine, Daniel, Thomas en Guy. Mijn telefoon trilt en zoemt aan één stuk door en het toestel voelt warm in mijn hand. Tegen beter weten in lees ik enkele berichten.

lihlally	wat willen jullie dat we morgen doen?
liesvolt	wat erg, lynn, gecondoleerd, we zijn in shok
lihlgrûn	opening morgen niet door laten gaan?
michelle	is er iemand bij je?
lihlnimma	guy reageert niet. boeien wel of niet afbellen?
	sorry dat ik zo doordram
lieveanna!	afschuwelijk nieuws, lynn, ik kan het bijna niet

De letters dansen voor mijn ogen. Ik zet mijn telefoon uit, maar het is niet genoeg. Het gezoem heeft zich in mijn oren genesteld, en een kakofonie van stemmen van alle mensen die me willen bereiken – fluisterend, sissend, dwingend – vult mijn hoofd.

Als ik terugkom in de woonkamer zit alleen Guy er nog. Christine en de kinderen zijn buiten op het terras. De dochters klampen zich wiegend aan elkaar vast. Benjamin staat met zijn rug naar het huis, zijn moeder heeft haar handen op zijn schouders gelegd. Met zijn geheven kin, kaarsrecht en onbeweeglijk, lijkt Benjamin met zijn negentien jaar meer een man dan een kind.

Op de achtergrond werpt het gebladerte een constant bewegende confettischaduw op de boomhut en de glijbaan.

'Guy?' Mijn stem klinkt als knisperend papier.

Gelaten kijkt hij me aan. 'Ik krijg er mijn kop niet omheen, Lynn. Hij was pas vierenvijftig. Hij was... hij was onsterfelijk.'

Ik ga bij hem zitten. Op de salontafel ligt Guys telefoon te zoemen en knipperen.

'Wat moeten we nu?' vraagt Guy.

Ik kijk zwijgend naar het knipperende lampje op de telefoon, en dan naar de mensen daar buiten, die elkaar hebben.

Wie heb ik?
Wat is er over voor mij?

'Ik... ik denk dat we door moeten,' zeg ik. 'Dat zou hij gewild hebben.'

Guy friemelt aan zijn manchetknoop. 'Dóór... als in *the show must go on*?'

Ik knik, en dan fluister ik: 'Tien filialen, meer dan vijftig man personeel. Er is zo veel liefde, tijd en energie in gestoken, we hebben er maandenlang zo ongenadig hard naartoe gewerkt. De koelingen liggen vol, de afspraken lopen. We moeten het niet uitstellen. Dat zou hij nooit gewild hebben. Camiel wás De Luwte. En hij zal erin voortleven.' Ik bal mijn vuisten. 'Het moet een succes worden, dat zijn we aan hem verplicht.'

'Mooi gezegd.' Guy knikt, zijn ogen staan glazig. 'Ik denk dat je gelijk hebt.'

5 juni 2009

'Ik verstond je geloof ik niet goed, Lynn.' De lieve ogen van de vrouw die naast me op de bank zit drukken ongerustheid uit. Ze wisselt een blik van verstandhouding met de gespierde man bij de deur.

Zaagsel in zijn hoofd.

'Lynn, hoor je me?'
Ik knik.
'Kun je herhalen wat je zei?'
Ik frons. 'Heb ik iets gezegd?'
'Ja, over je vader.'
'Hij geeft mama hier straks de schuld van.'
'Waarvan?'
Ik wijs op haar schoenen, en op die van de man. 'Jullie lopen hier binnen met schoenen aan.'
'En dat mag niet van je vader?'
Ik schud mijn hoofd.

'Lynn... Ik vraag het nog een keertje, want ik weet niet of ik het goed verstond.' Ze glimlacht, maar zelfs een kind ziet dat ze die glimlach niet meent.

Wat een vreemd gesprek, dit.

'Waar denk je dat je vader is, Lynn?' vraagt ze, haar gezicht strak als een masker.

78

'We staan hier met gemengde gevoelens, maar we zijn ook verschrikkelijk trots op wat we hebben neergezet.' Met een gepaste neutrale blik spreekt de filiaalhouder van Nijmegen de pers toe.

Achter hem is een blinkend gepoetste vitrine te zien met perfect uitgelichte tapas en in zwarte kuipjes verpakte afhaalmaaltijden. De camera glijdt eroverheen, blijft dan hangen bij de ingelijste zwart-witfoto van Camiel op de vitrine. Er flakkert een waxinelichtje bij. De camera zoomt weer uit en zwaait over de genodigden heen, de zwarte loper, de gouden staanders, de toog van ballonnen. Op straat verdringen mensen zich om een glimp op te vangen van wat er binnen gebeurt. Frank Boeijen komt prominent in beeld, dan wordt er overgeschakeld naar de studio, waar de presentatoren speculeren over het voortbestaan van De Luwte, en over de ophanden zijnde uitvaart van Camiel.

Ik speel het filmpje terug tot het moment waarop Camiels portret in beeld verschijnt. De zwart-witfoto komt uit een serie portretten van Camiel in *Anna!*, en deze was meteen mijn favoriet omdat hij er zo trots en tevreden op

kijkt. Lieve de Vree heeft er met spoed tien van laten prin-
ten en inlijsten. Twee van onze stagiairs hebben ze bij de
drukker opgehaald en naar de filialen gebracht, samen met
de waxinelichtjes en de houders. De kaarsjes blijven branden tot en met maandag, de dag van de uitvaart. Daarna
komt Camiels portret blijvend aan de muur te hangen,
heeft Guy afgesproken met de filiaalmanagers.

Ik tik 'Camiel Storm' in op Google om te kijken wat er
in het afgelopen uur aan nieuwsberichtjes is bij gekomen,
ik lees alles, en verplaats mijn aandacht dan weer naar de
sociale media. Het geeft me een vreemd soort houvast om
het nieuws van minuut tot minuut te volgen. Steeds meer
bekende mensen delen foto's waar ze samen met Camiel op
staan. Ik lees de commentaren onder de Facebook-posts en
nieuwsberichten, die nu eens voor de verandering overwe-
gend positief zijn, ondersteunend.

'Het loopt storm bij Storm', lees ik op een site.

'Postuum succes voor Camiel Storm'.

Het is waar. De Luwte in 't Land heeft een vliegende
start gemaakt en de reserveringen bij het restaurant blijven
doorlopen alsof Camiel er nog steeds zelf achter zijn fornuis staat. Ik begrijp niet goed waarom. Mogelijk heeft de
hausse aan publiciteit rondom zijn dramatische overlijden
een extra zet gegeven. Dat Camiel bijna live voor het oog
van het land is overleden, heeft veel indruk gemaakt, misschien ook wel een vorm van verbinding gebracht.

'Vraag niet hoe het kan, maar profiteer ervan,' zou Camiel gezegd hebben. Mijn mond vormt een vreugdeloze
glimlach.

Ik leg mijn laptop weg, sta op van mijn bed en loop naar het raam. Op de oprit staan vijf auto's, en in de bermen langs de straat zullen er nog wel meer geparkeerd zijn. Het is een komen en gaan van mensen die afscheid nemen van mijn man, die in zijn werkkamer beneden ligt opgebaard.

Christine heeft dat geregeld. Zij vond het belangrijk dat mensen thuis afscheid van hem konden nemen. De Bramanshoeve is door haar en de kinderen geannexeerd; de keuken en woonkamer zijn omgedoopt tot een grand café waar wordt gedronken, herinneringen worden opgehaald, en zo te horen nog best veel wordt gelachen. Op het terras achter staan mensen te roken en met elkaar te praten.

Christine heeft oude dozen van zolder gehaald die door haar en de kinderen worden uitgeplozen; de eettafel ligt bezaaid met foto's van vroeger, krantenknipsels en ansichtkaarten.

Ik hoor ook beneden te zijn, om als weduwe van de overledene de condoleances in ontvangst te nemen en te luisteren naar anekdotes over Camiel. Maar het lukt me niet. Ik heb me teruggetrokken in mijn slaapkamer, en onderdruk de neiging om mijn intrek in een hotel te nemen.

Ik voel me meer dan ooit een indringer. In dit huis ben ik een passant die te weinig weet heeft van de bewoners en hun geschiedenis. Mijn pijn telt minder dan die van anderen, ik heb minder recht op rouw.

Gelukkig heb ik De Luwte in 't Land. Het aansturen van de filialen geeft me structuur in deze onmogelijke dagen.

Mijn telefoon blijft rinkelen en er komen constant berichtjes binnen. Halverwege de dag laat ook mijn zus weer van zich horen. Ik negeer haar. Laurens stuurt me een zwart hart met de tekst 'gecondoleerd'. Ik wis zijn bericht en daarna alle andere berichten die we elkaar hebben gestuurd. Dan blokkeer ik zijn nummer.

Het is al uren stil beneden als ik uit mijn slaapkamer tevoorschijn kom. Er is niemand meer. Ik pak olijven en kaas uit de koelkast, die uitpuilt van de hapjes, en ik schenk een glas wijn in zonder te kijken wat hij kost. In het licht van de afzuigkap ga ik aan de keukentafel zitten.

Ik vraag me af hoelang het zal duren tot Christine me het huis uit zet. De Bramanshoeve is nagelaten aan haar kinderen, net als de Jaguar en Camiels horloges. Vrijwel alles, eigenlijk. Ik hoop dat ze me de tijd geeft om woonruimte te vinden, anders moet ik een matras uitrollen in mijn kantoor – voor zolang dat nog kan. Sara, Yentl en Benjamin erven ook De Luwte. Maar de Luwte in 't Land is voor mij, dat heb ik bij de oprichting goed weten te regelen.

Een schrale troost, want er zijn zo veel onzekerheden.

Na mijn tweede glas wijn ga ik van tafel en loop ik de hal in. Je hoort hier al het zachte brommen van de koeling. Ik open de deur naar de werkkamer en knip het licht aan.

Camiel ligt in een witte kist, bekleed met champagnekleurig satijn. Hij heeft een donkerblauw pak aan met een wit overhemd, keurig in de plooi, en ligt er zo rustig bij dat ik me makkelijk kan inbeelden dat hij alleen maar slaapt, en elk moment eruit kan stappen om naar een receptie te gaan, of naar een tv-optreden. Maar als ik de buitenkant van mijn vingers tegen zijn wang aan leg, deins ik terug. Zijn huid voelt stug en koud.

Ik laat mijn blik over zijn gezicht glijden, over zijn in-eengestrengelde vingers ter hoogte van zijn borst. Handen die nooit meer zullen bewegen, armen die me nooit meer zullen vasthouden. Zijn glinsterende blauwe ogen, vol vuur en levenslust, voor altijd gesloten.

Ik had beter voor hem moeten zorgen.

Hij had moeten gaan sporten.

Dat stiekeme gerook van hem.

En dan die zucht naar junkfood.

Gefrituurde zooi, ijs, zakken vol Bounty's.

Camiel heeft zich nooit door iemand iets laten opleggen, niet door zijn personeel, niet door zijn vrienden en zelfs niet door zijn arts. Maar misschien had hij wel naar mij geluisterd, als ik het harder had geprobeerd. Boos op hem was geworden. Meer met hém bezig was geweest, in plaats van met mezelf.

Je had het kunnen voorkomen.

79

Het lijkt wel alsof er een staatshoofd ten grave wordt gedragen. De Sint-Christoffelkathedraal zit afgeladen vol; er zijn zelfs extra stoelen naast de vaste banken geplaatst. Camiel zou het geweldig hebben gevonden. De bloemenzee, de aandacht. En ook al weet ik heus wel dat niet iedereen die hier is hem persoonlijk heeft gekend, de enorme opkomst geeft me vreemd genoeg troost.

Camiel wordt na de uitvaart overgebracht naar het crematorium. We zijn nog met dertien mensen over: souschef Thomas en zijn vriendin, Guy en Gerard, Daniel en Tessa, Sara en haar vriendje, Yentl, Benjamin, Christine, een broer van Christine en ik. In de aula krijgen we koffie, thee en een sandwich in afwachting van de kleinere ceremonie, waarvan de uitvoering zelfs voor mij een verrassing zal zijn – Christine heeft het naar zich toe getrokken.

Dat ze zijn ex-vrouw is, wordt door de buitenwereld niet zo ervaren. Alles lijkt om haar en de kinderen te draaien. Hun rouw telt. Zij worden als eersten begroet en hartelijk ontvangen, ik voel eerder afstandelijkheid en ongemak.

Terwijl ik suiker door mijn koffie roer, vraag ik me af of die ongemakkelijkheid niet voor een deel bij mij ligt. Bijna iedereen heeft betraande, bloeddoorlopen ogen en moet geregeld de neus snuiten. Ik niet. Camiel is overleden, ik heb zijn dode lichaam gezien, en wat hier vandaag gebeurt is absoluut echt. Toch komt het niet bij me binnen. Ik zou willen dat ik kon huilen, maar ik kon het niet toen ik het afschuwelijke nieuws vernam, niet toen hij werd thuisgebracht en toen ik hem opgebaard zag liggen, en nu, omgeven door rouwende mensen, lukt het me nog steeds niet.

De ceremonie is kort – het meeste is in de kerk al gezegd. We nemen ieder een roos van zijn kist en mogen Camiel begeleiden naar de oven. Ik bedank daarvoor. Christine en de kinderen tot mijn verrassing ook. Guy loopt als enige wel mee.

En dan, als iedereen teruggaat naar de volgauto's, begrijp ik dat er is afgesproken om bij Christine thuis nog een borrel te drinken. Niemand zegt wat tegen mij, of kijkt zelfs maar mijn kant op. De auto's rijden van het terrein af, en ik blijf achter op de parkeerplaats, met de roos in mijn hand.

80

Ik zit op mijn hurken in mijn badkamer, met naast me een vuilniszak vol troep. Een crème die niet deed wat hij beloofde, uitgeharde nagellak, een enkele pantysok; wat een mens allemaal niet aan onzin bewaart.

In de dagen na Camiels uitvaart ben ik alleen naar buiten gegaan om de brievenbus te legen en om Mees en Muis te verzorgen. Voor de rest houd ik kantoor in mijn slaapkamer en in de keuken, gekleed in een t-shirt en sloffen. Er is me meer dan eens gezegd dat ik rust moet nemen, maar ik werk liever.

Guy assisteert me volop vanuit zijn kantoor bij De Luwte, en ook 's avonds nog, vanuit huis. We weten allebei dat hij dat niet op deze manier kan blijven doen; Camiels kinderen zijn te onervaren om De Luwte te runnen, dus zal hun moeder de dagelijkse leiding op zich nemen. Ze heeft Guy al laten weten dat ze hem nodig heeft. Die man moet heel binnenkort kiezen tussen een jonge meid die hij pas kort kent, of de familie waarvoor hij al twintig jaar werkt. Daarbij, wat kan ik hem bieden? Zonder Camiel gaan we allemaal een onzekere toekomst tegemoet, hoe verbazingwekkend goed de cijfers er nu ook nog uitzien. 'Hé, het kan alle kanten op vallen, óók de goede,' zou Camiel nu geheid gezegd hebben.

Daar houd ik me maar aan vast.

De lades onder mijn waskom zijn vrijwel leeg. Ik open de lange spiegelkast ernaast. Het eerste wat me opvalt is de schoenendoos die op de hoogste plank staat. Die herken ik, maar ik zou zweren dat hij onder in mijn kledingkast stond met mijn Valentino-sandaaltjes erin. Nu lijkt het wel of er een baksteen in ligt. Ik haal het deksel eraf. Geen baksteen. Wel een natuurstenen vijzel en een plastic bakje. Ik trek het open. Het is gevuld met doosjes medicijnen en injectiespuiten.

De verpakkingen zien eruit alsof ze veelgebruikt zijn, met vouwen en scheurtjes. De etiketjes zijn eraf getrokken. 'Thyrax,' lees ik hardop. Geen idee wat dat is. In een ander doosje tref ik een zakje met wit poeder aan. *Wat is dit?*

Mijn hart klopt hoog in mijn borst en de seconden tikken door terwijl ik probeer om helder na te denken, mijn herinneringen naar boven te halen. Tevergeefs. Blanco. *Niet voor de eerste keer, Lynn.*

Ik voel me duizelig, het lijkt alsof de zuurstof uit het huis gezogen wordt. De Bramanshoeve, die altijd al aanvoelde als een museum, omsluit me nu als een graftombe. Donker en koud. Hol. Ik zuig mijn longen vol zuurstof. Het is niet genoeg.

Snel leg ik alles terug in de schoenendoos en zet hem weer op zijn plaats.

Ik moet eruit, naar buiten.

81

Op blote voeten loop ik de trap af. Ik maak de voordeur open. Hoog aan de herfstige hemel trekken vliegtuigen kriskras diffuse condensslierten. Een merel hipt over het gazon. Ik hef mijn kin en kijk tegen de zon in, adem diep in en uit. Het is de sfeer in dat huis, met die sombere schoonmetselwerkmuren, die schilderijen van Camiels kinderen, Camiels leren bank waar hij nooit meer op zal zitten. *En waarop ik hem bedroog met Laurens.* Alles daarbinnen voelt zwaar, stroperig. Besmet.

Met Camiels badjas als een barokke sprei om me heen geslagen loop ik naar de straatkant en leeg de brievenbus. Weer een stapel condoleances. Er komt geen einde aan.

'Zeg, hoor je me wel?'

Ik draai me om. 'Christine?'

Ze draagt een donker jurkje met zwarte pumps en houdt

een Louis Vuitton-tasje in haar handen. Op haar neus staat een zonnebril. Een chique weduwe in de rouw. *Niet ordinair te slaan.* Even zegt ze niets, en hoewel ik haar ogen niet kan zien, lijkt ze me van top tot teen op te nemen.

Vermoedelijk heeft mijn mascara in de afgelopen dagen schaduwen onder mijn ogen veroorzaakt, en zit mijn haar in de war. Ik heb het al dagen niet geborsteld.

'Vast niet jouw badjas,' zegt ze.

Ik druk de stapel post tegen mijn buik. 'Kom je voor mij?'

'Tja, voor Camiel zal het niet zijn.'

Stilte.

Ze schuift de zonnebril hoger op haar neus. 'Je krijgt deze week een officieel schrijven, maar het leek me wel zo netjes om het je persoonlijk te komen vertellen. De kinderen erven het huis, maar ze willen het niet hebben. De Bramanshoeve wordt verkocht. Je moet eruit, Lynn. Het is klaar, voorbij.'

Ze heeft niet eens het fatsoen om een week te wachten.

Waar ik het vandaan haal weet ik niet, maar mijn stem klinkt krachtig en laag. 'En jij vind het nétjes om dat hier in mijn gezicht te komen vertellen? Of bedoel je eigenlijk... leuk? Vind je het gewoon leuk om mijn reactie te kunnen zien?'

'Ik heb je nooit vertrouwd, Lynn Fleer. Al vanaf het eerste moment dat ik je bij De Luwte zag rondhuppelen, wist ik: dat is een gevaarlijk meisje. Het leeftijdsverschil, de gretigheid waarmee je alles naar je toe trok.' Ze snuift. 'Je hebt het achter je ellebogen. Een berekenend loeder, dat ben je.'

323

Ze wendt haar gezicht af naar haar auto, die aan de overkant van de straat in de berm staat, en haalt diep adem, alsof ze zichzelf berispt voor haar uitbarsting. Dan gaat ze zachter verder: 'Je mag best weten hoe opgelucht ik ben dat Camiel onder huwelijkse voorwaarden met je getrouwd was. Dat die lieverd heeft nagedacht, dat zijn hersens nog functioneerden met al dat bloed in zijn onderste regionen.' Ze maakt een handbeweging alsof er een slurf tussen haar benen hangt.

'Hij was al klaar met je voordat ik in beeld kwam,' zeg ik zo kalm mogelijk. 'Camiel was je beu, Christine.'

Die is raak. De vijandigheid die bij haar altijd al onder het oppervlak smeulde, vlamt nu in haar volle glorie op, als een immense vuurdraak. Ze briest: 'Je plannetje eindigt hier voor je, Lynn Fleer. Ja, Fléér! Dat je de naam Storm ooit hebt gedragen, is een regelrechte fárce! Je hebt nooit van hem gehouden. Nooit! Het ging vanaf het begin om zijn centen en zijn status.' Ze priemt met haar wijsvinger naar me. 'Je hebt zeven dagen om te vertrekken.'

Met tikkende hakken loopt ze naar haar auto.

82

Ik laat mijn vingertoppen over de flessen in de wijnkast gaan. Een vreemde gewaarwording: ik kan pakken wat ik wil. Camiel is er niet meer, en alles wat in dit huis achterblijft, is voor zijn kinderen. Het verbaast me dat ze nog niet hebben aangeklopt en allerlei spullen hebben veiliggesteld.

Waarschijnlijk vindt alleen Christine de erfenis interessant, en zit verder niemand te wachten op Camiels horloges of zijn wijnverzameling. Zijn auto is al voor de uitvaart meegenomen door Sara.

Ik kies een fles van het onderste rekje, waarvan ik weet dat hij er zijn beste wijnen bewaarde. MEURSAULT PREMIER CRU CHARMES 2008 lees ik op het etiket. Da's oud voor een witte. Zou die nog goed zijn? Ik wrik de kurk uit de fles en schenk een glas in. Het smaakt nog prima. Ik neem mijn glas en de fles mee naar het terras en plof neer in de loungeset. De vogels kibbelen in de struiken, de herfstzon verwarmt mijn huid. Verderop zie ik Mees en Muis tevreden in hun ren rondscharrelen. Over zeven dagen sta ik met die twee op straat. Het voelt onwerkelijk. Waar moet ik heen... Waar kán ik heen?

Ik schenk een tweede glas in en blijf star doorgieten totdat het dreigt te overstromen. Ik zou willen doorschenken, die hele fles leeggieten over het tafelblad. En een volgende gaan halen. En nog een. Al die flessen uit de wijnkast ontkurken, de allerduurste het eerst, er een wijnballet van maken waar ik met blote voeten in kan stampen. Met een klap zet ik de fles op tafel en buig me over het wijnglas heen. Zonder het op te pakken neem ik een paar flinke teugen. Lekker spul.

Maar moet ik nu niet wat gaan doen? Alvast gaan inpakken en als een speer een huurhuis zoeken? Misschien kan ik weer in Eindhoven gaan wonen, dat ligt centraler dan Roermond. Ik ken daar nog mensen uit de tijd van het reclamebureau, al is ons contact wel verwaterd. Als ik eerlijk ben heb ik niemand van hen meer gesproken sinds ik fulltime bij De Luwte ben gaan werken.

De rest van de wijn drink ik rechtstreeks uit de fles.

83

Ik krimp ineen van het geluid van de deurbel. *Daar zul je ze hebben, de erfgenamen.* Ik word uit mijn huis verjaagd, net zoals na de dood van papa en mama. Jonas en zijn vrienden hadden tijdens mijn afwezigheid de hele boel leeggeruimd. Er bleef nauwelijks iets voor mij over; dozen met kleding, voornamelijk, en mijn fiets. Michelle vertelde me later dat ze die beslissing had moeten nemen, en ze keek erbij alsof ze mij dat verweet.

De bel gaat opnieuw.

Ik loop naar binnen, zet de lege fles op het aanrecht en kijk door het keukenraam.

Er staat een politieauto op de oprit.

Na een korte weifeling open ik de deur. Twee agenten, een vrouw en een man, beiden in uniform.

'Goedemiddag,' zegt de man, een veertiger met borstelige wenkbrauwen. Hij heeft donkere, rustige ogen als die van een rund. 'Emilio van Dussen, recherche.'

De vrouw heeft een spits, vriendelijk gezicht en ze draagt haar vlasblonde haar strak naar achteren in een knot. 'Anne Hendriks. We zijn van de politie Roermond. Bent u Lynn Fleer?'

'Lynn Storm... eh... Fleer is mijn meisjesnaam.'

In een flits vraag ik me af of ik Camiels achternaam mag houden. Bestaan daar regels voor? Toen we gingen trouwen stond ik te trappelen om zijn naam aan te nemen; een nieuw hoofdstuk, een nieuwe naam.

'Is er iets gebeurd?' vraag ik.

'We komen informeren of alles goed met je gaat,' zegt de vrouw.

'O, prima hoor,' zeg ik, uit gewoonte, en dan besef ik hoe raar dat moet klinken uit de mond van iemand die plotseling haar man heeft verloren, er verwaaid bij loopt in een badjas die haar vijf maten te groot is en slechts met moeite op haar benen kan blijven staan. *Zouden ze mijn adem op deze afstand kunnen ruiken?* 'Eh... naar omstandigheden dan.'

'Blij dat te horen,' zegt de man. Zijn vlezige gezicht plooit zich in een glimlach. 'Gecondoleerd met het verlies. Het was een indrukwekkende dienst, begreep ik.'

Ik knik. 'Camiel zou het prachtig gevonden hebben.'

'Hoe is het nu echt met je?' vraagt de vrouw. Door haar vriendelijkheid doet ze me denken aan die andere politievrouw, lang geleden.

Mijn handen grijpen in elkaar, ik knijp in mijn vingers.

'Heb je hulp?' vraagt de man.

'Nee, ik... ik heb geen hulp.'

'Gezelschap, een vriend, vriendin, familie die u bijstaat?' Hij fronst. 'U bent toch niet alleen?'

Door hun ogen zie ik mezelf in de deuropening staan. Verloren in dat belachelijk grote huis. Een weduwe zonder kinderen, zonder sociale structuur, geen buren die een handje komen helpen bij een tuinfeest. 'Ik heb veel contact met Guy, hij is de floormanager en sommelier bij De Luwte. We zijn bevriend.'

Ze knikken alsof ze het begrijpen.

'U... eh... mag wel binnenkomen?' Ik houd de deur verder open, half in de overtuiging dat ze het aanbod zullen afslaan. De politie heeft vast wel meer te doen dan eenzame weduwen troosten.

Maar ze slaan het niet af; ze volgen me de keuken in.

'Koffie?' vraag ik.

Ze knikken synchroon. Dan zie ik hen kijken naar de bergen ongeopende enveloppen. Er zijn er een paar van tafel gegleden.

'Ik heb nog niet de energie gehad ze te openen,' zeg ik, en ik buk om ze van de grond op te rapen.

'Het is ook niet niks, wat je hebt meegemaakt.'

Ik pak twee kopjes uit een bovenkastje en zet de koffiemachine aan het werk. Zelf drink ik al een week geen koffie meer – ik krijg er hartkloppingen van en ga ervan zweten. Dat had ik ook na de dood van papa en mama, toen liet mijn lichaam het ook afweten, fysiek en mentaal.

Ik plaats de kopjes op tafel, schenk een glas water voor mezelf in en ga zitten. Mijn handen trillen. Ik vouw ze in elkaar op mijn schoot. 'Jullie komen vast niet alleen maar vragen hoe het gaat, met twee mensen nog wel?'

'We doen dit wel vaker, hoor,' zegt Van Dussen. 'En we zijn zuinig op onze plaatselijke beroemdheden.' Hij neemt de keuken in zich op. 'Mooi huis.'

'Dankjewel,' zeg ik. 'Maar ik heb er weinig aan gedaan, alles was al zo toen ik hier kwam wonen.'

Even is het stil, en dan legt de vrouw haar handen op tafel. 'Ik zal eerlijk met je zijn. Er is bij ons een anonieme tip binnengekomen dat Camiel geen natuurlijke dood is gestorven.'

'Wát?'

'De tipgever beweert dat iemand jouw man, laat ik het zo zeggen...' Ze maakt aanhalingstekens in de lucht. '...geholpen heeft.'

Ze blijft naar me kijken, geconcentreerd, scherp.

'Schrik je daarvan?' Haar oogjes staan nog steeds vriendelijk, maar ik bespeur nu ook een koortsachtige glinstering die haar iets roofdierachtigs geeft.

Mijn hart bonkt zo hevig dat het lijkt of het elk moment uit mijn borst kan springen. De keuken wiegt zachtjes heen en weer.

'We krijgen veel rare telefoontjes, hoor,' vergoelijkt de man. 'Niet meteen iets om je zorgen over te maken, de meeste tips worden zelfs niet eens naar ons doorgezet.' Hij strooit suiker in zijn koffie, kijkt me dan weer aan. 'Maar gezien de bekendheid van Camiel, en de manier waarop hij is overleden...'

Ik klem mijn handen aan weerszijden om de zitting van de stoel en knijp totdat ik de scherpe houten rand in mijn vingers voel snijden. 'Dit... dit is absurd. Camiel was ziek. Hij is afgelopen zomer opgenomen geweest, zijn cardioloog heeft hem leefregels meegegeven. Iedereen die hem kent weet dat hij –'

'Die afhaalrestaurants, zijn die allemaal van hem?' vraagt de vrouw.

'De Luwte in 't Land was van ons tweeën, het is nu van mij.'

'Flinke nalatenschap.'

Ik frons. Wat bedoelt ze daar nu mee?

De politieman kijkt om zich heen. 'En dit, het huis, zijn auto en zo?'

'Alles gaat naar zijn kinderen. Ik moet volgende week het huis uit.'

Ze kijken vol medeleven naar me. 'Wat vervelend. Het zal niet meevallen om op zo'n korte termijn iets anders te vinden. Blijf je in Roermond?'

'Dat weet ik nog niet.'

De vrouw zet haar kopje neer. 'Of ga je terug naar Laren?'

Laren.

Ik knijp harder in het hout van de zitting, zo hard als ik kan, maar ik voel de rand niet meer. 'Waarom zou ik?'

'Daar kom je toch vandaan?'

'Jawel, maar...' Ik merk dat ik begin te transpireren, mijn stem kraakt. 'Ik heb daar niemand. Allang niet meer, mijn ouders zijn overleden.'

'Dat weten we.' De agente trekt opnieuw een medelevend gezicht.

'De tipgever wees ons ook op de bijzondere omstandigheden rondom de dood van je vader,' zegt Van Dussen.

Ik kijk geschrokken van de een naar de ander. 'Wát?'

'Ik vind het ontzettend vervelend om dit bij je te moeten

oprakelen.' Van Dussens bruine runderogen blijven op me rusten. 'Dit zijn traumatische life-events.'

'We hebben flink moeten graven om er online wat over te kunnen vinden,' zegt de vrouw. 'Er was destijds meer respect voor de privacy van slachtoffers en nabestaanden dan tegenwoordig.'

De man buigt naar voren. 'Als zo'n drama nu zou gebeuren, zou dat wel anders zijn.'

Ik staar als verdoofd voor me uit. Iemand is ervan overtuigd dat Camiel is vermoord, hij of zij heeft de link gelegd met de dood van mijn vader, en vervolgens anoniem de politie gebeld. *Wat is er aan de hand?*

De keuken wiegt heen en weer, heen en weer. Ik houd me vast aan de tafel, voel mijn maag een beetje draaien. 'Excuseer,' zeg ik, en ik schraap mijn keel. 'Ik heb zojuist een wijntje gedronken, en dat is denk ik niet goed gevallen.'

'Zullen we een andere keer terugkomen?' vraagt de vrouw.

Nee, niet terugkomen. Ik schud mijn hoofd. 'Ik... ik begrijp het niet. Ik weet niet goed wat ik...'

'Kijk, er zijn wel overeenkomsten,' zegt ze voorzichtig.

'Die zijn er niet!' Ik spring op van mijn stoel. 'Mijn vader en Camiel waren twee totáál verschillende mensen! Niks is hetzelfde, níks! Dit is absurd!'

De agent steekt sussend zijn handen op. 'Dat beweren wij ook helemaal –'

'Is dit een verhoor of zo? Wat is dit eigenlijk? Wat komen jullie hier doen?' Hijgend kijk ik van de een naar de ander. 'Denken jullie dat ik gék ben of zo?'

25 juni 2009

Ik ben hier nu twee weken. Veertien lange, half doorwaakte nachten heb ik in dit eenpersoonsbed gelegen dat tegen de grijze muur staat. Ik heb een psychiater aangewezen gekregen, Fiona Hofman, een vrouw met een treurig, gerimpeld gezicht en springerig haar van een onbestemde kleur. Ze draagt zwarte kohl en knalblauwe oogschaduw en kijkt me altijd een beetje afwezig aan van achter haar bril. Ze ziet er ouder uit dan veertig, alsof ze al het leed van haar patiënten – 'cliënten' zegt ze steeds – heeft geabsorbeerd. Morgen heb ik weer een gesprek met haar. De meeste tijd moet je hier jezelf zien te vermaken. Er is dagbesteding op de zaal, knutselen en tekenen, en er zijn kringgesprekken. Je hoeft er niet aan mee te doen, het mag. Je kunt ook de hele tijd in je kamer blijven, maar daarvan draai ik alleen maar verder door. Ik ben liever bezig.

In de gezamenlijke ruimte zitten zes andere patiënten – inclusief de nieuwe, Herman, die zich in de hoek bij de tv heeft

verschanst. *Herman is harig en groot, een soort holbewoner,*
en zijn te grote overhemd hangt uit zijn broek. Hij volgt me
met zijn ogen. Ik maak de koelkast open en pak er een fles
jus d'orange uit.

'Ben jij niet de dochter van die kok? Van Gerrit Fleer?'

Ik kijk naar de grond. Ik wil geen Lynn Fleer zijn, niet
binnen de muren van de inrichting en niet erbuiten. Ik wil
iemand anders zijn.

'Heftig verhaal. Pats-boem, allebei je ouders dood,' *hoor*
ik een vrouw zeggen. Het is Annie, geloof ik. Zij zit hier van-
wege de psychose die ze opliep nadat haar zoon omkwam
bij een verkeersongeval. 'Verschrikkelijk. Mijn medeleven,
meisje.'

'Medeleven? Lees jij geen kranten?' *vraagt iemand.*

Herman verheft zijn stem. 'Die lerares, zijn vrouw, die
heeft de hand aan zichzelf geslagen, maar die kok hè, nou,
die is niet vanzelf doodgegaan. Die is vergiftigd.'

'Door wie?' *vraagt iemand.*

Ik kijk op, recht in Hermans priemende ogen.

84

Het gebrom van de politieauto sterft weg. Ik blijf nog even in de hal staan wachten om er zeker van te zijn dat ze niet terugkomen, en ren dan naar de badkamer. Gehaast haal ik de schoenendoos uit de kast, scheur alle doosjes open en druk de strips boven het toilet uit. Het poeder uit het plastic zakje wervelt erachteraan. Ik trek door, kijk toe hoe de krachtige waterstroom alles wegspoelt, en dan prop ik de lege verpakkingen en injectiespuiten in de zak van Camiels badjas.

Met de massieve vijzel tegen me aan gedrukt haast ik me de trap af. Ik schrob het ding schoon met afwasmiddel en zet het boven in het keukenkastje. De lege strips knip ik tot snippers en ik gooi ze in de vuilnisbak, de papieren verpakkingen verbrand ik in de open haard. Op mijn knieën staar ik naar de vlammen, voel kort en hevig de hitte op mijn gezicht, een felle brand die het karton tot as verpulvert.

As.

Alles vergaat tot as.

Dingen, mensen.

Ik sta op en loop naar de tuin. In het voorbijgaan strelen mijn vingertoppen de rugleuning van Camiels bank.

Buffelleer, onverwoestbaar, die bank overleeft ons allebei.

De tuin vuurt een caleidoscoop aan kleuren op me af: bruine bosgrond, roze en grijze klinkers. Loof in alle tinten groen, van de fluweelzachte loten aan de beukenhagen tot het gedragen donkere, bijna zwarte van de populieren in het bos, waarvan ik de oude stammen zachtjes hoor kraken. Ik zet een stap in het riet. De modder voelt slijmerig onder mijn blote voet, zacht als smeltende boter. Afgebroken stengels prikken in mijn voetzool en glijden tussen mijn tenen door. Ik zak tot mijn enkel weg en zet dan de andere voet erbij, die zich vastzuigt in de laag bezinksel van herfstblad, vissenontlasting, verrotting. Het vijverwater ruikt naar de slierterige algen en de oude humuslaag. Voeding voor de planten, en voor al die beestjes die in het water en in de bodem wriemelen.

Alles heeft een plaats in het geheel, alle leven is op elkaar afgestemd. Eten en gegeten worden, zonder oordeel, zonder ego, in de eeuwige maalstroom van geboorte, leven, doodgaan. En weer opnieuw. En weer opnieuw. Opnieuw.

Alleen zijn we niets.

Structuur. Je hebt geen sociale structuur.

Ik werp Camiels badjas van me af en zet nog een stap. De modder zuigt gretig aan me, trekt me dieper het water in, dat nu tot bijna aan mijn heupen komt. Het water is koel, plantenslierten wervelen om mijn benen. Ik leg mijn hoofd in mijn nek. Hoog boven de bomen is het hemelgewelf indigoblauw.

De tipgever beweert dat iemand jouw man, laat ik het zo zeggen, 'geholpen heeft'.

Ik glij uit, zak weg. In het heldere water wolkt bruin vuil omhoog. De bodem ligt bezaaid met kartelige, harde voorwerpen en het koude water staat nu tot halverwege mijn ribbenkast. Iets botst tegen mijn buik – een vis? Er glijdt wat langs mijn rug. Tentakels van de planten en het wier bestrijken mijn huid.

Misschien is het waar. Heb ik het zelf gedaan.
    Ik weet het niet meer.

Net als die bonbons, het ijs in de container. Je telefoon in de vriezer. KUTWIJF *op je badkamerspiegel.* HOER *op het huis.*

Hersenmist.

Deed je dat zelf?
    Was jij dat zelf, Lynn?
    Lynn...?

'Au!'
    Er snijdt iets in mijn voet. Ik trek mijn armen uit het water en houd ze omhoog, kijk om me heen. Naar het huis,

de serre, het rieten dak en de hemel erboven – nog even blauw, nog even oneindig groot.

Voorzichtig tastend met mijn pijnlijke voet zet ik een stap in de richting van de oever. Het water geeft weerstand, de bodem blijft zuigen en me naar het midden van de vijver trekken, naar het diepste punt. Ik beweeg mijn armen als tegengewicht. Gooi mijn lichaam naar voren. Op een of andere manier weet ik mezelf op de kant te trekken; half in het riet, half in het gras blijf ik liggen.

Huilen lukt nog steeds niet.

oktober 2009

'Lynn? Er is iemand voor je.'

Ik kijk op van mijn boek. 'Wie?'

'Je zus,' zegt de verpleegkundige.

Ik leg Stieg Larsson opzij. Sinds de crematie heb ik Michelle niet meer gezien. Als ik haar bel breekt ze ons gesprek snel weer af. 'De tweeling zuigt alle energie uit me,' zegt ze dan. Jayden en Finn hebben last van driftaanvallen en groeipijnen en huilen elkaar wakker. Michelle en Jonas slapen geen nacht door. Ik geloof niet dat dat de reden is dat we zo weinig contact hebben. Ze laat me gewoon weer stikken, met hetzelfde gemak als toen.

'Ze wacht op je in de algemene ruimte,' zegt de verpleegkundige. Dan pikt ze mijn aarzeling op. 'Ik kan haar ook naar je kamer sturen als je dat fijner vindt?'

'Graag.'

Herman heeft de halve afdeling tegen me opgezet, en de algemene ruimte is de plek waar dat heel duidelijk wordt. Want daar komen alle gekken bij elkaar, met al hun shit en

problematiek, en van de minste rimpeling in de dagroutine
raakt het hele instabiele zootje van de leg.

Daarom blijf ik het grootste deel van de dag op mijn ka-
mer. Ik lees me te pletter.

Michelle komt schoorvoetend binnen. Ze draagt sneakers en
een te ruime jeans. Op haar gebloemde tuniek zitten vlek-
ken. Ze kijkt om zich heen alsof ze elk moment kan worden
besprongen.

'Er is hier verder niemand,' zeg ik scherp.

'O, eh, mooie kamer.' Ze loopt naar het raam en schuift
het gordijn opzij, zodat er daglicht binnenvalt. In het patio-
tuintje zitten patiënten op een bankje te roken. 'Fijn, een
raam.'

'Het is geen cel, ik mag gewoon naar buiten.'

Ze draait zich naar me om. Ik ruik haar parfum – hout-
achtig met een vleug citrus. 'Niet van het terrein af, toch?'

'Op zaterdag of zondag mag je naar familie.'

Haar blik flitst naar de grond en ze verstart, heel even. Er
trilt iets diep in mijn borst. Waarom omhelst ze me niet?

Ze schuift een stoel naar achteren en gaat erop zitten,
haar knieën tegen elkaar. 'Sorry dat ik nog niet eerder ben
geweest. Jonas is bij zijn nieuwe werkgever begonnen en hij
heeft zijn slaap nodig, dus de zorg komt op mijn nek.'

'Ik was bijna vergeten dat ik buiten tante Ingrid nog fa-
milie had,' flap ik eruit.

'Ingrid? Komt zij hier?'

'Af en toe haalt ze me op, dan gaan we wandelen of lun-
chen. Verbaast je dat?'

'Eh, ja. We hebben al zo lang geen contact meer met haar.'
'Jij niet, ik wel.' Ik plof op mijn bed neer. 'Ze heeft me verteld hoe het er vroeger bij hen thuis aan toeging. Papa was niet te hanteren, zei ze, en ze denkt dat hij misschien niet helemaal... Michelle?'

Ze klapt haar telefoontje dicht. 'Sorry, sms' je van het kinderdagverblijf. Weten ze al wat je hebt?'

'Ik heb het over papa.'

'Het heeft denk ik niet zo veel zin om alles op te rakelen.'

'Voor jou is dat makkelijker dan voor mij, hè?'

'Ja, tuurlijk. Maar...' Ze slaat haar ogen neer. '...papa is er niet meer. En Ingrid was altijd al een beetje typisch.'

'Typisch gemáákt.'

'Weten ze nou wat je hebt?'

Ik blijf haar aankijken totdat ik besef dat ze werkelijk een antwoord van me verwacht. 'Wat ik heb? Het is geen gebroken been of zo.'

Ze glimlacht ongemakkelijk. 'Nee, natuurlijk niet. Dat snap ik wel. Maar eh... je zit hier nou al vier maanden. Dus er zal toch wel iets meer bekend zijn.'

'Het heeft tijd nodig.' Ik trek een knie op in een halve kleermakerszit.

'Kunnen ze je helpen, denk je?'

'Misschien. De rust hier is fijn.'

'Oké.' Ze krabt in haar nek. 'Ik eh... ik kan niet lang blijven, maar wat ik nog moest zeggen... Je moet niet schrikken hoor, en als je het nog niet aankunt, als het te vroeg is, dan hou ik er meteen over op, maar ik ben gebeld door een journalist.'

'O?'

'Het gaat in Laren rond dat papa is...' Michelles wiebelende voet wijst naar de deur. 'Dat iemand hem heeft vergiftigd, zo gaan de roddels.'

'Dat weet ik.'

Haar bleke wenkbrauwen schieten omhoog. 'Je wéét het?' 'Een van de patiënten hier komt uit 't Gooi, hij heeft het op een of andere vage site gelezen, en nou is hij ervan overtuigd dat ik het heb gedaan.'

Ze knijpt haar ogen tot spleetjes. 'Je lijkt er niet mee te zitten.'

'Waarom denk je dat?'

'Je blijft zo stoïcijns.'

'Da's mijn medicatie. Natuurlijk zit ik ermee.'

Ze springt op en begint te ijsberen. 'Nou, ik was ziedend. Hoe durven ze! Papa leefde superongezond, al dat gevreet en gezuip, die stress en dat overwerken, die man stond op ontploffen.'

'En hij was al bijna zeventig,' voeg ik er zacht aan toe.

'Daarna dacht ik...' Ze slaat haar armen over elkaar terwijl ze naar een denkbeeldige horizon staart. 'Ik ben al maanden niet meer thuis geweest en jullie kwamen nooit in Boskoop. Dus, nou ja, wat weet ik er nou van, van hoe het was, voor jou en mama? We hadden... hébben nauwelijks contact. En jij... jij...' Ze werpt me nu een hulpeloze blik toe alsof ze zeggen wil: Kijk nou eens naar jezelf. Je zit toch niet voor niets in een gekkenhuis?

'Wat wil je nou zeggen?'

'Denk je... dat het waar kan zijn? Dat zij, dat mam...?'

'Dat zij wat?'

Ze slaat haar ogen op, lichtelijk verward. 'Mama kon hem niet aan en jij zat daar vast. Jullie drieën hielden elkaar in de houdgreep. Het is... het is verschrikkelijk om erover na te denken, maar ik zou het misschien wel begrijpen als ze... Snap je? Niet dat ik het goedkeur.'

'Ben je nou mama aan het beschuldigen?'

'Nee, dat niet. Ik eh... ik weet niet meer wat ik moet geloven. Maar papa is gecremeerd. Die roddels, nou ja, er is niets meer van hem over om op te testen.'

'Tésten?'

Michelle heft haar handen. 'Ik vraag het je gewoon. Ik weet het niet, zeg jij het maar, jij bent er steeds bij geweest.'

'Je komt na vier maanden...' – ik steek vier vingers in de lucht – '...eindelijk een keer bij me kijken, en dít is de reden?'

'Nee, nee, ik wilde het met je hebben over wat we met de as gaan doen. Ik heb daar wel ideeën over, alleen –'

Ik spring van het bed. 'Jíj hebt ze niet gevonden, Mies. Ík wel. Ik heb mama's bloed aan mijn vingers gehad, toen ik nog niet wist wat het was. Ik heb met mijn eigen ogen gezien hoe vreselijk mama erbij zat, als een pop uit de hel. Het wás de hel, nog erger dan de hel!' De tranen stromen over mijn gezicht. 'Dáárvoor behandelen ze me hier. Ik zou willen dat ik een stel jankende kindjes had, dat dát mijn grootste probleem was. Egoïstisch kutwijf!'

Ze staat abrupt op, haar stoel schaart over de vloer. 'Je had me moeten bellen, Lynn. Toen de boel uit de hand liep, had je me dat moeten laten weten. Maar je wilde alles zelf oplossen. Je wilde de ideale dochter uithangen.'

Ik druk mijn handen tegen mijn oren, knijp mijn ogen dicht. 'Ga wég! Wég! Gá wég!'

85

Er ligt iets op mijn schoot. Zacht en warm, als de kersen-
pittenzak die mama me vroeger gaf als ik buikpijn had. Ik
leg mijn hand erop. Het kussentje beweegt, maakt geluidjes. Ik ken dit gevoel, dit geluid... *Fluffy*. Ik weet het weer: ik
nam haar bij me als ik in tante Ingrids schommelbank zat,
en uitkeek over de uiterwaarden.

Er zijn hier geen uiterwaarden. Ik zit tegen een houten
wand aan. Licht van buiten sijpelt door kieren naar binnen. Te weinig om te kunnen onderscheiden waar ik precies ben. Het ruikt naar hooi en mest. Ik strijk mijn haar
uit mijn gezicht. Het voelt weerbarstig en er zitten klitten
in.

In de schemer komen gezichten naar voren. Mensen
praten tegen me, maar ik hoor hun stemmen niet. Het is
alsof ik naar fragmenten uit een film kijk, of eerder nog ho-
logrammen, dan de een, dan weer de ander, stuk voor stuk
roepen ze me, maken ze zich los uit de donkere wand en
willen ze me iets zeggen, lossen dan weer op. Ik probeer ze
weg te denken, maar ze blijven komen. Mama, als een pop

uit een horrorfilm; het ontzielde lichaam van mijn vader in de eikenhouten kist, zijn blauwgrijze vingers in elkaar gevouwen op zijn buik – *de opluchting die ik voelde*; Camiel opgebaard in zijn werkkamer, al net zo dood. De twijfel over mijn bijdrage.

Niet zeker weten. *Nooit zeker weten.* Denken dat ik het niet kan zijn geweest, niet ik. *Er zijn wel overeenkomsten, Lynn...*

Hou op!

Een zoemtoon, gevolgd door een klik. Nog meer gezoem. Daglicht stroomt naar binnen door een opening in de tegenoverliggende wand. De ruimte is klein, zie ik nu, nauwelijks hoog genoeg om in te staan, met wanden van spaanplaat. Rechts van me twee legnesten vol platgetreden hooi; in een van de kuiltjes ligt een crèmekleurig eitje. Aan de linkerkant is een zitstok over de hele lengte, waar een eenzaam in elkaar gedoken kipje op zit. Het snaveltje piept net uit de pompon van haarachtige veren rondom het kopje. Ze wordt wakker, schudt zich uit, hipt behendig van de stok en loopt op het daglicht af.

Het lijfje op mijn schoot wil haar achterna.

Ik grijp het vast. 'Niet weggaan.'

Het diertje maakt kabaal en ze krabbelt met haar scherpe, harde nagels in mijn huid. Van schrik laat ik los. Onder een verontwaardigd gekakel haast ze zich naar de opening.

Ik trek mezelf omhoog aan de stok en blijf half gebukt staan. Het shirt dat ik draag stinkt en is vochtig, het ruikt naar mest en vijverwater. Mijn armen en benen zijn besmeurd met viezigheid, rode krassen in mijn vel van de kippennageltjes.

Van buiten klinkt plotseling een hard, gierend geluid. Het duurt even voor ik doorheb dat het een bladblazer is. Mijn lichaam komt moeizaam in beweging. Alles doet me zeer. Ik duw de deur op een kiertje. Jan-Willem staat het terras schoon te blazen alsof er niets is gebeurd en dit een dag is als alle andere. Camiels Versace-badjas heeft hij over de loungebank gelegd. Ik herinner me dat ik die gisteren heb uitgedaan voordat ik het water in ben gelopen. Vanaf daar weet ik niets meer.

Ik blijf staan. Rillend, mijn vingers om het deurtje gekromd, mijn ogen gericht op de rug van de tuinman. Mijn klamme T-shirt en mijn string plakken aan mijn lijf en de kou is in mijn botten getrokken. De schuifpui van de serre staat op een kier. Heb ik die zelf open laten staan, of is er iemand in het huis?

Als Jan-Willem met de bladblazer naar de hoek van het huis loopt, zet ik het op een rennen en glip ik door de schuifpui naar binnen. Happend naar adem klamp ik me vast aan de rug van de leren bank, en dan loop ik door, de hal in.

Daar blijf ik staan. Camiels kinderen kijken van grote hoogte spottend op me neer. Hun monden bewegen en fluisteren onsamenhangende zinnen, ze giechelen, mompelen, er bewegen donkere schaduwen rondom hun starende ogen; de gezichten zijn immens groot, minstens zo groot als de uitgehouwen portretten van de presidenten op

Mount Rushmore. Ik leg mijn vingertoppen op een van de doeken en duw ertegenaan. Het doek geeft mee, voelt zacht, veerkrachtig. Ik krab aan het vernis. *Zie je, het is verf, het is gewoon verf.* Ik krab harder, terwijl het gefluister verstomt, en het vernis begint te schilferen. De olieverf eronder laat zich nog makkelijker wegkrabben. *De naald van de pick-up krast in de groeven van papa's lievelingselpee.* Krassen, krabben... Een gat. Kapot. Zie je, het was een schilderij. *Als papa dit ziet, hebben mama en ik geen leven meer.* Mijn vinger past erdoorheen, ik krom hem en trek het doek naar me toe. *Jullie drieën hielden elkaar in een verstikkende houdgreep.*

Ik haast me de trap op, de hal door, mijn kamer in. *Je hebt zeven dagen om te vertrekken.* Ik smijt de deur achter me dicht.

'Nee!' roep ik. 'Nee! Hou je bek!'

Ik laat me op bed vallen en krul me op, trek mijn knieën naar mijn borst en steek mijn duim in mijn mond. Begin te zuigen. Als vanzelf begint mijn onderkaak te bewegen. Heen en weer, heen en weer. Zagen, zagen, ondertanden over de huid, harder, harder.

Camiel lijkt te veel op papa, Lynn.

Het is... gewoon ongemakkelijk.

Rats, rats, rats. IJzersmaak, bloed.

Waar denk je dat je vader is, Lynn?

Nou...?

Op zijn bed. Languit op zijn rug, zijn grauwe mond open-gezakt.
Hij is dood.

Ik bijt op het afgeplatte botje tussen de knokkels. Steeds een beetje harder. *Kun je je eigen bot breken?*

De tipgever wees ons ook op de bijzondere omstandigheden rondom de dood van je vader.
De overeenkomsten.

'Ik weet het niet! Ik weet het niet!' schreeuw ik, en ik trek mijn duim uit mijn mond. Er zit vers bloed aan mijn hand en pols.

Jij was er toen bij, en je was er nu bij.
Dus tja.

'Mevrouw Storm?' Een mannenstem.
Is de stem die ik waarneem echt? Is er iemand in de hal beneden, of verbeeld ik me dat alleen maar?
Mijn hoofd... ik weet het niet. Ik weet het niet meer.

Dat snap je toch wel?

'Hallo? Lynn Storm, bent u dat?'
Ik staar naar de muur. Er zit een fluittoon in mijn oren.
Zware voetstappen op de trap.

Zijn die echt?

'Is alles in orde?' Er staat een man in de kamer. Groene overall, regenlaarzen. 'Excuses, maar ik hoorde iemand gillen.'

Is hij echt?
  Dit gaat niet goed, dit gaat niet goed.

'Ik weet niet meer waar ik ben,' zeg ik.
  'Je bloedt, wat is er gebeurd? Moet ik de politie bellen?'
  'Nee! Niet de politie!'
  'De huisarts?' De stem klinkt vervormd, alsof hij een reis maakt door een lange buis. Hij galmt, weerkaatst tegen de wanden.

Welke wanden?

'Ik weet het niet meer!'
  'Lynn? Ik wil graag iemand voor je bellen.' De man komt dichterbij.
  Ik duik naar voren en grijp zijn arm vast alsof het een reddingsboei is. 'Fiona,' weet ik uit te brengen. 'Fiona weet wat ik moet doen.'

oktober 2009

Het licht valt van achter Fiona Hofman de spreekkamer in: een onpersoonlijke ruimte met een systeemplafond en een bureau in een onbestemde kleur. Fiona is mijn behandelend psychiater, in deze kamer onderzoeken we elke week de gaten in mijn geheugen.

'Michelle zei dat het mijn schuld is dat papa en mama dood zijn,' *zeg ik, en ik pluk aan de leuningen van mijn stoel.*

'Waarom denk je dat ze dat zegt?'

'Ik had haar moeten waarschuwen dat de ruzies erger werden, en dat mama zijn gebully niet meer pikte.'

Fiona's blik is medelevend. Ik sta aan jouw kant, zeggen haar ogen. 'Hoe vaak was Michelle in die laatste maanden thuis, of is zij bijvoorbeeld een gesprek aangegaan met jullie ouders over de situatie?'

'Nooit.'

'Hadden je zus en jij samen afgesproken dat jij als het ware op je ouders zou passen?'

'Nee. Ze is op kamers gegaan en ze vond dat ik dat ook moest doen.'

'Desondanks vindt Michelle dat de geestelijke toestand van je ouders onder jouw verantwoordelijkheid viel. Ben je het daarmee eens?'

'Misschien wel.'

'Je ouders waren volwassen mensen.' Ze trekt een wenkbrauw op. 'En je zus is ook behoorlijk wat jaartjes ouder dan jij.'

Ik staar uit het raam. Links van de bakstenen muur van het hiernaast gelegen ziekenhuis is nog net een reepje buitenwereld te zien: gras, asfalt, een kruispunt met stoplichten en auto's.

Af en toe mag ik onder begeleiding die buitenwereld in. Tante Ingrid haalt me dan op. Zij is de enige die in mij geïnteresseerd is. Mijn vrienden, oud-klasgenoten, leraren en de buren: voor hen besta ik niet meer.

'Vind je niet dat je ouders zélf hulp hadden moeten zoeken?' vraagt Fiona.

'Misschien wel,' zeg ik, omdat ik begrijp dat ze dat wil horen, maar ze zal dit nooit snappen.

Een voorbeeldgezin hangt de vuile was niet buiten. Als mama het al zou hebben aangedurfd om hulp van buitenaf in te schakelen, dan zou mijn vader furieus zijn geworden.

Daarom had jij het moeten doen. Omdat niemand anders het deed. En iemand van twintig is geen kind meer, die is volwassen.

Fiona pakt haar mok van tafel. Er zitten afdrukken op van haar rode lippenstift. 'Hoe denk je nu over je vader? Is zijn gedrag verwijtbaar?'

Ik peuter een los velletje van mijn duim. Mijn hele leven heb ik vergeefs de hoop gekoesterd dat er iets zou veranderen. Op een gegeven moment wisten mama en ik: zolang deze man bij ons onder hetzelfde dak woont, zal hij ons blijven bestoken met onredelijke eisen. Zal hij ons blijven kleineren en uitschelden, zal hij mama slaan. En zal Michelle wegblijven.

Het enige wat wij konden doen, was hopen dat hem iets ergs zou overkomen. Niet dat we dat tegen elkaar uitspraken – ik weet gewoon dat mama er net zo over dacht. Maar papa kreeg geen dodelijk ongeluk en ook geen vreselijke ziekte. Hij bleef leven.

Lees jij geen kranten? Gerrit Fleer is vergiftigd.

'Er is veel weg in mijn hoofd,' zeg ik. 'Ik kan het me echt niet meer herinneren.'

Maar papa is gecremeerd... er is niets meer van hem over om op te testen.

Fiona knikt. 'Ik snap het, Lynn. We hebben de tijd. Zou je willen overwegen om mee te doen aan de dagbesteding? Zeker bij de creatieve bezigheden zien we bij cliënten nog wel eens luikjes opengaan die anders dicht blijven.'
'Ja... misschien.'
Ze knikt me vriendelijk toe, gevolgd door een snelle blik op haar horloge.
Het gesprek is voorbij.

2009-2022

In de herfst van 2009 werd ik van de paaz overgeplaatst naar een ggz-instelling. Mijn verblijf duurde bijna een jaar. Ik had me er gaandeweg bij neergelegd dat mijn verdere leven zou bestaan uit lange dagen tussen vier muren, met een constant wisselende stroom medebewoners en hulpverleners. Maar op een dag bleek ik gewoon weer te kunnen functioneren.

Het kwam er uiteindelijk op neer dat ik had geleerd om de gewenste antwoorden te geven, antwoorden waar de dienstdoende psychiater mee uit de voeten kon. Fiona Hofman en ik hadden in die ggz-periode af en toe nog telefonisch contact; zij wist mijn laatste behandelaar te overtuigen om mijn medicatie af te bouwen.

Kort erna mocht ik naar huis. Maar er was geen thuis meer, en op tante Ingrid na waren er geen mensen meer over bij wie ik me veilig, vrij of serieus genomen voelde. Ik moest een nieuw leven gaan opbouwen.

In de instelling had ik iemand leren kennen uit Eindhoven, 'de lichtstad'. Licht was precies wat ik nodig had. Van de bescheiden erfenis van mijn ouders kon ik er een kamer huren, en ik pakte mijn studie weer op. Met een bachelor commerciële economie op zak en een verzonnen verblijf in het buitenland om het gat in mijn cv te dichten kon ik een paar jaar later aan de slag bij een reclamebureau.

De nieuwe Lynn bouwde aan haar carrière met een ijzeren wil om te slagen. De oude bestond niet meer. Michelle zag ik alleen nog op feest- en verjaardagen, en natuurlijk op 5 juni, de sterfdag van onze ouders, die zij op een of andere manier wilde blijven herdenken.

Het bleef goed met me gaan. Geen terugvallen, geen verontrustende gedachten, er kwamen geen langere of kortere episodes meer voor waarvan ik me achteraf weinig tot niets kon herinneren. Meer dan twaalf jaar slikte ik geen medicatie.

Ik was genezen. Ik was normaal.

86

'Terug bij af,' zeg ik.

Fiona draagt nog steeds rode lippenstift, de enige harde kleur in deze kamer, die een upgrade heeft gehad, maar vreemd genoeg nog hetzelfde ruikt. Naar de geur van onvermogen.

'Voel je dat zo?'

Ik knik. 'Natuurlijk.'

'Ik zie toch een ander mens tegenover me zitten dan toen. Iemand die een stuk verder is gekomen in het leven, die haar kansen heeft gegrepen.'

Ik wil haar vragen hoe ze dat zo stellig kan zeggen, maar dan pik ik haar geestdrift op en weet ik genoeg: de Lynn Fleer van toen was een interessante patiënt vanwege het dubbele trauma, maar nu ben ik Lynn Storm, weduwe van Camiel Storm, de sterrenkok over wie de media niet uitgesproken raken. Het voelt ongemakkelijk. Door Fiona's gretigheid lukt het me niet meer om haar te zien als een geïsoleerd klankbord: ze is nu een mens, iemand die net als iedereen boodschappen doet en televisiekijkt. Heeft ze samen met half Nederland en België Camiel in elkaar zien storten? Is zij een van de tienduizenden die een berichtje hebben achtergelaten in zijn onlinecondoleanceregister?

Ik ga verzitten, zeg niets.

'Had je al langer last van black-outs?'

'Misschien.'

Ze knijpt één oog een beetje toe. 'Je weet het niet zeker?'

Ik schud mijn hoofd.

'Zou je me in je eigen woorden willen vertellen waarom we hier weer tegenover elkaar zitten?'

'De tuinman heeft je nummer opgezocht en je gebeld, ik kon dat niet meer.'

Ze glimlacht. 'Dat deel is bekend. Daarvóór, Lynn, kun je me vertellen wat eraan vooraf is gegaan waardoor je zo van slag bent geraakt?'

Ik vertel braaf over de schok van Camiels plotselinge overlijden, en ook over de openlijke haat van Christine en de berg aan zakelijke verantwoordelijkheden waarmee ik geconfronteerd werd. 'Het is me gewoon te veel geworden,' zeg ik, terwijl ik een trilling door mijn lichaam voel trekken. Een laagfrequentiegebrom heeft zich in mijn oren genesteld.

Ik zeg niets over de breuk met Michelle. Niets over mama's dagboek. Niets over de vreemde gebeurtenissen in en rond de Bramanshoeve. Niets over het bezoek van de rechercheurs. Niets over de vijzel, de medicatie, het zakje met wit poeder.

87

De dagen rijgen zich aaneen tot weken. Boetseren, schilderen, mindful wandelen; ik doe overal aan mee. Als ik me niet zo verward zou voelen en de ambiance sexyer zou zijn, zou ik me zomaar in een hippe retreat kunnen wanen.

Het contact met de andere patiënten is oppervlakkig. Iedereen lijkt ervan doordrongen dat we slechts tijdelijk tot elkaar zijn veroordeeld. Mijn medebewoners hebben banen, partners, huizen en kinderen waarnaar ze willen terugkeren zodra dat kan. En wanneer je eenmaal opgeknapt bent, wil je niet meer herinnerd worden aan die periode in je leven waarin het minder met je ging.

Guy heeft de dagelijkse leiding over De Luwte in 't Land overgenomen. Hij komt elke maandag een uurtje langs om de belangrijkste zaken te bespreken. Guy is mijn lijntje naar de buitenwereld. Van hem weet ik dat de Bramanshoeve te koop is gezet. Hij is ook degene die mijn slaapkamer heeft ontruimd; mijn spullen staan in zijn berging te wachten tot ik ze kan komen ophalen.

Een van zijn eerste nieuwtjes heeft me nachten uit mijn slaap gehouden: Mees en Muis ben ik kwijt. Een week na mijn opname waren ze al weg. De ren stond open en het hok was leeg. Natuurlijk heeft hij bij Christine geïnformeerd. Ze ontkent in alle toonaarden dat ze er iets van afweet, en ook van de tuinman werd hij niets wijzer. 'Ik had je dit graag bespaard, maar ik wil niet tegen je liegen,' zei hij. Pas later is het tot me doorgedrongen dat het waarschijnlijk mijn eigen schuld is. Ik denk dat ik de ren niet heb afgesloten toen ik zo'n haast had om buiten het zicht van de tuinman het huis in te rennen. Het lukt me ook niet goed om dat moment terug te halen. Ik haat het idee dat mijn kipjes zijn gegrepen door een vos die vast al langer op ze geaasd moet hebben.

Er is gelukkig ook wat positiefs te melden. De Luwte in 't Land blijft wonder boven wonder draaien. Het publiek heeft ons in het hart gesloten. 'Er zit zelfs een stijgende lijn in,' zei Guy vorige week, en hij gaf een kneepje in mijn arm. 'Word maar gauw beter.'

Beter worden, niets liever dan dat; ik heb er alleen geen enkele vat op. Geestelijk ziek zijn is ruk. Ik had duizendmaal liever een gebroken arm of been gehad, of een ander defect dat voor iedereen zichtbaar is. Dan is het helder waarom ik niet kan meedoen met het normale leven.

Volgens Fiona was ik door de situatie thuis al getraumatiseerd ruim voordat ik mama vond, en meteen daarna papa. Over alle heftige beelden en emoties heeft mijn geest steeds nieuw beton gegoten. Laag over laag. Er kan simpelweg niemand meer bij, ook ikzelf weet niet wat er allemaal nog verborgen ligt. Het beeld van mijn moeder in de kast had ik bijvoorbeeld onthouden, maar dat ik mijn vader had gevonden kwam pas veel later boven water. Nu dwarrelen er tijdens het boetseren en schilderen nog af en toe herinneringen naar het oppervlak, waar ik dan samen met Fiona naar kan kijken. We weten niet of we alles te pakken zullen krijgen, zei ze laatst. Gebeurtenissen die te shockerend voor je zijn, kunnen door je geest blijvend worden weggestopt, of je ervaart ze niet bij vol bewustzijn. Het zijn grillige overlevingsmechanismes waar je simpelweg geen vat op hebt, en die ook niet altijd logisch zijn of lijken. Je kunt erbij, of je kunt het niet. Met zwakte heeft dat niets te maken, is me hier op het hart gedrukt. Helemaal niet, zelfs.

Toch is dat wat ik voel. Zwakte.

Ik heb zo hard gevochten, en ik heb verloren.

88

Een van de verpleegkundigen steekt haar hoofd om de deur. 'Lynn? Je zus is hier voor je.'

Michelle stapt mijn kamer in. Ze draagt een gestreept truitje en haar vlaskleurige haar staat een beetje uit bij haar oren – het is een soort helm geworden. Jonas heeft zich verdekt opgesteld, half achter de verpleegkundige – ik zou hem eens kunnen bijten.

De verpleegkundige schrikt van mijn gezichtsuitdrukking. 'Eh, is het oké, Lynn?'

Ik geef nog even geen antwoord, puur om te genieten van de macht die ik heb om Michelle weg te sturen. *Heel dat stuk voor niets gereden.*

Na een korte, geladen stilte vraag ik: 'Wat kom je doen?'

'Dat weet ik niet goed.'

'Ik ben op de gang,' hoor ik Jonas zeggen. De verpleegkundige knipoogt en laat Michelle en mij alleen. Ze sluit de deur.

Michelle komt niet verder de kamer in. 'Ik heb me vaak genoeg afgevraagd of ik er iets aan had kunnen veranderen.'

'Aan wat?'

Ze kijkt om zich heen, tranen in haar ogen. 'Jonas wil dat ik het laat rusten, maar het klopt gewoon niet, ik moest je zien, ik wilde het rechtstreeks aan je vragen.'

Ik voel me koud worden. 'Wat?'

'Toen je halsoverkop trouwde met die Camiel. Het... het had iets vreemds. Ik...'

'Wat wil je vragen?' Mijn armen worden zwaarder, mijn hoofd begint te bonken.

'Eerst papa. Nu dit. Ik ben gewoon... Nou ja, ik ben gewoon bang van je, Lynn.' Ze heft haar kin. Waterige, roodomrande ogen in een bleek gezicht. Misschien heeft ze gehuild op weg hierheen. 'Ik hoop dat je weet wat ik bedoel. En ergens hoop ik ook dat je het niet weet, snap je?'

'Nee.'

'Toen was er nog de twijfel. We hadden uiteindelijk een vermoeden dat mama het had gedaan. Maar nu...' Ze pauzeert, ik zie dat gepijnigde gezicht vertrekken in een grimas. 'Nu ben jij alleen nog over.'

89

Mijn verblijf op de paaz heeft bijna zes weken geduurd. Guy haalt me over om voorlopig bij hem in Heythuysen te komen logeren. Hij is er toch nooit, zegt hij: overdag is hij het land in om de filialen te ondersteunen en 's avonds werkt hij de nieuwe sommelier in die door Christine is gerekruteerd. Guys katten Gin en Tonic zitten met mij opgescheept in Guys bescheiden, met smaak ingerichte appartement, en dat vinden ze geen succes. Ze krabben 's nachts klaaglijk aan de deur van de logeerkamer waarin ik slaap en bekijken met afgrijzen de spullen die ik er heb neergezet. Na de tweede nacht laat ik ze bij me op bed slapen en sluiten we vriendschap.

Aanvankelijk aarzelend, maar met steeds meer overtuiging pak ik mijn pr-werk weer op. Dat gaat me makkelijker af dan het vinden van woonruimte. Na twee jaar Bramanshoeve, waar ik nauwelijks een stoel mocht verplaatsen of een schilderij heb mogen ophangen, snak ik naar een frisse, nieuwe plek die ik helemaal zelf kan inrichten, hoe moderner hoe liever. Uiteindelijk vind ik die in Strijp-s, een hippe Eindhovense wijk waar oude fabrieksgebouwen zijn omgebouwd tot appartementencomplexen. Het wemelt er van de kunstenaars en expats, start-ups en eettentjes. Eindhoven had me eerder al veel gegeven, en dat doet de stad nu weer. De kosmopolitische vibe en de talloze tentoonstellingen en feestjes fungeren als een soort achtergrondruis waardoor ik zo min mogelijk stilte ervaar – stilte die nu te confronterend voor me is. Want los van mijn werk voel ik me stuurloos.

En dan, alsof er daarboven iemand aan de knoppen zit te draaien die vindt dat ik nog niet genoeg gestraft ben, krijg ik bericht dat de gezondheid van tante Ingrid zorgwekkend snel achteruitgaat. Ik probeer haar zoveel mogelijk te bezoeken. Twee, drie keer in de week houd ik haar hand vast, als ze het toestaat, en lees ik haar voor of draai muziek die ze mooi vindt. Het doet me pijn om haar bedlegerig te zien, maar er is ook opluchting dat er een einde komt aan haar lijden.

90

'Hé, kijk nou eens, hoog bezoek!' Pepijn grijnst breed van achter zijn verlichte vitrine.

'Inspectie,' grap ik, en ik geef de Nijmeegse filiaalleider over de vitrine heen een boks. De bedrijfskleding – een variatie op een koksjasje met het logo in wit, groen en goud op de borst geborduurd – staat hem goed.

'Hoe gaat het hier?'

'Je komt op een rustig moment, de hele ochtend is er loop geweest. Die zeewiermayonaise is trouwens niet aan te slepen.'

'Mooi zo.'

Ik laat mijn blik over de rijen met pannen gaan, de uitgelichte messencollectie en de rekken vol kruidenmixen, jamsoorten en potjes met gekonfijte rode ui, gember en eend. Een groot deel van de food die we in de filialen verkopen komt uit de keuken van De Luwte. Daar is voorlopig weinig aan te veranderen: zonder het restaurant heeft De

Luwte in 't Land nog geen bestaansrecht. Andersom straalt ons succes af op Roermond en het hotel. Christine is gelukkig zakelijk genoeg om dat te begrijpen. Ze laat zich in het openbaar lovend uit over ons. Maar dan nog zitten we in een ongezonde situatie.

Terwijl Pepijn een klant helpt, dwaalt mijn blik af naar het zwart-witportret van Camiel dat aan de wand naast de vitrine hangt. Mijn dode echtgenoot volgt mijn gangen in elk filiaal, en ook daarbuiten; op steeds meer verpakkingen staat een vereenvoudigde afbeelding van zijn gezicht. Hopelijk wen ik er op een dag aan, en raakt het logo net zo ontdaan van zijn oorspronkelijke lading als dat van Colonel Sanders van KFC.

Wishful thinking. Er gaat geen nacht voorbij waarin ik niet minstens een uur wakker lig en nadenk over de vijzel en de medicijnen. De drugs, of wat het ook was, in dat zakje. Ik weet niet eens hoe ik eraan ben gekomen, maar er is wel meer gebeurd dat op een of andere manier niet naar mijn langetermijngeheugen is weggeschreven.

Een rimpeling aan het wateroppervlak van een verstild vennetje, die duidt op de aanwezigheid van een grote vis; een aangebrande laag erwtensoep die weerstand geeft als je met een pollepel over de bodem van een pan schraapt: je hoeft iets niet altijd met eigen ogen te zien om te weten dat het bestaat.

Na het gesprek rijd ik naar huis. Met een half oor luister ik naar de radio, totdat 'In a Lifetime' van Bono en Clannad wordt ingezet. Ik schroef het volume omhoog en voel de muziek tot in mijn diepste vezels. Daarna zoek ik het nummer op Spotify op en blijf het constant afspelen. Tegen de tijd dat ik uit mijn auto stap zijn mijn ogen dik van het huilen. De koude decemberwind wervelt tussen de voormalige fabrieksgebouwen. Ik druk de revers van mijn trenchcoat tegen mijn borst en houd mijn hoofd gebogen. Ik wil niemand zien, niemand spreken. Ik wil alleen maar wijn.

'Lynn?'

Ik draai me om.

'Ik stalk je niet, oké? Ik moest je gewoon zien.'

91

Laurens draagt een zwart ski-jack met een cargobroek eronder. Dikke glanzende plukken haar omlijsten zijn gezicht, en zijn ogen, donker en sprankelend, nemen me op met een mengeling van behoedzaamheid en vreugde.

Nog steeds waanzinnig knap, schiet het door me heen. Tegelijkertijd erger ik me eraan dat ik überhaupt zulke dingen denk – mijn hoofd is een vergaarbak van chaotische gedachten en willekeurige zinnetjes.

Maar ik voel een lichtheid die ik lang niet heb ervaren.

Laurens blijft op enige afstand staan, zwijgend, niet helemaal zeker van de staat van onze relatie – of de staat waarin ik verkeer. Misschien schrikt hij van mijn gezwollen ogen. Dan zegt hij: 'Ik hoorde op de werkvloer waar je zat. Ik heb naar het ziekenhuis gebeld, ze wilden niets zeggen. Hoe gaat het met je?'

'Best goed.'

Hij fronst zijn wenkbrauwen. 'Sarcasme?'

'Momentopname,' mompel ik, en ik maak een snelle handbeweging bij mijn ogen. 'Beetje emo, niks ergs.'

'Ik heb je best vaak gebeld en geappt, maar ik kwam er niet door.'

'Meen je dat nou?' Ik diep mijn telefoon op uit mijn tas en herinner me dan dat ik zijn nummer al had geblokkeerd voordat ik opgenomen werd. 'Mijn fout,' zeg ik, en ik stop het toestel weer terug. 'Je had op bezoek kunnen komen. Het was geen gesloten afdeling.'

Hij trekt een spijtig gezicht en slaat zijn ogen neer. Krabt in zijn nek. 'Ik wilde je niet in de problemen brengen.'

'Wat bedoel je?'

'Het was echt overal in het nieuws. En ik ben niet bepaald een vriend van de familie of zo.' Hij haalt zijn schouders op. 'Dat dus.'

Een man met een kinderwagen wil ons passeren. We doen allebei een stap opzij.

Als hij buiten gehoorsafstand is, zegt Laurens: 'Ik had je misschien moeten schrijven. Ik ben wel tien keer opnieuw begonnen, maar ik wist niet of je het zelf wel te lezen zou krijgen.'

Ondanks de situatie moet ik lachen. 'Een paaz is geen gevangenis!'

'Ja, hallo, ik ben geen specialist in die shit.' Hij pakt mijn handen vast en trekt me naar zich toe. 'Ik maak me zorgen.'

'Hoeft niet.'

'En ik heb je gemist.' Vanuit het niets drukt hij een zachte kus op mijn lippen.

Ik hunker naar aanraking. Huidhonger, zo voelt dat dus. Na de dood van Camiel is er niemand geweest die me heeft omhelsd zoals Laurens nu doet. Geen huidcontact anders dan een handdruk, een kneepje in mijn schouder of een onhandige knuffel.

In een reactie zoeken mijn handen zijn wangen. Ik druk me dichter tegen hem aan en wrijf mijn neus langs de zijne. Wolkjes condens van onze adem wervelen tussen ons in. Ik kus hem. Na zo veel verdriet en duisternis is het heerlijk om liefde te ervaren. Laurens ruikt waanzinnig lekker, zijn zoenen zijn hemels.

Een scooter rijdt rakelings langs ons heen. '*Get a room!*' roept een van de jongens die erop zit lachend.

Laurens doet alsof hij het niet gehoord heeft, of misschien heeft hij het echt niet gehoord. 'Jezus, wat heb ik je gemist.'

'Ik heb jou ook gemist,' hoor ik mezelf zeggen. Ik schrik ervan.

'Kom.' Hij trekt me mee naar zijn bus, die half op de stoep geparkeerd staat, opent het portier aan de bijrijderskant van zijn auto en maakt een uitnodigend gebaar. 'Stap in.'

'Ik weet niet of –'

'Een verrassing. Ik heb iets voor je.'

Ik doe een stapje achteruit. 'Hoezo dan?'

'Geen geintje, ik zweer je dat je het geweldig zult vinden. Je gaat superblij zijn.'

92

In krap een halfuur rijden we via de A2 naar Weert. Als ik de drie verdiepingen hoge appartementsgebouwen in de gaten krijg, vraag ik: 'Je bewaart je verrassing thuis?'

Hij glimlacht raadselachtig en zet de bestelbus in een van de parkeervakken.

Ik kijk opzij. 'En je vriendin dan?'

'Rachel is terug bij haar moeder.'

Ik herinner me dat hij heeft geappt dat zijn vriendin bij hem is weggegaan; dat was tijdens de lancering van De Luwte in 't Land. Die dag komt me nu voor als een scène uit het leven van iemand anders.

'Is ze weg vanwege...' Ik gebaar naar de flank van zijn bus, waarop ik in het licht van de straatlantaarns geen restjes verf meer kan ontdekken.

'De druppel. Ze vertrouwde het al langer niet. En terecht.'

Kijk wat je nog meer hebt veroorzaakt, Lynn. Je verdient geen goede behandeling, en al helemaal geen liefde.

*

Laurens' huis is ruimer dan je aan de buitenkant zou verwachten, met licht laminaat en zachtgroen geverfde muren. Het ruikt naar hemzelf en naar koffie. In de woonkamer staat een driezitsbank en er hangt een flatscreen, met snoeren verbonden aan een Xbox op de grond. Een flinke plant – een struik, eerder – domineert de hoek bij het balkon, en aan de wand ernaast hangt een moderne interpretatie van *Meisje met de parel.*

'Misschien moet je eens op het balkon gaan kijken.'

Ik werp een blik uit het raam. Het balkon is klein en de duisternis is ingevallen. 'Balkon?'

Hij ontgrendelt de balkondeur en zwaait hem voor me open.

De geur treft me het eerst. De geur van vroeger, van zonnige dagen op de schommelbank van tante Ingrid, van geborgenheid. Ik raak er een beetje gedesoriënteerd van. En dan zie ik een konijnenhok staan, een groot hok op poten dat de helft van het balkon beslaat.

Laurens trekt de klep open die over de hele breedte het dak vormt en wijst me op het nachthokje, schijnt bij met zijn telefoon. Het duurt even voor het tot me doordringt waar ik naar kijk, misschien omdat dit het laatste is wat ik hier had verwacht.

Mees en Muis zitten tegen elkaar aan geschurkt in het hooi, ze knipperen met hun ogen, en als ik mijn handen in het nachthok steek, tikken ze zachtjes met hun snaveltjes tegen mijn vingers. Of ze me herkennen of alleen maar denken dat ze wat te eten krijgen, weet ik niet, en het maakt me ook niet uit. Voor het eerst in lange tijd voel ik iets wat op geluk lijkt.

'Mijn god. Ik was ze kwijt, ik dacht dat ze... Hoe komen ze hier?'

'De familie was bezig het huis leeg te trekken voor de verkoop, en er was geen mens die naar die beesten omkeek. Ik vreesde het ergste, dus heb ik ze daar weggehaald.'

Laurens heeft zich snel omgekleed, hij zit bij me in een jog-
gingbroek en een grijs T-shirt. Ik heb nog steeds mijn nette
werkkleding aan: een zwarte broek met colbert en een wit
shirtje eronder. We hebben sushi laten komen, de bakjes
staan op de bank tussen ons in op een dienblad. Ik doop
een zalmnigiri in de saus.

'Vraag je je niet af wat ik bij het huis deed?' vraagt Laurens.

'Die aardlekschakelaar maken of zo, of voor de verkoop
de bedrading vernieuwen?'

Hij schudt zijn hoofd. 'Ik wilde weten wie er daar liep te
klooien. Wie die achterlijke dingen heeft gedaan die je mij
in m'n schoenen schoof.'

De zalmnigiri glijdt tussen mijn stokjes door en maakt
een plons in de sojasaus. Ik probeer hem te redden, maar
de rijst valt uit elkaar.

'Daar ben ik niet achter gekomen,' gaat Laurens verder.
'Fokking frustrerend.'

Met de stokjes schraap ik het lapje zalm en de rijstsmur-
rie op mijn bord. Mijn hart klopt in mijn keel.

'Het moet iemand zijn geweest met behoorlijke issues.
Of die een probleem heeft met jou, of had met Camiel, of
allebei.'

Ik knik in stille instemming en probeer de zalm op te
pakken. Mijn handen trillen te erg. Er valt een stilte, en
dan leg ik de stokjes op mijn bord.

Het wringt om hem in de waan te laten.

In een opwelling zeg ik: 'Ik eh... was het zelf. Ik heb het zelf gedaan. Al die dingen.'

De totale verbijstering in zijn blik scheurt dwars door me heen. In de stilte die volgt besef ik dat hij altijd vertrouwen heeft gehouden in een goede afloop. Ik was flink beschadigd, maar hij was dat net zo goed – we leken op elkaar. Twee misfits die uit alle macht proberen hun verleden achter zich te laten, volwassen te worden.

Maar nu ziet hij me voor wie ik werkelijk ben: iemand met wie het nooit goed zal komen.

Iemand die nog veel zieker is dan hij zelfs nu kan vermoeden.

Ik sta op van de bank, maak de balkondeur open en leg mijn armen op de reling. De decemberwind trekt aan mijn haar en doet mijn colbert opbollen.

Ik kijk naar beneden.

Hoeveel meter zou het zijn, twaalf? Is het genoeg, twaalf meter?

Het zou niet meer dan rechtvaardig zijn, Lynn, na alles wat je hebt aangericht. Jaren therapie hebben nergens toe geleid. Medicatie is nutteloos. De rest van je leven zul je een gevaar blijven vormen voor de mensen in je omgeving – en voor jezelf.

Doe het maar. Doe het nu.

De wereld is beter af zonder jou.

Twee handen op mijn schouders, een rukje naar achteren. 'Wat doe je?'

'Laat me.'

Zijn greep verstevigt. 'Ben je gek of zo?'

'Ja.'

Laurens draait me om alsof ik een etalagepop ben – precies zo voel ik me: stijf, gevoelloos en koud.

'Praat tegen me. Wat heb je gedaan? Welke dingen?'

'Erge dingen,' fluister ik.

'Hoe erg?'

'Het ergste... het ergste wat je kunt doen.'

5 maanden later

In de kale glazen bak zwemmen tien vissen. De prijzen zijn met stift op oranje kartonnetjes geschreven; omgerekend zeven euro per stuk.

Ik laat mijn blik over de beesten gaan, die lusteloos door het heldere water bewegen, en wijs de krachtigste aan. Een plomp, bleekroze dier met een hoge rug en ronde, starende ogen. 'Die graag.'

De man, die geduldig heeft staan wachten, schept hem behendig uit de bak en maakt een lichte buiging.

'*Suksma*,' zeg ik, bedankt, en ik vraag me af of hij gay is, want er brandt een onbestemd vuurtje in die kleine, donkere ogen.

Het kan goed zijn dat ik me dat inbeeld. Mijn kijk op de wereld is op z'n zachtst gezegd vervormd geraakt sinds ik hier woon.

Van achter een gordijn word ik gewenkt door een andere kerel. Donkerder getint dan de vissenschepper, jonger, blauwzwart opgeschoren haar. Net als de meeste locals is hij een kop kleiner dan ik. Hij transpireert niet, ik des te meer – vijf maanden acclimatiseren heeft daar geen verandering in gebracht.

Ik volg hem naar de achterkant van het houten restaurantje en stap naar buiten. Zo ver je kunt kijken kromt zich een breed zandstrand rondom de baai. Er staan tafeltjes en stoeltjes in het zand, witgedekt, bezet door verliefde stellen en families. In een van de naburige strandtentjes zingt iemand met een zwaar accent 'Wonderwall', begeleid door een gitaar.

Mijn tafeltje ligt bij de vloedlijn. Ik trap mijn slippers uit, druk mijn voeten in het rulle, beige zand en bestel een Bintang. In het begin dronk ik uitsluitend cocktails, gewoon omdat het kon, en ik het een fijn idee vond dat iemand achter de bar extra zijn best moest doen om het me naar de zin te maken. IJs, parasolletjes, whatever. Maar op een gegeven moment raak je die aanstellerij beu, en verlang je naar basale dingen.

Zo ben ik ook weer naar Stijn gaan verlangen.

Toen ik hier net was aangekomen logeerde ik in Kuta. Een lawaaierige, vochtige en bloedhete toeristenhel. De kustplaats barst uit zijn voegen van de eettentjes met plakkerige menukaarten en witte plastic meubels. Import-Javanen dringen je alle denkbare meuk op van Java en uit Chinese zeecontainers – batik spreien, houtsnijwerk, nep-Rolexen – en de clubs en bars zijn er volgepakt met zwetende aussies in uiteenlopende stadia van dronkenschap, hun ontblote torso's roodverbrand. Ik was in shock.

Alleen de offermandjes die her en der op trottoirs, scooterzadels en bij de kassa's stonden, getuigden van de hindoeïstische wortels van dit eiland. De herrie overviel me, de hitte, de hoge luchtvochtigheid en de overal aanwezige stank van verrotting. Na vier dagen Kuta kon je me uitwringen. Ezelsbruggetje: KUTA is kut.

De vijfde dag nam ik mijn intrek in een boetiekhotel bij Ubud, waar ik tot rust kwam en een mooie tijd heb gehad. Toen ik eenmaal was ingesteld op de nieuwe leefomgeving en het klimaat begon ik me te vervelen en zocht ik de reuring weer op. Voor de exclusievere activiteiten moet je hier in Seminyak zijn; ik huur daar nu een villa voor zevenhonderd euro in de maand. Er hoort een patio bij met een jungleachtige begroeiing, een zwembadje en twee hosts die de boel bijhouden en alles voor me regelen. Mister en Miss Bali wonen aan de andere kant van de patiomuur in een hut, werkelijk binnen handbereik.

De ober brengt mijn bier en dekt de tafel. Kort erna volgen de rijst, groenten en de vis – zijn ronde ogen zijn zwartgeblakerd van het vuur, zijn plompe lijf vertoont dwarsstrepen van de grill. Ik pluk het zachte, witte vlees van de graat.

De eerste maand leefde ik hier zo'n beetje op oesters en voor de rest alles wat uit de frituur kwam. Ik heb een pokkenhekel gekregen aan eten in luxerestaurants, en in het bijzonder aan kerels van middelbare leeftijd die door al die overvloed extra kilo's aan hun skelet met zich meetorsen. Hun kaken malen, hun onderkinnen drillen, en het is nooit genoeg: foie gras, wagyu, karrenvrachten kaas, nog een dessert, nog meer zoete troep, en champagne toe. Meer, meer, méér.

Ik reken af en wandel langs de vloedlijn terug, terwijl de diep-oranje zon wegzakt in de oceaan. Ik denk dat ik vanavond een massage bestel. Die nieuwe jongen was leuk en goed. Tikje verlegen, klein en slank. Dienstbaar. En lekker. Heel lekker. Stijn komt morgen aan op Denpasar.

*

Toen het erop ging lijken dat Camiels relatie met die meid serieus werd, ben ik alles gaan verzamelen wat ik over haar kon vinden. Dat viel nog best tegen. Lynn Fleer leek geen leven te hebben buiten haar werk. Haar berichten op sociale media bleven beperkt tot droge, zakelijke mededelingen. Een saaie meid, zo leek het. Mooi, geil, maar saai, en toen kwam ik een stukje tegen uit 2009, ver weggestopt in de digitale archieven van een of andere ranzige roddelsite.

De inhoud was opmerkelijk: je kunt je afvragen waarom er destijds niet meer ophef over is ontstaan. Maar het verklaarde wel waarom Lynn vrijwel geen sociaal leven heeft; ze draagt een geheim met zich mee. Ze heeft als twintigjarige student haar beide ouders dood in huis aangetroffen. Haar moeder had zelfmoord gepleegd met een mes (dat moet een bloederige toestand zijn geweest) en de vader, topkok en bestsellerauteur Gerrit Fleer, lag dood in zijn bed. Twee doden op dezelfde dag in hetzelfde huis. Lynn is daarna in een inrichting opgenomen. Hoelang precies kon ik niet achterhalen, maar het ging niet over een paar weken, eerder een jaar of langer.

Die sappige informatie stond niet in het artikel. Die heb ik, met grote dank aan onder andere de Wayback Machine, opgediept uit de catacomben van een al jaren geleden ter ziele gegaan forum. Een handjevol anonieme forumleden speculeerde daar openlijk over het familiedrama, vooral over de niet-natuurlijke dood van de vader, en de mogelijke rol van de jongste dochter of de moeder – of beiden – daarin. Andere forumgebruikers snoerden de groep de mond, zij vonden dat de dochters van Fleer al genoeg ellende hadden meegemaakt, en met rust gelaten moesten worden. De moderator sloot het topic en haalde het offline. Het stond alleen nog wel op de server – daar kon ik vrij makkelijk bij.

Ik vroeg me af: raakte Lynn de weg pas kwijt nadat ze haar ouders gevonden had, of mankeerde ze al het een en ander voordat ze deze shit meemaakte en was ze schuldig, of mede-schuldig, aan hun dood?

*

'*You're good*,' zeg ik tegen de jongen die me wast. Voor elke handeling een ander doekje. Ze zijn zo overdreven schoon hier. Hij knikt en buigt, lacht een ietwat scheef gebit bloot, en ik voel me weer geil worden onder zijn vaardige handen.

'*Two times*,' zegt hij, giechelend. '*You are special.*'

'*I want three times*,' zeg ik. '*What's your name?*'

Hij grinnikt. '*Maybe Tom.*'

'*Tom-boy.*'

Hij giechelt weer en buigt zich over me heen.

*

Over Lynn Fleer kon ik verder weinig vinden, over haar vader des te meer. Er was ook veel bewegend beeld; de man heeft een tour door Nederland en België gemaakt om zijn kookgeschiedenisboek te promoten. Gerrit Fleer moet een lastige kerel zijn geweest, dat kon ik zien aan zijn ogen, die op gloeiende kooltjes leken, en ook aan de ontevreden vouwen bij zijn mondhoeken. Klauwen van handen; ik zag hem er zo kreeften mee uit het kokende water pakken. En misschien liet hij er zijn vrouw en dochters ook wel alle hoeken van het ouderlijk huis mee zien, zoals een van de forumleden voorzichtig opperde.

De foto's die ik kon vinden van Lynns moeder leken dat te ondersteunen. Naast haar man was zij weinig meer dan een schim. Magertjes en grauw, zorgelijke trekken. Een dienend type leek ze me, niet iemand die zelf graag op de voorgrond trad. Op een van de foto's uit die periode kwam ik ook nog Lynn en haar zus Michelle tegen: Gooise kakkers met een argwanende blik in hun ogen.

Het kostte me nog geen week om deze informatie over Lynn Fleer bijeen te schrapen. Lynns emotionele labiliteit en haar vadercomplex waren nu een gegeven. Dit, gecombineerd met de speculaties rondom de dood van haar vader, plus de vermeende spanningen binnen het gezin, vormden de basis voor mijn plannen.

*

Ik ben veel te vroeg in Denpasar en dood de tijd in de Transmart Carrefour. In het winkelcentrum, dat baadt in het tl-licht, koop ik een wit t-shirt, een zak kaascroissants en nootjes, terwijl de chauffeur die Mister Bali voor me heeft geregeld buiten op me wacht.

Toen Stijn hoorde dat ik hier word rondgereden door een privéchauffeur kon hij het nauwelijks geloven. Heel Azië is nieuw voor hem; hij heeft geen idee van de levensstandaard. Met een westers inkomen ben je king.

Ik bestel een bak nasi bij het foodcourt en kies een vrij tafeltje uit. Oranje plastic stoelen, witte vierkante tafeltjes, loeiende airco en witte tegels – hoe sprookjesachtig ze hier hun hotels en villa's ook kunnen maken, de winkelcentra zijn alleen maar functioneel.

Er loopt iemand voorbij met een zakje *kopi luwak*, op de voorkant een geschilderde civetkat. Er worden hier op het eiland bedrijfsmatig civetkatten gehouden die koffiebessen gevoerd krijgen. De uitgepoepte pitten worden met de hand verzameld. Dat zijn de koffiebonen waarvoor snobs van over de hele wereld een klein fortuin neerleggen. Die beesten krijgen niets anders te eten en ze worden er letterlijk strontziek van, maar daar zit niemand mee. Het kapitalisme heeft overal ter wereld het gezonde verstand verdrongen.

*

Ik had al snel bedacht hoe ik ongezien in en uit de Bramanshoeve kon komen. De kelder had een vast raam dat groot genoeg was. Ik sneed de kit weg, zodat het veiligheidsglas

381

loskwam uit de sponning. Aan de buitenkant bevestigde ik rondom latjes waar ik mijn vingers achter kon zetten, en aan de binnenkant twee onopvallende schroeven waarmee ik het raam naar me toe kon trekken om het achter me te sluiten; zo werd het vaste raam een luik. Ik schilderde de latjes en schroeven in dezelfde kleur als de rest van het raam en wachtte een paar weken af. Niemand merkte er iets van, precies zoals ik had verwacht. De kelder werd mijn basisstation.

Ik heb er talloze uren doorgebracht, liggend op het matras terwijl ik wachtte tot alles rustig was en ik mijn gang kon gaan. Ik maakte de spullen van dat kutwijf kwijt, of kapot. Soms 's nachts, soms overdag, net hoe het uitkwam. Ik sloop door het huis, maakte herrie zodat ze wakker werd en trok me weer terug. Dan hoorde ik haar weifelende voetstappen op de trap, haar ijle stemmetje, angstig, onzeker... Het voelde fantastisch om haar te jennen, en haar te laten geloven dat ze niet meer op haar eigen waarneming kon vertrouwen.

Stijn hielp me aan extra informatie, hij was mijn spion in het hart van De Luwte: de keuken. Zodra hij iets hoorde briefde hij het aan me door, dienstbaar als hij is en gretig om een wit voetje bij me te halen. Op een middag was hij aan het werk toen hij haar met de architect hoorde praten. Ze had blijkbaar friandises – ik kots van dat woord – nodig om belangrijke mensen te paaien. Het had te maken met de nieuwe zakelijke plannen. Ik trof de blikjes aan in een van de koellades onder het aanrecht. Wat was ik er graag bij geweest toen die belangrijke mensen hun cadeautjes openmaakten.

Ik heb een keer naar haar staan kijken terwijl ze sliep; ze lag op haar zij en ademde als een bang hertje, oppervlakkig en trillerig. Ik moest vechten tegen de aandrang om haar daar ter plekke wat aan te doen, maar dan zou het hele spel afgelopen zijn. Voor ik wegging schreef ik met mijn middelvinger KUT-WIJF IK HAAT JE op haar spiegel.

Ik bleef haar pesten, voerde de druk op en liet haar dan weer een poos met rust.

Er mocht geen lijn in zitten, had ik bedacht, geen enkele routine. Ik wilde dat ze er slecht van ging slapen, ik wilde haar uitputten, haar uit balans halen. De gekte die in haar zat moest openbarsten als een etterende puist, voor alles en iedereen zichtbaar.

Want de ongein die ik tegelijkertijd met Camiel uithaalde, zou uiteindelijk haar moeten worden aangerekend.

*

Ik word overmand door een diep gevoel van nostalgie als ik hem tussen de andere passagiers naar buiten zie lopen. Zijn licht verende tred, zijn bleke huid, die donkere, doordringende ogen van hem – je weet pas wat je mist als je een poos zonder hebt gezeten. Toch schrik ik een beetje van zijn lichaam, dat schonkig is geworden sinds ik hem in Nederland achterliet, en van de ontstoken puisten die over zijn hele gezicht zijn uitge-waaierd. Twaalf, dertien uur per dag knallen in een afgesloten keuken, het gebrek aan zonlicht; Stijn is een wandelend waar-schuwingsbord voor een destructieve leefstijl. Hij ruikt naar sigaretten en naar zweet, en zijn glimlach doet me niet zoveel.

Ik besef meteen dat hij niet degene is die is veranderd. Ik ben veranderd.

Bali heeft me veranderd.

Bali kan hem dus ook veranderen; het komt wel goed.

'Hoe was je reis?'

'Vreselijk. Niet kunnen pitten, ik ben kapot. Wat ruik ik? Er ligt iets te rotten.' Hij trekt een vies gezicht.

Ik ruik alleen maar jou, denk ik, er hangt een geur van bruin café om je heen.

'Wierook,' zeg ik. 'En frangipanibloemen. Van de offertjes.' Ik wijs hem op de gevlochten mandjes van palmbladeren die random op het trottoir staan. Er liggen felgekleurde bloemen in, en hier en daar smeult een wierookstokje. 'Hindoes offeren twee keer per dag aan de goden.'

'Blijft het zo stinken, altijd?'

'Dit is Bali.'

*

Ik heb lang nagedacht over hoe ik Camiel te grazen kon nemen, maar toen ik dat eenmaal had uitgevogeld, ging er een wereld voor me open. Het bleek zo makkelijk dat je je kunt afvragen waarom niet meer mensen op het idee komen. Misschien komen ze dat wel, maar zijn ze slim genoeg om er hun mond over te houden.

Bij gif staat of valt alles met de hoeveelheid. Je kunt iemand doden door hem liters water te laten drinken. Geef hem een giftige stof, voldoende verdund en in kleine hoeveelheden, en hij zal nergens last van hebben.

Het vinden van zelfs het gevaarlijkste gif is niet ingewikkeld. Je hoeft er het darkweb niet eens voor op. Het is overal: in de supermarkt, in de natuur, in ieders keukenkastje. Van bepaalde soorten word je flink misselijk, zodat je niet meer wilt eten, en je er na verloop van tijd, als je maar vaak genoeg ziek bent, slecht uit gaat zien. Met die combinatie zou ik hem het hardste pakken, dacht ik, want die zak was extreem ijdel en een misselijke kok kan zijn eigen eten niet proeven. Tel daarbij op dat zijn geile blonde trofee steeds krankzinniger zou worden, en je hebt een dankbaar project om je schouders onder te zetten.

*

In de taxi zoent hij me.

Ik voel niets.

Te veel prikkels; het is te makkelijk voor me hier, alles is spotgoedkoop, heerlijk en binnen handbereik, vierentwintig uur per dag. Daar valt voor een normale Hollandse jongen niet tegen op te boksen. Maar het komt wel goed.

'OMG, zie je dat? Die gast vervoert een levend varken.' Hij wijst op een voorbijrijdende scooter.

'Het record staat op vijf,' zeg ik.

'Hoe dan?' Hij kijkt me aan met grote ogen en ik voel weer iets in beweging komen. Zijn onnozelheid, die halfopen mond, ik kijk naar zijn afgekloven nagels, de wondjes op zijn handen. De beweging voelt warm en bereikt mijn kruis.

'Vijf volwassen varkens in rolkooien op een scooter,' zeg ik, alsof ik ze er persoonlijk op heb gebonden.

'Het is hier een derdewereldland, man.'

*

Als je iemand goed te grazen wilt nemen, moet je weten wat hem drijft en zijn routines kennen. Camiel Storm leefde vooral voor eten. Het was zijn hobby, zijn passie, zijn leven. Eendenborst en frites, pizza en coquilles, hij at alles, als een hongerige beer, en van alles at hij veel. Maar een zekerheid die voor mij van belang was, was wat hij elke dag at: kokosijs en Bounty's. Elke nacht voordat hij ging slapen at hij een volle bak ijs, en in zijn Jaguar lag standaard een zak Bounty's, die hij achteloos wegkauwde in de file of voor een stoplicht.

Het heeft een paar weken geduurd voor ik de middelen bij elkaar had. Schildklierhormoon, hartmedicatie, tramadol. Er is genoeg te jatten bij mensen thuis uit keukenlades en badkamerkastjes. Speed had ik nog liggen. Tabletjes vergruisde ik met een vijzel en ik mengde de poeders, testte voorzichtig de smaak en de structuur. Vooral dat schildkliermedicijn bleek een vondst; lichaamseigen stofjes verpakt in tabletjes zonder reuk of smaak. Te veel van dat spul en je gaat zweten als een paard, je krijgt hartkloppingen en je voelt je misselijk en gejaagd. Nóg meer en je hart krijgt een oplawaai.

Ik experimenteerde met de verhoudingen, lengde het poeder aan met water en vermengde het met kokosolie. Uiteindelijk kwam ik tot een dunne massa die ik met een injectienaald inspoot in zijn ijs en chocolade, dwars door de verpakking heen. Ik begon met kleine hoeveelheden, erop bedacht dat hij het zou kunnen proeven – zéker hij. Geleidelijk werd het meer. Niet elke dag, niet alle verpakkingen, en in wisselende hoeveelheden en concentraties. Ik speelde met hem zoals ik ook met haar speelde.

Eén keer belandde hij in het ziekenhuis. Misschien had hij meer gesnoept dan anders, of was zijn weerstand minder. Hij kreeg op zijn falie van de arts. Geen vraagtekens, geen vermoedens, niets. Wat er hierna ook gebeurde, hoe ziek hij ook zou worden: het zou hemzelf worden aangerekend. Ik kon doen wat ik wilde.

*

Stijn heeft de hele dag liggen slapen. Nu hij wakker wordt en mij ziet, slaat hij de dunne deken van zich af en keert me zijn rug toe, wrijft over zijn magere onderrug en zijn billen: 'Ik wil je voelen.'

Ik geef hem waar hij om vraagt. Het is lekker, maar minder intens dan anders.

*

Ik was niet van plan om Camiel zo snel te vermoorden. Ik wilde hem eerst kwellen, hem ziek en lelijk maken, hem laten projectielkotsen en hem ellendig laten vermageren, totdat hij te moe en uitgeput zou zijn om nog fatsoenlijk te kunnen werken. De magie moest verbroken worden. Ik wilde hem te gronde richten, klein maken, ik wilde hem terugpakken, hem nederigheid bijbrengen.

Ik wilde hem op zijn knieën dwingen. Letterlijk.

Vanuit de kelder en soms vanaf de trap in de hal heb ik

zitten luisteren naar zijn gekokhals. Haar voetjes die door de gang trippelden, haar ongerustheid, de toewijding waarmee ze thee voor hem ging zetten. Dat was leuk, echt leuk, maar toen hij instortte op het podium, schrok ik. Het zag er serieus uit; zijn lichaam gaf het op. Het is gek, maar op een of andere manier had ik verwacht dat de wetten van de natuur niet voor hem zouden gelden. De afschuw die ik voelde die man te zien sterven overtrof voor een moment mijn haat. Heel even maar.

*

'Ik doe een moord voor een hamburger,' zegt Stijn. Hij stapt uit de douche en haalt een korte broek uit zijn koffer.

Ik stop hem het nieuwe T-shirt toe dat ik in het winkelcentrum heb gekocht.

Terwijl hij het aantrekt zegt hij: 'De McDonald's op de luchthaven in Hongkong had alleen ranzige ontbijtpannenkoeken.'

Ik roep Mister Bali uit zijn hutje om een taxi voor ons te regelen. We laten ons naar Kuta rijden, waar alle ketens uit de westerse hel vertegenwoordigd zijn. Het verkeer staat vast, scooters met voltallige gezinnen erop zigzaggen tussen de auto's door. Boomlange backpackers, getatoeëerd en met ontbloot bovenlijf, kuieren tussen de straathonden en spelende kinderen. Naast me kijkt Stijn zijn ogen uit.

In Kuta eten we een burger, die hem niet smaakt door de vochtige, drukkende lucht en de geur van frangipanibloemen.

'Vanavond eten we op Jimbaran Beach,' zeg ik. 'Dat zal je beter bevallen.'

*

Een vijftigplusser met overgewicht die er toch al geen gezonde leefstijl op na hield krijgt een fatale hartaanval. Ik heb de perfecte moord gepleegd. Maar zij ging ervandoor met De Luwte in 't Land en huppelde vrolijk verder door haar oppervlakkige leventje. Ik zag hoe goed ze zich hield, te weinig gekte die naar buiten sijpelde.

Dus plaatste ik mijn vijzel in haar badkamer. Wat losse medicatie erbij, kruimels eromheen, verkreukelde verpakkingen. Het paste perfect in de mindfuck waaraan ik haar al zo lang had blootgesteld.

Daarna belde ik Meld Misdaad Anoniem.

*

'Zielig, die vissen.'

'Meen je dat? Je bent kok, gek.'

'In de keuken zijn die beesten al dood.'

We volgen de bedrijfsleider, gekleed in een blauwe polo, naar de tafeltjes op het strand. Zelfde kerel als laatst: opgeschoren haar, verfijnd gezicht. Ik kijk hem na als hij terugloopt.

Stijn is nog steeds met zijn hoofd bij de aquaria naast de ingang. 'Als je dat bij ons zou flikken, zou niemand nog vis eten.'

Ik laat hem maar even. Hij heeft nog steeds last van de jetlag, voelt zich ontheemd in het paradijs. Dat trekt wel bij. Bij mij was het net zo.

En Stijn heeft de verborgen specialiteiten van Bali nog niet ontdekt.

In het uur dat volgt maakt het bier hem wat losser. Ik schenk hem steeds bij. Af en toe lacht hij zijn witte, rechte tanden bloot, en we halen herinneringen op aan onze eerste dates. God, wat was hij bleu toen, onder de indruk van mij, van wat ik wist en wie ik kende, en wat was hij bang om fouten te maken. Hij werd er alleen maar aantrekkelijker door. Dat vertel ik hem nu ook.

Het loopt al tegen elven als we een dessert delen. Buiten ons blikveld zingt iemand een matige versie van 'Stand By Me'.

'Paradijs,' zeg ik zacht.

Hij knikt en trekt dan zijn schouders op, bijna alsof hij bang is geslagen te worden.

'Wat is er?'

Hij schudt zijn hoofd. 'Niks.'

'Lul niet. Ik ken je. Vertel op.'

Hij kijkt uit over de oceaan. 'Ik zit er best wel mee.'

'Waarmee?'

'Met wat er is gebeurd. Dat... dat-ie dood is.' Kaarslicht werpt bewegende schaduwen op zijn magere gezicht. 'Ik heb daar veel nagedacht. Wat jij hebt gedaan –'

'Ik heb niks gedaan.'

Hij kijkt me aan alsof hij water ziet branden; dat ik keihard zou ontkennen had hij niet verwacht.

'Natuurlijk wel,' zegt hij.

Ik kijk hem recht in zijn ogen. Gaat hij hier nu de drama-queen uithangen? Daarvoor heb ik hem niet dat hele eind laten vliegen. De vlucht voor hem betaald. Hem gesmeekt zijn stage bij De Luwte af te breken voor mij – voor óns.

Hij gaat verzitten. 'Ik heb je zelf informatie gegeven, je –'

'Je snapt het niet,' zeg ik, en ik pak over de tafel zijn pols, die voelt krachteloos en knokig. Ik wrijf erover met mijn duim. 'Luister goed naar me. Ik. Heb. Niks. Gedaan. En jij ook niet. Geniet een beetje.'

Hij slaat zijn ogen neer.

*

Ik had nooit gedacht dat ik zo'n nummer nog eens zou bellen, het landelijke nummer voor laffe snitches.

'Ik heb informatie over de moord op Camiel Storm. De lijkschouwer zal waarschijnlijk hebben gezegd dat het een hartinfarct is geweest of zoiets, maar hij is vermoord.'

De vrouw luisterde aandachtig, tenminste, dat dacht ik.

'Jullie zouden er goed aan doen om iemand naar dat huis te sturen om eens te praten met de weduwe,' ging ik verder. 'Want zij heeft het gedaan.'

'Heeft u daar meer informatie over?'

'Zeker.' Ik pauzeerde om mijn woorden meer gewicht te geven. 'Jullie moeten in de vriezer zijn, en het kokosroomijs laten analyseren. Dat is vergiftigd met hormonen. Niet te lang mee wachten.'

Ik drukte de verbinding weg.

Een paar weken gaf ik het, hooguit, en dan zouden de monsters van het ijs zijn geanalyseerd en zou Lynn worden gearresteerd wegens verdenking van de moord op haar man.

*

Stijn is nu vijf weken op Bali. Zijn huid is bijgekleurd en de puisten zijn weggebrand door de zon. Met elke nieuwe dag in het paradijs vervagen de herinneringen meer aan wie we in Nederland waren. Alles wat daar is gebeurd, is verworden tot een koortsdroom. Het wordt steeds makkelijker om te doen alsof het nooit heeft plaatsgevonden. We hebben onze oude identiteit achtergelaten en bouwen hier aan een nieuwe.

Stijn leest een Engelse pocket aan het zwembad als ik naakt de patio op kom lopen. Mijn blik gaat over zijn lichaam, nog steeds slank, maar met wat meer vlees op de botten nu hij zich niet meer halfdood hoeft te werken. Ik ga bij hem staan, strijk door zijn haar, grijp erin, trek eraan. Pak dan zijn kaak vast en duw met zachte dwang zijn kiezen van elkaar. Hij reageert gedwee, weet wat hij moet doen. Ik staar naar de strakke contouren van het huis, naar het overdekte terras, en mijn blikveld wordt steeds waziger. *Tom-boy, Tom-boy.* Even schrik ik van een beweging, maar het is een kat. Of een rat, of een aap. In elk geval geen mens.

Miss Bali heeft ons een keer betrapt. Ze dook geschrokken weg achter het scherm van houtsnijwerk en daarna heb ik haar dagenlang niet meer gezien.

Ik blijf het hoofd — *Tom-boy, Stijn, Tom-boy* — vasthouden terwijl ik mijn hoogtepunt bereik en laat me dan op mijn knieen zakken. Veel tijd heeft hij niet nodig.

Voldaan duiken we allebei in het zwembadje. Ik spetter water naar hem, tevreden, plagerig. Hij speelt niet mee. Gelukshormonen zijn niet over iedereen gelijkelijk verdeeld. Stijn kan te zwaar op de hand zijn – *la petite mort* is voor hem niet altijd een vrijblijvende bron van vreugde, zoals bij mij.

Hij legt zijn onderarmen op de rand van het bad en laat zijn hoofd en schouders onder water zakken. Luchtbellen stijgen op. Dan komt hij weer omhoog, druipend, en zoekt oogcontact. Zijn blik is donker, somber.

Wat nou weer?

'Heb je het met anderen gedaan?'

'Waarom vraag je dat?'

'Ja, dus,' concludeert hij.

'En wat zou dat?'

Met een lege blik trekt hij zich op uit het water en loopt naar binnen.

Daar gaan we dan.

Ik had dit gesprek willen uitstellen, of liever nog: helemaal niet willen voeren met hem. Het gaat niet om hem, niet eens over ons. Het gaat om mij.

Ik klim uit het zwembad en volg hem het huis in.

*

Ruim een week nadat ik Meld Misdaad Anoniem had gebeld was er nog steeds geen politie bij Lynn aan de deur geweest. Ze vegeteerde erop los in de Bramanshoeve, ze wandelde in haar joggingpak of in Camiels badjas door de tuin en haalde de brievenbus leeg.

Stelletje slapers. Wat heeft het voor zin om een kliklijn te openen als je niets met de meldingen doet? Deden ze daar bij de politie nog wel iets nuttigs? Hoe fokking duidelijk wilden ze het hebben? Had ik het ijs moeten langsbrengen, hun de vijzel moeten aanwijzen?

Elke dag die zonder ophef voorbijging ergerde ik me meer aan de incompetentie van de Nederlandse politie en dat waardeloze kliksysteem. Totdat ik bedacht dat het misschien niet zo simpel werkt. Camiels dood was groot in het nieuws, en bij elke plotselinge dood van een beroemdheid zijn er mensen die daar vraagtekens bij zetten. Binnen die groep zullen er vast ook idioten rondlopen die de politie bestoken met hun krankzinnige overtuigingen en samenzweringstheorieën. Ik kwam tot het besef dat ik niet de enige moest zijn geweest die de kliklijn had gebeld. En hoeveel mensen zouden er wel niet naar die lijn bellen omdat ze iemand lekker anoniem te grazen willen nemen, ook al is er niets aan de hand? Ik kwam er ook achter dat een doorzoeking van een woning nooit op basis van een enkele tip wordt uitgevoerd. Er moet meer aan de hand zijn.

Gewapend met deze informatie belde ik opnieuw: 'Het is echt belangrijk dat u mijn melding serieus neemt, hoe bizar die misschien ook klinkt. Lynn Fleer heeft het eerder gedaan, check het maar. Haar vader was Gerrit Fleer, ook een topkok. Die kerel is vermoord door zijn dochter. Dat wijf is knettergek. Ze heeft een vadercomplex en gaat gewoon met de volgende kok trouwen en hem om zeep helpen als jullie het niet stoppen. Jullie moeten echt gauw langsgaan. Straks is het bewijs weg.'

Misschien hadden ze iets in de archieven gevonden. In elk

geval stopte er vijf dagen na mijn tweede melding een politieauto voor de deur.

Ze waren eindelijk wakker geworden.

*

'Hoi, schat. Hoe gaat het daar?'

'Goed, mama.'

Ik ga rechtop zitten en knip het bedlampje aan. Mijn moeder vergeet steeds dat het hier uren later is; als ik haar niet
nodig had, zou ik haar nummer allang op mute hebben gezet.
Naast me draait Stijn zich om, hij kijkt me vragend aan. Ik leg
een vinger tegen mijn lippen.

'Ik heb je aandelen verkocht aan Thomas,' zegt ze.

'Fijn dat het gelukt is.'

Thomas, de souschef, eeuwige tweede, gaat proberen om
zijn eigen Michelinsterren te verzamelen. *De koning is dood,
lang leve de koning!*

'Fijn, ja. Toch vind ik het nog steeds jammer dat je er afstand van wilde doen.'

'Het restaurant blijft toch in de familie?' vraag ik naar de bekende weg. Sara en Yentl houden een meerderheidsaandeel.

'Gelukkig wel,' zegt ze. 'Zal ik het geld laten overmaken op
jouw rekening?'

'Graag.'

Even is het stil. Dan vraagt ze, aarzelend: 'Kom je nog een
keer terug naar huis?'

'Ik zit hier goed, mama. Het is een fijn land, lieve mensen.'

'Dat geloof ik graag. Ik hoop er ooit een keer naartoe te

395

kunnen, als het allemaal wat rustiger is.'

Zulke dingen zegt ze altijd. Ik vraag me af of ze het zelf nog gelooft, of dat het betekenisloze lijmwoordjes zijn geworden voor haar.

'Ben je iets aan het opzetten, of rust je nog uit?'

Ze vraagt het voorzichtig, maar ik ben niet achterlijk. Ik weet echt wel wat ze denkt: je bent een drop-out, Benjamin, je hebt twee universitaire studies stopgezet en zit nu je tijd te verlummelen op Bali.

Ik laat een stilte vallen, en zoals altijd vult zij hem voor ons op. Lijmwoorden, vulwoorden, mijn moeder draait er haar hand niet voor om.

'We zijn hier allemaal nog van slag hoor, van papa,' zegt ze. 'Het is niet niets, wat we voor onze kiezen hebben gehad. Heb je hulp daar? Mensen met wie je kunt praten?'

'Zeker, mama. Heel lieve mensen.'

'Zei je nou meisjes?'

Ik glimlach. 'Ik zei mensen, mama.'

Na het beëindigen van het gesprek trek ik Stijn tegen me aan. Begraaf mijn neus in de holte van zijn hals en schouder en knijp mijn ogen dicht. Ik heb mijn ouders nooit kunnen vertellen wie ik was en wie ik wilde zijn. Er kwam nooit een geschikt moment. Ik heb het allemaal zelf moeten uitzoeken. Alles. Voor die twee was hun levenspad uitgestippeld. Er was geen enkele twijfel, terwijl voor mij niets zeker was.

Ik wist wel wat ik *niet* wilde. Niet in het bedrijf. Ik haatte die klanten, de vaste gasten, de 'hoge heren'. Ik walgde van al die volgevreten types die interessant kwamen doen bij mijn ouders.

Twintig jaar lang was ik enige zoon en stamhouder van de culinaire oppergod van het zuiden, een kerel die door iedereen werd aanbeden. Knap en charismatisch, zakelijk slim en gedreven; dat monster had alles wat ik niet heb, en ook nooit zal kunnen ontwikkelen. Het was een kansloze exercitie om er überhaupt aan te beginnen, dat had ik al vroeg door. Hij niet.

Hij sloeg me tot ik twaalf was, omdat hij geen geduld had en geen tijd, en vooral geen inzicht, en daarna begon het sarren. Losse opmerkingen, nonchalant uitgesproken. Dagelijks. *Nerd/vreet eens wat meer/karkas/geen zoon van mij/slappeling/ heb je nou nog geen meisje/nietsnut/kap met dat stomme gamen/je verspilt je tijd/er zitten vierentwintig uur in een dag en als je niet slaapt tweeëndertig.*

In zijn belevingswereld *wilde* ik niet deugen, *wilde* ik niet slagen, *wilde* ik geen succesnummer worden. Wilde ik niet zijn zoals hij. En hij gaf me het gevoel dat het aan mij lag, aan mij alleen, elke dag opnieuw. Ik was de gebrekkige, recalcitrante godenzoon die het vertikte om zich tot zijn evenbeeld te laten kneden. De afkeuring was voelbaar in elke blik, elke aanraking.

Maar hoe kon ik ooit aan hem tippen? Het gat tussen ons had interplanetaire afmetingen.

Data Analytics... Wat is er mis met de Hotelschool? Op die TU *Eindhoven zitten alleen maar autisten, geen lekkere wijven te bekennen. Hé, wanneer neem je eens een meisje mee naar huis? Er moet wel geneukt worden. Je bent toch geen mietje, of wat?*

Misschien ben ik daarom op Stijn gevallen. In de vorige eeuw zou hij met zijn heroïnechiclook furore hebben gemaakt in Parijs, een muze kunnen zijn geweest voor Christian Dior

en Yves Saint Laurent. Zijn bleke huid, de uitstekende heup-
botten, zijn indringende oogopslag. Alles wat Stijn is, staat
haaks op die ijskoude narcist, die egocentrische lompe zak
hooi die mijn vader was.

Mama was minder getalenteerd dan Camiel, maar ze werkte nog veel harder om dat te compenseren. Ze bouwde haar
complete leven op rondom die egoïst.

En toen was mama ineens niet meer interessant; afgeschre-
ven, oud, of weet ik veel wat er in hem omging. Hij kreeg het
op zijn heupen en daarna kwam hij trots als een aap met zeven lullen aanzetten met die veel te jonge griet. Tieten, kont,
vochtige ogen, vastbesloten om zich in te likken.

Mama heeft zoveel gehuild.
Ik moest iets doen.

Voorlopig blijf ik hier, op Bali. Dat is beter voor iedereen, zelfs
nu Camiel er niet meer is. Thuis ben ik de-zoon-van en dat zal
ik altijd blijven. Thuis kan ik rekenen op meewarige blikken,
want enige zoon, stamhouder, van de chef-kok die zo tragisch
aan zijn einde kwam. Zo veel verwachtingen waaraan ik niet
kan voldoen. Nog meer mensen teleurgesteld. Die naam zal
me achtervolgen. *Je bent een Storm, gedraag je ernaar.*

Van mijn deel van de erfenis kan ik hier tot het einde der dagen
leven als een god. Dan heb ik het duizendmaal beter gedaan
dan mijn ouders, die alleen maar leefden voor De Luwte, voor
de zaak. Studeren, werken, hypotheken, status, applaus; het

398

betekende alles voor die twee. Hun hele leven draaide om hun carrière. Eigenlijk hebben ze nooit geleefd.

Dat ga ik nu voor hen doen.

Voortdurende verandering is de enige zekerheid die je krijgt zodra je geboren wordt. Niets en niemand kan zich onttrekken aan de golfbewegingen waar alle leven aan onderhevig is. Ik heb afscheid moeten nemen van mensen met wie ik me diep verbonden voelde, sociale ankerpunten die ik onmisbaar achtte zijn verdwenen. Ik heb intens diepe rouw doorgemaakt en me regelmatig wanhopig gevoeld, en toch durfde ik na verloop van tijd opnieuw verbinding te zoeken. En ook al zal het nooit meer hetzelfde zijn, ik voel me gesteund door Laurens, Guy en Gerard, en een handvol filiaalleiders met wie ik bevriend ben geraakt. Zij hebben de kleur in mijn leven weer enigszins teruggebracht.

Ik heb ook dingen verloren die ik nooit zal kunnen herstellen. Dingen die mezelf aangaan, onzichtbaar aan de buitenkant, maar voelbaar in alle beslissingen die ik neem. Het meest confronterende verlies van allemaal is de overtuiging dat ik in wezen een goed mens ben.
Ik ben gevaarlijk voor anderen.

Daarom zal ik alleen moeten blijven. Ik moet mensen op veilige afstand houden, en dat geldt vooral voor diegenen om wie ik geef. Ik kan niet trouwen, ik zal nooit een gezin kunnen stichten.

Laurens heeft zich daarbij neergelegd. Hij weet inmiddels alles van me, en toch heeft hij zich daardoor niet laten afschrikken. Maar hij snapt ook dat samenwonen er niet in zit.

Ik loop de veranda op met een mok koffie in mijn handen en laat mijn blik over de uiterwaarden gaan. Sommige dingen blijven altijd. De rivier blijft eeuwig stromen, en als ik vroeg wakker word op een zomerdag, gewekt door het gekraai van de haan, dan kan ik vanaf de veranda toekijken hoe de mistflarden boven de uiterwaarden geleidelijk worden opgebroken door de opkomende zon.

Tante Ingrid liet me deze prachtige plek na, een plaats waar ik rust vind. Mijn safehouse. Daarvoor zal ik haar altijd dankbaar blijven.

Ik daal van het houten trapje af en loop over het smalle pad naar de kippenren. Laurens heeft hem van een nieuw verfje voorzien, donkerblauw met witte kozijnen. Mees en Muis staan al bij het gaas te trappelen, hun nieuwe vriendinnen scharrelen gewoon door. Er loopt ook een haan tussen, al even koddig als trots, met grote, donkere ogen en een paarsblauwe kam. Ik heb hem beloofd dat hij mag blijven, zolang hij zich als een heer gedraagt.

Met Michelle heb ik geen contact meer; 5 juni is geruisloos voorbijgegaan. Misschien dat er ooit toenadering komt wanneer een van ons die behoefte voelt, maar voorlopig zie ik dat niet gebeuren. Kwaad ben ik niet meer op haar, mijn woede is weggezakt. Michelle is opgegroeid in hetzelfde gestoorde gezin als ik, en ze is daar net zo goed niet onbeschadigd uit gerold. Ze heeft alleen eerder voor zichzelf gekozen, en is dat blijven doen. Ik weet niet of het haar is aan te rekenen dat ze is geworden wie ze nu is. Haar beperkte empathische vermogens heeft ze vast geërfd van onze vader.

Als we elkaar nooit meer zullen zien, dan is dat maar zo, ik heb er vrede mee. We hebben niet voor elkaar gekozen, alleen je vrienden kies je zelf.

*

Over de dijk komt een auto aangereden, een zilverkleurige sedan. Hij mindert vaart en remt af. Ik heb geen afspraken, en dit is duidelijk geen bezorgdienst.

Ik loop om het huis heen en neem het smalle, steile trapje dat de dijk op leidt.

Het is Guys auto, zie ik nu. Hij stopt in het parkeervak naast het huis, het grind knerpt onder de banden. Guy stapt uit.

'Alles goed?' vraagt hij, met een gejaagde, zorgelijke blik in zijn ogen.

Ik knik. Mijn vingers klemmen zich nerveus om de koffiemok; Guy komt nooit onaangekondigd langs.

Aarzelend gaat het andere portier open. Er komt een jongen tevoorschijn met een mager gezicht en een doordringende oogopslag. Hij komt me bekend voor, maar ik weet hem zo gauw niet te plaatsen.

'Stijn ken je misschien nog wel uit de keuken van De Luwte,' zegt Guy. 'Hij was stagiair bij ons. Hij wil je iets belangrijks vertellen.'

Nu weet ik het weer. De jongen van wie ik vermoedde dat hij een vriend van Laurens was, de jonge stagiair die met me flirtte. Ik had hem bijna niet herkend: zijn eerst zo bleke, onrustige huid is gebruind door de zon, en zijn haar is een stuk langer.

Hij loopt om de auto heen, slaat zijn blik neer alsof hij moed verzamelt en kijkt me dan recht aan. 'Ik weet wat er met Camiel is gebeurd.'

Dank

Als altijd: Berry & Annelies.

Kritische lezers: Niels & Maartje, José.

Partners in crime: SdV, Edwin & Debby.

Research: Guusje & Marcia,
afdeling communicatie Laurentius Ziekenhuis Roermond,
en G. Dieteren van het Bisdom Roermond.

Mijn speciale dank gaat postuum uit naar
Robert Eggels, voormalig teamleider SEH van
het Laurentius Ziekenhuis in Roermond.
Robert heeft me geweldig geholpen met mijn research.
Kort na ons fijne en inspirerende gesprek is
hij plotseling overleden.
Ik wens zijn gezin, familie, vrienden en collega's veel sterkte toe met
dit grote verlies.

*

Het kinderverhaaltje uit het schrift van Lynns moeder berust
helaas op werkelijke gebeurtenissen. Tienduizenden meisjes
die tot in de jaren tachtig van de twintigste eeuw in door nonnen
gerunde instellingen en weeshuizen woonden, hebben daar
te maken gekregen met mishandeling, dwangarbeid,
uitbuiting en/of seksueel misbruik.
Voor meer informatie over deze zwarte bladzijde uit onze
geschiedenis verwijs ik graag naar het Vrouwenplatform Kerkelijk
Kindermisbruik (VPKK) in Koog aan de Zaan, en het boek
Stil in mij – Overleven bij de nonnen, dat ik samen
met Daniëlle Hermans schreef.

Van Esther Verhoef verscheen eerder

RENDEZ-VOUS

Winnaar Zilveren Vingerafdruk 2006
Genomineerd voor de NS Publieksprijs 2006

'Je snakt naar adem.' NRC *Handelsblad*
'Een geloofwaardig, ijzersterk verhaal.' NBD Biblion
'Rendez-vous lees je bijna ademloos uit.' BOEK
'Geweldig.' *Sunday Times*

WONEN OP VAKANTIE

CLOSE-UP

Winnaar Zilveren Vingerafdruk 2007
Beste Vrouwenthriller Aller Tijden bij vrouwenthrillers.nl
Genomineerd voor de NS Publieksprijs 2007
Genomineerd voor de Gouden Strop 2007

'*Close-up* heeft alles in zich om de boekhandels
uit te vliegen.' *de Volkskrant* ****
'Een diep doorleefde, donkere thriller. *Close-up* is slim,
spannend, sensueel en sinister.' Crimezone.nl ****

ALLES TE VERLIEZEN

Genomineerd voor de NS Publieksprijs 2009
Genomineerd voor de Zilveren Vingerafdruk 2009

'Mooi geschreven met een plot dat staat als een huis.
Een echte aanrader.' *Algemeen Dagblad*
'Blijft boeien en verrassen tot het einde.' *Nouveau*

'Een verademing om de nieuwe Verhoef in handen te krijgen.
Verhoef blijft de standaard voor het genre.' BOEK

ERKEN MIJ

In samenwerking met de Stichting CPNB ter ere van
Juni – Maand van het Spannende Boek 2009

'Een aangrijpend voorbeeld van misbruik en verraad.'
de Volkskrant ✶✶✶✶
'Een sterk doorleefd boek zoals Verhoef bij uitstek
kan schrijven.' *nrc.next* ✶✶✶✶

DÉJÀ VU

Winnaar NS Publieksprijs 2011
Genomineerd voor de Diamanten Kogel 2011
Genomineerd voor de Zilveren Vingerafdruk 2010

'Met *Déjà vu* toont Verhoef zich een ware meester in
het schrijven van een intelligente thriller over
vriendschap en verraad.' JAN
'Eindelijk weer een thriller waarbij je op het
puntje van je stoel zit.' *Metro* ✶✶✶✶✶
'De gelauwerde schrijfster schiet met dit psychologische horrorver-
haal over een oude vriendschap weer helemaal raak. Trefzeker en
razend spannend.' LINDA.

IS UW MAN AL AF?

'Rake, herkenbare en amusante observaties.' *Margriet*
'Esther schrijft haar columns met veel humor, en daarom zijn de
columns waar ik om moest lachen ook niet op één hand
te tellen.' Chicklit.nl

Onder de naam Escober verscheen

ONRUST
Deel 1 in de Sil Maier-trilogie

Genomineerd voor de Gouden Strop 2004

'Vol wendingen in hoog tempo. Een veelbelovend debuut.' *NRC Handelsblad*
'Een sterk debuut dat doet denken aan de Jack Reacher-serie van Lee Child.' *Limburgs Dagblad*
'Een met veel vaart en spanning geschreven pageturner die beslist een aanwinst is voor de Nederlandse misdaadliteratuur.' *VN Detective en Thriller Gids*

ONDER DRUK
Deel 2 in de Sil Maier-trilogie

Winnaar Diamanten Kogel 2005
Genomineerd voor de Gouden Strop 2005

'IJzersterke thriller met pakkende actiescènes vol boeiende, levendige karakters. Is moeilijk weg te leggen. De ontknoping is uitermate verrassend.'
Juryrapport Gouden Strop 2005
'Verhoef schrijft met een mitrailleur: ritmisch, afgebeten, effectief.' *NRC Handelsblad*
'De spanning giert van de pagina's.' *Vrij Nederland*

Genomineerd voor de Diamanten Kogel 2013
Genomineerd voor de Hebban Crimezone Award 2013

'Het eerste hoofdstuk van *Overkill* ramt er meteen in.
Een waardige opvolger van de Sil Maier-trilogie en *Chaos*.'
de Volkskrant
'Geloofwaardig, rauw, hard en smekend om een
verfilming.' *De Limburger* ****
'Een echte pageturner met een zeer verrassende en
vernuftig in elkaar gezette ontknoping.'
Leeuwarder Courant
'Meeslepende en inventief geplotte thriller, klaar om
verfilmd te worden.' *v n Detective en Thriller Gids*

Over de auteur

Esther Verhoef ('s-Hertogenbosch, 1968) is een van de succesvolste en veelzijdigste schrijvers van Nederland. Zij is Nederlands meest bekroonde en genomineerde thrillerauteur. Van haar psychologische thrillers en romans zijn in eigen land ruim 2,9 miljoen exemplaren verkocht en enkele boeken zijn verfilmd.

Naast haar solothrillers schrijft Esther Verhoef samen met Berry Verhoef psychologische actiethrillers onder het pseudoniem Escober. Deze samenwerking resulteerde in vijf romans: de Sil Maier-trilogie (*Onrust, Onder druk* en *Ongenade*), *Chaos* en *Overkill*.

Zowel Verhoefs solowerk als de Escobers zijn vertaald. Vertalingen zijn verschenen in onder meer Duitsland, Groot-Brittannië, de Verenigde Staten, Rusland, Litouwen, Spanje, Denemarken, Hongarije, Oostenrijk, Zuid-Afrika, Italië, Frankrijk, Korea en Taiwan.

In sommige landen komen Verhoefs boeken uit onder het pseudoniem Nova Lee Maier.

Voordat Esther Verhoef bekendheid verwierf als schrijfster van fictie schreef zij zestig populairwetenschappelijke en informatieve boeken over (huis)dieren, waarvan er wereldwijd circa 9 miljoen zijn verkocht.

Ook was zij hoofd- en eindredacteur van enkele veelgelezen tijdschriften in haar oude vakgebied. Daarnaast was Verhoef een gerespecteerd dierenfotografe en runde ze een beeldbank met uitgevers, reclamebureaus en dierenrechtenorganisaties als klant.

De media over Esther Verhoef

'Verhoef bewijst keer op keer dat zij in Nederland de koningin van het genre genoemd mag worden.' *Vrij Nederland*

'Als je de adrenaline van de recensent nog tot diep in de nacht laat stromen, is dat vakwerk.' *de Volkskrant*

'Verhoef blijft de standaard voor het genre.' BOEK

'Esther Verhoef hoort duidelijk tot de schrijvende elite in ons land.' *Algemeen Dagblad*

'De kracht van Verhoefs actiethrillers is zonder twijfel de stijl, die al even hoekig is als de personages. Je snakt naar adem.' NRC *Handelsblad*

'Verhoef schetst personages die uitstijgen boven de standaard thrillerstereotypen.' *Barnes & Noble Review*

Esther Verhoef op social media

🐦 estherverhoef
📷 estherverhoefinsta
📘 auteurestherverhoef